ジョン・ポールフリー

BIBLIO TECH

雪野あき 訳

ネット時代の図書館戦略

WHY LIBRARIES MATTER MORE THAN EVER IN THE AGE OF GOOGLE

JOHN PALFREY

ネット時代の図書館戦略

目次

はじめに

万人に無料で
――ボストン公共図書館の正面入り口上に記された銘文

一八五二年、ジョシュア・ベイツは世界初の大規模な公共図書館を作ろうとするボストン市の計画に手を貸したいと考えた。ビジネスマンであり、公共心に富む市民であったベイツには、支援にあたっていくつかの条件があった。その図書館は〝市の誇り〟となるべきである。また、一度に一〇〇人から一五〇人が入れる広々とした閲覧室がなければならない。そしてもっとも重要なのは、〝万人が無料で利用できる〟ことである。新設される図書館の理事たちがこれらの条件に応じるならば、本の購入資金として五万ドルを喜んで提供しようとベイツは手紙に書いた。

ベイツやほかの篤志家たちの援助により、ボストン公共図書館（ＢＰＬ）は、アメリカ合衆国の主要都市の住民なら誰でも本や資料が借りられるはじめての図書館となった。今日では当然に思えるが、一八五二年当時は急進的なアイディアだったのだ。もちろん、図書館そのものは何千年も前から存在していた。たとえば現在のエジプトにあったアレクサンドリア図書館のような初期の図書館は、非常に狭い範囲の利用者たち、たいていは修道院か法曹関係者のものだった。オックスフォード大学のボドリアン図書館は一六〇二年に、学者たちのために開設された。私立図書館——一七三一年にベンジャミン・フランクリンが創設したフィラデルフィア図書館会社や、新しいBPLから通りを少し行ったところにある一八〇七年創設のボストン・アシニアムもその一部である——は、裕福な人々がお互いに本を共有することを可能にした。しかし一九世紀なかばになるまで、大都市がそこに住むあらゆる市民のための図書館をオープンさせることはなかったのだ。この新たな図書館の精神をたたえ、さらにはベイツ氏と彼の贈り物への感謝の意を表して、ボストン公共図書館を象徴する本館の正面入り口の上には銘が刻まれた。「万人に無料で」である。[1]

こうして、アメリカにおける市立の無料公共図書館は、ボストンのコプリー・スクエアに誕生し、いたるところに普及していった。ボストン郊外のウォーバーンからニューヨーク州の小さな町まで、たちまち国じゅうに無料公共図書館が出現した。一八九五年には、マンハッタンの中心に巨大なニューヨーク公共図書館を作る計画も生じた。慈善家のアンドリュー・カーネギーはこのアイディアを全国的に取り入れ、いくつかの条件に合えばどんな町にでも、公共図書館建設のための費用を提供すると申し出た。一九一七年までにカーネギーは、アメリカじゅうの一四一二の町に一六七九の図書館を建てることを約束した。無料で、どこにでもあり、彼自身によく似た人々、すなわち勤勉で野心的で学ぶ意欲にあふれた人々が利用しやすい、そんな図書館の設立をカーネギーは求めたのだ。[2]

今日ではアメリカ合衆国の主要都市すべてに、そして世界じゅうのほとんどの都市に、知識を幅広く入手可能にすることを目的とした公共図書館システムが存在する。ほかの自由主義国もたいてい、大規模な公共図書館システムを備えている。アメリカと同様イギリスでも一九世紀なかば、とくに一八五〇年に公共図書館法が議会で承認されて以降、公共図書館が全国に普及した（ヨーロッパではすでに、ごくわずかだが公共図書館——イギリスのマンチェスターにあるチータムズ図書館、フランスのソーリュー図書館、ポーランドのワルシャワにあるザルスキー図書館など——が設立されており、いくつかの都市はわれこそが最初に公共図書館を設けたのだと主張している）。現在ではどこへ出かけていっても、図書カードがあれば誰でも本や雑誌やＤＶＤ——さらにもっと多くのもの——を自由に見ることができるだろう。ほぼすべての地域社会の中心部には図書館があり、子どもたちのためにお話会を開き、新たな住民のために納税申告や有権者登録に必要な書類を置いている。暑い日に涼む場所を求めてやってくる人々をやさしく迎えてくれる司書たちがいる。アメリカに何千とあるこうした図書館がどれも同じに見えるのは、アメリカの小さな町の暮らしに欠かせない癒しの空間であった、カーネギーの図書館に影響を受けているからだ。

しかしデジタルの時代になると、そういう昔ながらの公共図書館はずいぶん時代遅れになってしまった。図書館本来の構想――本や資料をおさめる輝かしい宝庫であり、それを読むための快適な場所――だけでは、もはや充分ではない。いまの人々には知識を得るための選択肢がはるかにたくさんあるからだ。この新しい時代、司書の仕事は足元から変わろうとしている。

ボストン公共図書館も例外ではない。まず手はじめに、図書館の空間を変える必要がある。一九七二年にBPLは、著名な建築家フィリップ・ジョンソン設計の新たな建物を増築した。そのジョンソン・ビルディングは当時、モダンデザインの成功例として歓迎された。だが現在では、ばかでかくて人間味がない、遠い時代の産物――その時代は図書館のデザインが人間の経験に着目したものではなかったらしい――という印象を与えている。もともとのマッキム・ビルディング、歴史的に有名な正面入り口を持つあの建物の崇高で開放的な精神は、ジョンソン・ビルディングからはほとんど伝わってこない。マッキム・ビルディングの正面入り口を通る利用者たちは、畏敬と感嘆の念を呼び起こされる。中に入れば、ジョン・シンガー・サージェントの連作壁画に出迎えられる。三〇年以上を費やして製作されたこの壁画『宗教の勝利』

は、まさしく天に向かって描かれているのだ。だが、コプリー・スクエアからではなくボイルトン・ストリートから図書館に入る人々は、ジョンソン・ビルディングの入り口にまったく違う印象を抱くだろう――最大限に寛容な言い方をすれば、実用的なのだ。

二〇一二年、ボストン公共図書館の館長エイミー・ライアンと、同僚のマイケル・コルフォード、ジーナ・ペリル、ベス・プリンドルは、ジョンソン・ビルディングをどうにかしようと決意した。彼らは建物の改修計画に着手し、何を変えるべきだと思うかボストン市民に問いかけた。市民からの回答は、これまで表面に出ていなかった批判的な意見を明らかにした。ジョンソン・ビルディングはとてもわかりにくく、〝読みたい本が見つからない〟という。また、図書館の空間は若者――多くの社会においてそうであるように、ボストンでもっとも図書館を必要とし、利用する可能性が高い層――にとって快適ではないと訴える意見もあった。レイアウトが複雑な上、一貫性に欠けるのだ。利用者が一番使いたい、そしておそらく一番借りたいものが置かれたスペースは、大きな建物のずっと奥の、迷路のように入り組んだ壁の向こうにある。この建物が伝えているメッセージは、ライアンが利用者に受け取ってほしいと願うものとは違っていた。心地よく活気にあふれた場所だとは伝わってこないのだ。こうした明確な意見を無視することはできないと、ＢＰＬのリーダーたちは悟った。

ライアンおよび、司書と建築士――この場合はウィリアム・ローン・アソシエイツに所属する人々――のチームは、市民が支援したいと思うほど胸躍る、新しい公共図書館のデザインを考え出した。この新たなデザインは、あたたかみの感じられないジョンソン・ビルディングをもっと魅力的で、しかも周辺の地域社会と結びついた建物にするものだ。床から天井まで届く窓は、かつては倉庫のようだった空間を、歩道を歩く人々が思わず中へ入りたくなるような場所に変えてくれるだろう。新しいＢＰＬには、一〇代の若者たちが本を読んだり宿題をしたりくつろいだり物を作ったりできる、使いやすいデジタルメディア室が求められている。さらに、そこを利用するにはまだ早そうな一〇歳前後の子どもたちのためのスペースも作られるだろう。幼児を対象とするチャイルドセンターには、本や音楽などのほかに、発育に応じたおもちゃも備えられる。大人の利用者たちが閲覧する小説や映画や音楽は、これまでは何もなかった寒々しい入り口の近くに持ってこられる予定だ。そしてコーヒースタンドは、カフェインを必要とする人々を引きつけるに違いない。

市もこの案を支持した。ボストンで長く市長を務めたトーマス・メニーノは、改修に予算をまわすことを確約した。実際、市議会は第一段階の費用として一六〇〇万ドルを承認している。二〇一四年には、メニーノの次の市長で、やはり強いリーダーシップを発揮しているマーティ・ウォルシュのもと、さらに六〇〇〇万ドルが追加された。新時代に向けてＢＰＬが行う全面的な見直しを、ボストンは市をあげて支援するという賭けに出ているのだ。

本館の改装に加え、ボストン公共図書館はその他のサービスの改革にも積極的に取り組んでいる。市内の近辺に新しくいくつかの分館――ＢＰＬが図書館界にもたらした、もうひとつの革新だ――を作り、図書館システムに加えた。デジタル・コモンウェルスと呼ばれるプロジェクトを通じて、ＢＰＬはデジタル化計画の中心を担っている。州内全域から画像や書籍や地図や資料をウェブ上に集め、後世に残すために保存するものだ。小さな町の女子高生が所属するバスケットボールチームの写真が、ボストン育ちの魅力的なプロテニス選手の写真と同じくらい簡単に、オンライン上で入手可能なのだ。いまや男女平等の歴史を調べている人でも、高校の運動選手の親戚でも、クリックするだけで望みの画像を手に入れられる。グロスターやマサチューセッツ州の古地図コレクションを見れば、時とともに漁業が変化を遂げてきたことや、それが海岸沿いの住人の生活に及ぼした影響がわかる。ＢＰＬとパートナーたちが主導して行ってきた共同の取り組みが、アメリカの新しい図書館モデルを作りあげ、リアルとバーチャルを結びつけたのだ。

ボストン公共図書館は、現代の大規模な図書館が将来的にどのような方向に進むべきかを示唆するきわめてよい例である。ＢＰＬのこの試みでさえ、ほんのはじまりにすぎない。ネットワーク化されたデジタル時代の好機を図書館がとらえるなら、いったいどれほどの可能性が開けてくるだろうか。とはいえ、ＢＰＬのリーダーたちや、未来のために図書館を改革しようとする人々はみな、強力な逆風にも立ち向かわねばならない。

現在、図書館が危機に瀕しているのは、図書館がどれほど必要不可欠な存在であるかを、われわれが忘れてしまっているからだ。グーグルやアマゾンの時代、それらを利用できる環境にあれば、これまでよりはるかに簡単にすばやく情報にアクセスすることが可能だ。その結果、世界じゅうの都市や町で、予算を審議する時期が来るたびに同じ論争が盛んになる。デジタル時代における図書館の存在意義とはなんなのか？　もっと厳しく言えば、必要なものや欲しいものの多くがインターネットを通じて即座に手に入れられるというのに、なぜこの不況時にわざわざ図書館に税金を費やさなければならないのか？　警察、消防局、学校など、あらゆる必須サービスのための資金は州政府や地方自治体が大部分を負担する義務があるので、市のリーダーたちは図書館支持者たちがまだ答えを準備できていないと知りつつも、問いかけざるをえない。果たして図書館は必要なのか？

この手の議論が起こり続けるのは、なぜ図書館が重要かということに関して、わたしたちがあまりにも単純で的はずれな考えを持っているからだ。たいていの人にとって、図書館の利用目的はひとつ。すなわち、情報を得ることだ。しかし今日ではほとんどの情報は、コンピュータやスマートフォンを通じて、デジタル形式で容易に入手できる。あなたは最近、友人と議論したことが何度あるだろうか？　モバイル機器を取り出して答えを調べさえすれば、たちどころに問題は解決するというのに。日常生活で必要になる情報の大部分は、アナログ形式（実物《フイジカル》という意味）とデジタル形式の両方で見つけられる。たいていの場合、デジタル版はモバイル機器を使うことにより、誰でも、簡単にすばやく、どこからでも入手することが可能だ。一方で実物を手に入れようと思えば、たとえば実際に図書館に出向くなど、より努力を要する。

書籍や雑誌やＤＶＤが廃れていると言いたいわけではない——まったく違う。新しくなったＢＰＬのような場所では、人気のある出版物やメディア資料の実物は、建物の入り口に近い目立つ場所からどんどん貸し出されていく。重要なのは、人々が情報を得る際の習慣が劇的に変化している——デジタルへ大きく移行している、ということだ。図書館は、すべて印刷版を選ぶ人からすべてデジタル版を選ぶ人まで、〝採用曲線〟上のさまざまな点に散らばる幅広い利用者に情報を提供しようとしている。もうひとつの移行もまた進行中である。図書館はスターバックスのような、無料の無線インターネット接続と居場所を提供する民間企業とも、ますます張り合っていかなければならないのだ。この変化の真っただ中にあって、あらゆる規模とタイプの図書館は、自らの妥当性を主張せざるをえない。問題は、図書館が最新のデジタルアクセスとサービスだけでなく、現実の資料と空間をも必要としていることである。

図書館が何を提供するのかに関するわれわれの考えは凝り固まっていて、そのことが図書館支持者たちの眼前の課題をいっそう困難にしている。もしほとんどの情報が、どこへでも持ち運べる機器を使ってデジタル形式で利用できるなら、本や定期刊行物、雑誌、映画、音楽など、図書館の昔ながらのコレクションになんの意味があるのだろう？　情報を得るための一番のアクセス先がインターネットなら、人々が情報を探しに訪れる現実の空間を残しておく理由はなんだろう？　図書館が都市や町や大学構内のコミュニティセンターにすぎないなら、なんのために司書が必要なのか？　否定的な言い方をするならば、デジタル時代には図書館も司書も時代錯誤の存在なのでは？　結局のところ、誰に、どのように役立っているのだろうか？

司書がグーグルで調べればすぐわかる質問に答えるだけの存在ではないように、図書館も単なるコミュニティセンターにはとどまらない。最初の公共図書館であるＢＰＬがオープンしてから、カーネギー図書館を通じてアメリカじゅうに公共図書館が広がるまで、施設としての図書館は民主主義が成功する基盤となってきた。図書館は、われわれが活動的な市民としての役割を果たすために必要なスキルや知識を手に入れるすべを与えてくれる。また、図書館は社会に欠くことのできない平等な施設という役割も持つ。たいていの地域に図書館があって、そこに熟練した司書が配置されているかぎり、社会が共有する文化を個人的に利用する際に裕福さの度合いは関係ない、という事実は変わらないだろう。

多くの人にとって図書館は、中に足を踏み入れる時間さえあれば、市民生活に参加するのに必要な情報をまったくの無料で入手できる唯一の場所である。公共図書館の閲覧室では、毎日の新聞や週刊誌、ドキュメンタリーフィルムなどがすべて無料で利用できるのだ。多くの地域では、選挙の立候補者たちが政策のポイントを比較したり、大学の客員教授が気候変動や移民問題、雇用創出の問題などを説明したりするのを聞ける場所は図書館の公開講座ルームだけだ。その同じ部屋がしばしば、あまり裕福でない家の子どもにとっては、朗読を聞いたりシェイクスピアの戯曲の上演を見たりすることができる唯一の場所になる（たいていの地域でもうひとつありふれた日常となっているのは、いかに無難かつ公平な態度でホームレスに接するかを考えるのが、公共図書館司書の大きな仕事であるということだ）。投票ブースでもほかの公的生活でも、すべての市民がよい選択をするために情報や文化を平等に利用できてはじめて、民主主義は機能するのだ。

　今日の図書館は、ちょうど一九世紀にそうであったように、民主主義の中核機関となっている。図書館が提供する知識と司書の手助けこそ、情報化された活動的な社会の活力源だ。図書館のこの役目は、ボストンやニューヨークのような大都市でも、どんな民主主義国家のどんな小さな町でも、同じように重要である。一九世紀末のアメリカで公共図書館システムが立ちあげられたときから、図書館はずっと、あらゆる人々が自らの興味を無料で追求しに行くことができる場所であり続けてきた。

われわれが知っている形の図書館が消えることは、われわれの子どもたちが教育を受ける方法に影響を与えるだろう——それも悪い方向に。自由主義国に移住する人々は、新しい制度にうまく適応し、仕事を探し、読み書きのできる労働者階級や中流階級の仲間入りをする能力を低下させることになるだろう。図書館は人々が集まり、共通の文化・科学遺産を共有し、知識を得られる公共の場所を提供する。司書はアーキビスト［公文書の収集、分類、保管にあたる専門職］とともに、われわれの社会や暮らしの歴史記録を保持していくのだ。アナログから脱してデジタルへ移行するこの時期に図書館への投資をしないのは、これらのきわめて重要な機能を、もっとも必要とされるときに危険にさらすことになる。

図書館が歩むべき道が見えていないわけではない。ボストン公共図書館のエイミー・ライアンとその同僚のような先見の明のあるリーダーたちは、前進する計画を立てている。フィラデルフィア公共図書館では、館長のシボーン・リアドンが再投資を働きかけたことで、ふたたび市の図書館の構想を練るための助成金として二五〇〇万ドルを得る結果となった。ほかにも多くの司書たち——学校図書館、大学図書館、専門図書館、あるいはテクノロジー企業や非営利団体の司書たち——が同じように道筋を示している。鍵はとてもシンプルだ。デジタルメディアやインターネットでできることに集中するのだ——その反対ではなく。この認識のおかげで、図書館を支援する人々はデジタルとアナログを結びつけ、互いを強化する方法を見つけて売り込むことができた。インターネットとデジタルメディアは、すべての図書館利用者に大きな変化をもたらす新たなサービスを可能にしつつある。たとえば、歴史文書のオリジナルから最近の市役所の会議の覚え書きまで、司書は双方向型《インタラクティブ》のデータ［ユーザーが自由に選択でき、刻々とアップデートされる資料］を幅広く、無料で見つけることができる。現実の図書館がこれほど生き生きとして興味深く有益な場所であったことはかつてなかった。図書館で働く人たちは、人々がとてつもなく大量の情報を理解する手助けをし――それを即座に彼らの生活に関連づけている。

　現在のわれわれには、フィジカルな図書館とデジタルな図書館の両方が必要だ。物理的な空間とデジタル・プラットフォームはどちらも近い将来、世界じゅうの民主主義国において、知識の習得を可能にする上できわめて重要な役割を果たすだろう。もし現実の図書館がなくなれば、われわれは地域になくてはならない知的な公共スペースを、人々が直接顔を合わせて交流できる場を失うことになる。そして、もしそれらとつながるデジタルな図書館を構築しなければ、グーグルやアマゾンのような大企業がわれわれの知的ニーズに応えていくにつれ、そうした場は廃れてしまうかもしれない。フィジカルな図書館とデジタルな図書館は相互依存する。それぞれがお互いをさらに効果的で価値あるものにすることができるのだ。

ニューヨークのクイーンズ区ほど多様なコミュニティは、たとえ世界にあったとしても、数少ないに違いない。その多様性は公共図書館にはっきり表れている。分館のひとつフォレストヒルズ図書館では、土曜の午後には席が見つからないかもしれない。さまざまな人種や年齢の利用者が、肘を突き合わせてコンピュータ端末の前に座っているのだ。もちろんテーブルの上や、壁沿いに並んだ低い書棚には本もある。だが人々の視線はそちらに向かない。部屋に入ればすぐに、ほとんどの利用者がコンピュータの前に座っていることに気づかずにはいられないだろう。ここは静かな場所ではなく、混み合った部屋にはおしゃべりの声が満ちている。だが生産的で活気があり、不快なものではない。ここでの主な活動はどう見ても、本を探したり読んだりすることではないようだ。

図書館の雰囲気の変化は、クイーンズやほかの大都市の環境に限ったことではなく、図書館に破滅をもたらすものでもない。アメリカ国内の都市や町の公共図書館は、学校図書館や大学図書館と同じように、人々が情報を入手したりかかわったりする方法の変化に合わせて、空間の使い方やルールを変えているのだ。いまでは図書館の空間が活気にあふれている――にぎやかすぎると感じる人もいるが――ことはよくあり、多くの図書館は入館者数や資料の貸し出し数、アイディアやイベントへのアクセス数で記録を打ち立てている。

今日、知識を得ることへの要求はかつてないほどに高まっている。現代の民主主義社会で知識を得ようとするのはよいことであり、異議を唱える人はいないだろう。ただ問題は、この知識を入手する手段が不均等に分配されていることだ。われわれが図書館や司書たちを援助し、これまでと同じことをするのではなく改革を求めるなら、彼らはこの分配問題を解決する中心的存在になりうるだろう。

ボストン公共図書館とクイーンズ図書館のケースは、異常ではないが正常でもない。アメリカじゅうの、そして世界じゅうの図書館が危機的状況に陥っているのだ。大都市の市長がみんな歴史的な図書館の建物を上から下まで刷新する費用の捻出を約束してくれるわけではない。クイーンズ図書館は、人々から図書館システムを求められていたにもかかわらず、蔵書の削減、責任者のスキャンダル、支出に関する論争などで、過去一〇年にわたってもっとも激しく非難されてきた場所だ。多くの市長や町政責任者たちが厳しい選択を強いられ、ほかの絶対に必要なサービスを守るために図書館の予算を切り詰めている。[3]

どんな種類の図書館でも、予算不足に直面しているものだ。大学の学長たちは着実に増え続ける授業料を懸念して図書館への支出を据え置き、新刊購入率を減らしたり、司書やアーキビストを一時解雇したりしている。中でもアメリカの一部地域の公立学校図書館は、もっとも深刻な予算不足にさらされており、司書を解雇したり本の購入数を減らしたり開館時間を限定したり、場合によっては学校図書館を完全に閉鎖したりして対応してきた。図書館の建物がコミュニティセンターや朝食付きのホテルなど別の目的で使われるようになったものもある。地域独自の記録を保管し、しばしば図書館とも提携する重要な文化遺産施設——公文書館《アーカイブ》や地元の歴史協会など——もまた、門戸を開放しておくのに苦労している。われわれはいま、完全な歴史記録文書を、とりわけデジタル形式の文書を維持できないという、非常に大きなリスクを冒しているのだ。

現実の図書館を改装する仕事は、個々の地域のニーズに合わせて一館ずつ行うのが最善であるが、一方、デジタル図書館のプラットフォーム開発のプロセスは、かなりの割合を共同で行うべきである。図書館サービスを新たに活性化するための、新しい技術を用いた新しい方法を見つけるには、個々の図書館が単独で作業にあたる必要はない。大規模なデジタル構想が、図書館サービスの驚くべき新たな形を可能にするだろう。ずっと以前から司書たちのあいだでは、〝デジタル版アレクサンドリア図書館〟の構築が噂されていた。そのプロジェクトは、いまようやく始まった。巨大なデジタル図書館が国際社会の知識と創造性と革新の源になれば、われわれの可能性はどこまでも広がる。

世界的なデジタル図書館がひとつだけ出現することは考えにくい。多数の政府と図書館司書たちが、とくにヨーロッパや東アジア、アメリカ合衆国で、国家規模のデジタル図書館のプラットフォームを開発している。国あるいは地域を相互に接続するデジタル図書館プラットフォームは、現実の図書館に取って代わるのではなく、むしろ司書たちを支える。そして各図書館が不必要なインフラや独自のコレクションを拡大させる必要がなくなり、もっとも望ましい仕事に集中できるような新たな状況を生み出すだろう。デジタル図書館のプラットフォーム開発は大がかりなプロジェクトであり、実を結ぶまでには時間を要するだろうが、ただひとつ明らかなことがある。図書館はすでに重要な改革を遂げつつあるのだ。市民として、また図書館利用者として、いまわれわれがすべきなのは、地域社会で必要不可欠な役割を果たそうと奮闘する図書館を支援することだろう。近い将来に花開きそうなネットワーク組織に、図書館はもう少しで到達するところまで来ている。

本書の企画は、わたしがある図書館の館長をしていたときに生まれた。わたしは図書館ビジネスに携わる人たちが呼ぶところの〝フィーラル〟、いわゆる無資格の図書館員だった。それ以外に法学の教授でもあり、「インターネットと社会のためのバークマン・センター」という、ハーバード大学の研究機関の所長でもあった。そして、主にデジタル技術の利用が民主制度をどう変えるかについて教えたり書いたりしていた。情報技術の利用が増えることによってわれわれの社会に広がる変化に、以前からずっと興味をそそられていたのだ。当時のわたしの上司で、その後ハーバード・ロースクールの学長になり、現在はアメリカ合衆国最高裁判所判事を務めるエレナ・ケーガンに、世界最大の大学法律図書館を運営してみないかと持ちかけられ、わたしはそのチャンスにすぐさま飛びついた。

館長になって最初にしたことは、自分が図書館経営についてほとんど何も知らず、どれほど多くを学ばなければならないかを認めることだった。過去一〇年ほどのあいだ、わたしは図書館と情報科学に関する学術論文を読みまくった。だがそれより重要なのは、図書館の内外で働く数多くの人や、図書館を大いに気にかけている人々と出会ったことだ。アメリカ国内や世界じゅうの非常に革新的な司書たちのインタビューも、本書の内容を豊かにしてくれている。図書館館長としての経験から、わたしは司書たちに――もちろん図書館で働く無資格の職員たちにも――心からの敬意を表する。

二〇一〇年以降、わたしは多くの人々とともに、アメリカに全国的なデジタル図書館システムを確立しようと取り組んできた。アメリカ・デジタル公共図書館、すなわちＤＰＬＡは、アメリカの文化ならびに科学遺産をデジタル形式でまとめようというものだ。大規模で高度分散型の、非常に意欲的な試みである。二年以上かけて共同でＤＰＬＡを設計するあいだに公開会議を何度も開催し、全国の何千人もの人たちとじかに、またはオンラインでかかわってきた。本書はＤＰＬＡの計画過程で交わされた会話から情報を得ている。つまり、「デジタル技術が可能にする規模とアクセス権ですべての人が利益を得られ、しかもこれまで長く現実の図書館の特色であった地元とのかかわりや人とのつながりも残っているような共有システムを、どうすれば開発できるのか？」という問いかけに続く会話である（運命のいたずらか、DPLAの事務所はBPLのジョンソン・ビルディング――まさに全面改修を行っている建物――の中にある）。

学んでいくうちに、わたしはこの仕事の将来について、そして施設としての図書館について、不安に思うと同時にわくわくしてもいることに思いいたった。デジタル時代に図書館と司書が提供できるものはとても多い。その大部分はすでに現実となっているし、近い将来にはいまのわれわれが想像もできないほど多くのことが実現するだろう。残念ながら、どんなに図書館に価値を見いだし、図書館を愛していても、できることはあまりにも少ない。その点で、図書館は環境とよく似ている。われわれは清浄な空気や澄んだ水や、気候変動に関連した災害をなくすことに深い関心があると口では言うものの、どういうわけか、そうした立派な計画をほとんど実行しようともしない人間に投票し続けているのだから。

アナログ優勢からデジタル優勢な世界へ移行していくこの時期に、金銭的にもその他の面でも、図書館を支えることはきわめて重要である。われわれすべてが、とくに図書館関係者でない者が、自分の暮らしや地域共同社会の中で図書館が担っている大きな役割のことをよく考える必要があるだろう。同時に、組織としての図書館自身も、デジタル環境における変化を充分に利用しなければならない。こうした変化を遂げている図書館は数多くあるが、そうでない図書館の数があまりにも多い。さらに、変化にそれほど意欲的でない館や、調整がうまくいっていない館も存在する。わたしの助言にいらだつ司書もいるだろう。図書館やアーカイブや歴史協会、あるいはほかの文化施設でも、すでに組織内で変革を進行しているのに信じてもらえないのかと気分を害する人もいるはずだ。たしかに本書の中でもほかのところでも、そういう人々が充分な信用を得ていないのは真実かもしれない。だが、わたしは本書をそれ以外の人たちに読んでもらえればいいと思っている――図書館で働いているわけではないが、誰もが思った以上に頼りにしているこのきわめて重要な知識の詰まった施設の運命に、より深い関心を抱いてくれるに違いないすべての人々に。

何よりも、本書は図書館を祝福するものである。わたしはたとえデジタル時代でも――いや、むしろデジタル時代だからこそ――あらゆる年齢層とあらゆる職業の人々のために図書館ができることがあると主張したい。過去の図書館に愛すべきところはたくさんある。かつて頻繁に訪れていた図書館に対し、たいていの人があたたかい感情を抱くのには充分な理由がある。しかしここで述べたように、図書館は避けられない変化を経験しているところなのだ。すばらしい仕事を続けつつはるかに先を行く図書館のリーダーたちを、われわれは高く評価して支援し、力づけ、資金を援助するべきだ。自分に自信が持てないまま、がらりと異なる環境に適応しようとしている司書たちにも、やはり支援が必要だ。

祝うと言いながら、本書は図書館に愛の鞭をふるうものでもある。昔をなつかしむより可能性に注目する気持ちで、わたしは図書館の未来を考え、目標を達成するためには現在の組織にとって不愉快な変化になるかもしれないことを提案する。けれども、これは決して望みのないプロジェクトではない。やがて出現するデジタルの未来にはどう考えても、図書館と司書の両方が絶対に必要だ。図書館は施設としての自らを改革しなければならない。できるはずである。

市民であるわれわれはこの移行の時期に図書館を支え、自分の地域社会や世界じゅうの社会のニーズを満たすための改革を図書館が進められるよう働きかけねばならない。また、図書館改革の責任をとる覚悟もしておかなければならない――一般市民として、組織のリーダーとして、そして納税者として。ベンジャミン・フランクリンやジョシュア・ベイツのような個人がアメリカのすばらしい図書館の建設に資金を提供したように、デジタル時代に向けて図書館への援助に力を入れる新たな世代の慈善家たちが必要となってくるだろう。この変化の時代、慈善事業に果たすべき役割があることはたしかだ。しかし突きつめると、あらゆる自由社会においては必要不可欠な公益として図書館を支えるべきなのは行政である。つまりアメリカでは連邦議会、州議会、地方自治体、そのすべてが、図書館への資金提供にいまよりもっと力を注ぐべきなのだ。教育や安全保障や健康管理といったほかの公共コストに比べて、図書館は大金を要求しているわけではない。相対的に見ればほんのわずかな公共投資でも、図書館には大いに役立つのである。

個々の図書館は、よりいっそう結びつきを強めた共同組織へと作りかえられているが、もっと多くの図書館司書が、過去には必要なかったところまでお互いにかかわり合い、協力し合わなければならない。そうした協力からネットワークでつながったデジタル図書館システムが確立し、図書館は著述や出版の制度を、そして過去のアナログ時代に社会に奉仕したサポート体制を弱めることなく、多くの歴史的な目的を果たすことができるだろう。そのときまで、この世界に大規模なデジタル図書館システムをもたらすという壮大で高価で野心的なプロジェクトは団結する必要がある。現在アメリカでは、アメリカ・デジタル公共図書館が稼働を始め、急速に成長して、デジタル時代の図書館にとっての新たな世界の基礎を築く要素のひとつとなりつつある。そして、同様のプロジェクトが世界じゅうの国々で計画中、あるいは稼働段階に入っている。これらの国家的プログラムをつないで、ひとつの国際的なネットワーク――地球全体の人々にサービスを提供する、世界規模の図書館プラットフォーム――にできない理由はない。

図書館が危機に直面しているのは、簡単には折り合いのつかないふたつの考えの板挟みになっているからだ。ひとつは、デジタル時代で図書館はあまり意味のない場所になったという世論。そしてもうひとつは、図書館への期待はますます高まっているという考えだ。だが、これは図書館を廃れさせていると人々が推測する、同じ現象から生じている部分が大きい。このふたつの考えが両方とも正しいということはありえない。

多くのことが、アナログからデジタルの世界への移行をいかにうまく乗り切るかにかかっている。図書館の運命はいままさに天秤の上で揺れているのだ。もしも図書館がなければ、もしもほとんどすべての情報を無料で利用できるという概念がなくなってしまえば、社会で持つ者と持たざる者との差はさらに開いてしまうだろう。経済は悪化し、民主主義はよけいな危険にさらされる。文化を守り、人々に希望を与える図書館やアーカイブや歴史協会の未来は、われわれすべてにかかわりがある問題だ。

第一章　危機

最悪の事態

図書館はだめになっている。図書館がだめになっているのは、紙の本《コデックス》（伝統的な本の形式）に投資しすぎているから。紙の本はもう時代遅れだ。

——イーライ・ナイバーガー、『ライブラリー・ジャーナル誌／スクール・ライブラリー・ジャーナル誌オンラインサミット』、二〇一〇年九月二九日

新任の図書館長として、わたしが庭でのバーベキューやカクテルパーティで、友人たちを相手にまったく同じ会話をした回数は驚くべき数にのぼる。その内容は次のようなものだ。

友人：へえ、おもしろいね、きみが図書館の館長だって？　法律学の教授だとばかり思っていたよ。司書ですらないのに。

わたし：うん、やりがいのある仕事に挑戦できて、すごくわくわくしてる。たしかに、司書としての訓練は受けていないけれどね。

友人：ちょっと待った。いまの時代はグーグルがあるんだから、図書館はたいして必要ないんじゃないか？

わたし：いや、じつのところ、こういう時代だからこそ、これまで以上に――

友人：（わたしをさえぎって）ああ、わかったぞ。きみはデジタル派だ。ということは、図書館をなくすためにその仕事に就いたんだな？　いやいや、それなら納得だ。

そこでわたしはふたたび、図書館の重要性は低下しているのではなく高まりつつあるのだと説明を始めるが、相手には通じない。

アメリカの人々がいまでも図書館を好意的な目で見るのは、ノスタルジーによるところが非常に大きい。われわれは図書館を、二〇年、三〇年、五〇年前の、本を読んだり勉強したりする静かで快適な場所として記憶している。図書館のすばらしさに疑いの余地はないが、いまのような変遷期に司書たちが当てにするのが、ノスタルジーだけではあまりに弱い。実際、ノスタルジーは危険ですらある。まず、図書館が昔のままであり今後もそうあってほしいと望むのは、われわれが一番避けるべき考え方だからだ。また、懐古の念にとらわれた見方では図書館が充分に評価されない。図書館はおびただしい数のサービスを提供しているのに、快適な閲覧室だけに注目していてはそれらが目に入らなくなるだろう。

現在の図書館の深刻な脅威は、単にわれわれ自身の誤解の結果ではなく、社会における重大な変化から生じたものだ。月並みな言葉に聞こえるかもしれないが、それでもはっきり言う価値はある――われわれは出版や情報技術や学問の世界で急速な変革が起こる時代に生きているのだ。これらの分野の変化は、アナログを基本とする物質《アトム》の世界から、現代生活のほぼすべての局面で情報《ビット》がより大きな役割を果たす、ますますデジタル化が進んで高度にネットワーク化された世界へ移行したことで生じた。

デジタル革命がもたらした変化は結局、図書館と司書たちにとって激しい嵐となった。あらゆる種類の司書――公共図書館、学校図書館、大規模な学術図書館やアーカイブなど仕事場所を問わず――が次々に問題に直面しており、そのすべてが、いまある力ですぐに解決できるわけではない。この嵐が非常に深刻なのは、多くの司書が昔から自分たちの役割だとみなしてきた仕事が、いまの時代はそれほど役立たないからだ。過去には、司書は自らの仕事を情報の〝収集人《コレクター》〟であり〝管理人《キーパー》〟だと考えていた。昔は集めたり管理したり利用したりできる情報が比較的少なかったので、今日よりも務めを果たしやすかったのだ。[1]

情報があふれている現代社会と比べれば、古代の図書館が収集可能な記録情報の量は非常に少なかったと言える。現在のシリアに存在した都市国家エブラの宮殿にあった図書館を例に挙げよう。ここは記録に残る最初の図書館のひとつで、紀元前二六〇〇年から二三〇〇年頃に存在していた。コレクションの量は当時最大を誇り、およそ一七〇〇の粘土板から成っていた。基本的に記録資料だが、行政、法、商業分野のものもある。また讃美歌や辞書や叙事詩もあった。たとえ支配者といえども、収集できる規模はささやかだったのだ。この粘土板のコレクションは宮殿の二部屋におさまっていた。[2]

初期の図書館において司書の仕事のひとつは、ほかの図書館に入る権利を得ることだった。そうすれば情報を手で書き写す（あるいは、必要とあらば盗む）ことができるからだ。アレクサンドリア図書館――エブラの図書館よりずっと大きい――がコレクションを増やす主な手段は、法令によるものだった。アレクサンドリアの港に入る船が積んでいる本はすべて没収され、書き写されたのちに返された。このような方法で築かれたのはアレクサンドリア図書館だけではない。スティーヴン・グリーンブラットの歴史書『一四一七年、その一冊がすべてを変えた』には、一五世紀のイタリア人学者ポッジョ・ブラッチョリーニがヨーロッパじゅうを旅して修道院が隠し持っているらしき秘法を探し出し、どうにかして母国に持ち帰ろうとする物語が書かれている。ポッジョの仕事の本質は記録された情報を集め、その写しを別の場所へ持っていくことだった。つまり、その情報を学者や貴族たちがじかに調べられるようにすることが重要だったわけだ。[3]

印刷機の登場によって、出版におけるあらゆる事情が変化したが、図書館のあり方はそれほど変わらなかった。現代の図書館も、歴史や文化や科学の記録を保存し、社会でもっとも特権を与えられた一部の人々が利用できるようにするという点で、それまでの写本の伝統を維持し続けた。現代的な印刷機が導入されたあとでさえ何百年も、印刷された出版物の数はまだ比較的少なく、本を読むのはかなり裕福か、並はずれて高い教育を受けた人々に限られた。司書は、ひとりの学者（当時はほとんど全員が男性）が理解できる量の情報を集めて目録を作るという、非常に便利な機能を果たすことができた。こうした機能はきわめて重要だったが、そこから得られる恩恵は、決して社会全体に等しく分配されてはいなかった。

そして一九世紀に起こった民主化運動が、図書館が利用される範囲を永久に変えてしまう。ボストンでは新しい公共図書館が、名門出身のエリートに独占されていた有料のアシニアムに取って代わり、知識記録の最大の情報源かつ市の文化的・歴史的記録の管理人となった。ボストン公共図書館と同じような例は、ほかの多くの都市や町、とりわけアメリカ北東部で急速に見られるようになる。当時の建築家でもっとも名の知れていたヘンリー・ホブソン・リチャードソンは、ヨーロッパを広範囲に旅して、そこで得たデザインをニューイングランドに持ち帰った。リチャードソンが設計した図書館は、彼がヨーロッパで惹かれた英国国教会の司祭館などに基づいており、そうした図書館がウォーバーンやクインシーのようなマサチューセッツ州の町の公共緑地に次々と建てられた。

二〇世紀初頭までには、選ばれた少数のために知識を保存する〝宝箱〟あるいは〝宝石箱〟という図書館の伝統的な概念は、もっとはるかに民主的な使命を持つものへと移行していた。図書館は地域社会の中心となり――小さな町であろうと大都市であろうと、小規模な大学であろうと大きな研究大学であろうと――そこでは熟達した専門家の助けを借りて、誰でも知識や技能を習得することができた。宝石箱型の図書館の大部分は、今日われわれが訪れるような明るくてオープンで刺激的な施設に変わったのだ。地域社会と、さらには民主主義システムの成功と直接的に結びつく施設に。

いま図書館はさらにもう一度変わりつつある。そして、司書の仕事も過去と比べて大変に難しくなった。図書館と出版界は密接に結ばれているが、司書という職でも出版業でもほとんどあらゆる面において、いまは変化の速度が並はずれて速い。今日わたしたちは情報や出版業の発達を、過去のように数百年ではなく、数カ月、数年、数十年単位ではかる。中国で可動活字が発明されてからドイツでグーテンベルクの印刷機が考案されるまでには、数百年の隔たりがあった。多くの人が自分専用の印刷された聖書や、そのほか現代の出版産業の産物を買えるようになるまでは、さらに数百年かかった。それに対して、ムーアの法則――コンピュータの処理速度は一八カ月ごとに倍になるというもの――は過去五〇年以上も持続されている。パーソナル・コンピュータの発明は、ほぼどこにでもデジタル情報が存在する今日の世界の到来を告げるものであった。だが、情報と技術の発達はとどまるところを知らない。われわれすべての手で、いかにして情報を利用し技術を使うかによって、つねに根本から変わり続けている。

印刷物とデジタルフォーマットを合わせて、全世界で出版されている情報の量は、学術分野、一般消費者向けともに、年々増え続けている。世界各国で一年に出版される本の量は一〇〇万冊を超え、どんな図書館が入手を考慮する量よりも多い。本の世界でもっとも急成長しつつあるのは自費出版で、過去五年間で出版物の数は三倍になった。二〇一二年までには二〇万冊以上に達するだろう。同時に、ウェブ上で発表される情報量はさらに速いペースで増えている。[4]

図書館が危機に瀕しているのは、毎年出版される膨大な量の印刷物やデジタル資料を集めて分類するのが不可能だからというだけでなく、それを試みるだけでも法外な費用がかかってしまうからだ。図書館はかつてないほど多くのサービスを、より多くのフォーマットで、しかもなるべく少ない資金で提供することを期待されている。寄付金の多い大学図書館から、ごく小さな地方の公共図書館や学校図書館、あるいは町の歴史協会にいたるまで、あらゆるレベルで図書館の人員と予算は削減されつつある。利用者が入手を希望するすべての資料を購入するのは不可能だ。そのうえ、どんどん増えていく情報を利用するのにかかるコストもまた、途方もなく急速に増加している。このコスト増の主な理由はフォーマットの多様化である。情報はますます多くのフォーマットで入手可能になっているので、図書館はどのフォーマットに選ぶ価値があるか決めざるをえない。[5]

図書館はまた、厳密には誰を出版者とみなすかという問題にも頭を悩ませている。大きな出版社——ペンギン・ランダムハウスや、本書の原出版社であるペルセウス・ブックス——は、何を出版して読者に読ませるべきかを判定する者として相変わらず重要な地位を占める。たとえばロサンゼルスの図書館なら、アメリカ国内で最大のスペイン語新聞である『ラ・オピニオン』や、『ニューヨーク・タイムズ』『デア・シュピーゲル』『ル・モンド』のようなメジャーな新聞のほかに、『ロサンゼルス・タイムズ』も読めるようにしておかねばならないだろう。しかしここから、問題ははるかに複雑になる。いまや〝出版者〟にはブログや個人のウェブサイトやソーシャルネットワークを通じて情報を発信する個人も含まれるからだ。大学も、昔ながらの大学出版会に加えて、学術機関レポジトリ［大学などの研究機関が論文などをデジタル資料として集め、管理し、公開するために設置する電子アーカイブシステム］を通すことによっても出版者となる。政府や企業はインターネット上で公式情報を公開し、それはまさしく図書館利用者が求めている形かもしれない——昔ながらの印刷物ではなく。[6]

今日の世界では、このような従来とは異なるタイプの出版者が、図書館利用者にとってもっとも重要な情報源となることもあるだろう。二〇一一年に日本を襲った恐ろしい地震や、二〇一二年にニューヨーク地区を破壊したハリケーン・サンディを思い浮かべてほしい。どちらの場合も出版社や新聞社は、読者が集めるに値する多くの情報を提供した。しかし個人もまた、スマートフォンで撮った動画や静止画をフリッカーやインスタグラムに載せたり、ブログやタンブラー、ツイッター、フェイスブックなどに直接書き込んだりしたのである。これら個人によるコメント――〝ユーザー作成コンテンツ〟の歴史的・文化的価値は明らかだ。図書館は公式に出版された資料を全部購入することはできないし、非公式に発表されたすべてを取り締まることもできない。どれかひとつを選べば、つねに誰かが落胆するだろう。今日の司書たちはどうしようもなく困難な状況にある。

司書にとって問題なのは、現在の情報がハイブリッドな性質を持っていることだ。二〇一四年現在、図書館は完全にデジタル化されているわけではないし、ほとんどの図書館はおそらく、しばらくは完全デジタル化の見込みはないだろう。近い将来の図書館は、圧倒的に印刷物が基本である過去の世界と、デジタル主体の未来の世界とが混じり合ったものになるはずだ。

その結果、われわれはさしあたり、〝デジタル・プラス〟な情報環境に身を置くことになる。新しい作品はいまもこれからもとくに指定しないかぎりデジタル形式で生み出され、保存されるというのがその基本的概念だ。たとえば、わたしはこの本を執筆、編集するにあたって、デジタルファイルとして作成した。その後、オリジナルのデジタル情報が複数のフォーマットに変換されたのだ。その中にはいまあなたが手にしている紙の本や、Kindleなどの端末で読める電子書籍も含まれる。情報を生み出したり入手したりする方法は年々、圧倒的にアナログからデジタルへと変わりつつある。少なくとも出発点においては、ほとんどすべての情報がデジタル的な手段を通じて作成され、利用されているのだ。

図書館の資料に求められる性質も、ほとんどがデジタルの方向へ変わりつつある。フォーマットの変化にともなって、教育や学習や研究の方法も変化していく。正規教育においては、経験的、実践的教育の両方が急速に変わり続けている。たとえば多くのロースクールが、一〇〇年間変わっていなかった従来のカリキュラムを見直し、法を理解するためのより実務的な実習や、問題解決を目的とした学習法をつけ加えた。これはビジネススクールにもあてはまり、より経験重視の広範な学習方法が採用されている。こうした新しく実践的な学習形態は、デジタルを活用した事例研究や相互交流型ウェブサイトやビデオコレクションのような、これまでになかった多様な教材のおかげで可能になった。[7]

司書はこれら教育、学習、研究の新たな方法を支える上で中心的役割を担っている。大学図書館には、一連の〝ビッグデータ〟を用いてデジタル・スカラーシップ［研究や学術コミュニケーションにデジタル技術を活用する研究方法］を支援することが期待されている。実証研究はビジネスや経済から法や歴史にいたるまで、幅広い分野にわたって成長し続けるだろう。司書はまた、急速に範囲が広がるデジタル形式の資料を管理するという仕事も担っている。学生や教授や専門家が利用する情報のパターンは絶えず変化していて、そのときどきの司書に新たな要求をする。[8]

ある大学が、急速に成長する研究分野〝デジタル・ヒューマニティーズ［コンピューティングと人文科学の接点に関して調査研究を行う分野］〟に関心を持つ研究者を引きつけ、支援したがっていると考えてみよう。分野としてのデジタル・ヒューマニティーズは、人間性を理解するための研究に新たなツールを持ち込むことを可能にした。生物学者が突然、新しい顕微鏡を手に入れたようなものである。デジタル・ヒューマニティーズを通して、研究者は大量のテキストを新たな方法で分析し、世界でも希少なテキストのオリジナルを教室へでもどこへでも持っていけるようになった。こうした新しいツールを使う意欲的な研究者のおかげで、人文科学分野は研究、教育ともに急速な変化を遂げつつある。しかし、新たなデジタルサービスを研究者が利用できるようにするには、莫大なコストがかかる場合がある。たとえばデジタル・スカラーシップを支援するための費用には、三つの項目のための予算が新たに必要だ。すなわち、スタッフ（少なくとも、専門能力開発という形でのスタッフの再教育）、技術インフラ、そして私的所有データへのアクセスである。

司書にとってさらに複雑で難しい問題は、デジタル・ヒューマニティーズにも多様なタイプがあり、それぞれに熱心な支持者がいることだ。〝ビッグ・デジタル・ヒューマニティーズ〟は急成長中の科学分野と企業のビッグデータ信仰からヒントを得たものである（二〇一二年一〇月にハーバード・ビジネス・レビュー誌に掲載された記事のタイトル『データサイエンティスト：二一世紀でもっともセクシーな仕事』が、この新たな関心の的をわかりやすい表現で言い表している)。デジタル方式の大量のデータ——たとえばテキストなど——を利用できることと、その中にパターンを見つけられるコンピュータツールの組み合わせが、研究者に新たな扉を開いてくれるのだ。一方、記録資料を新たな方法で分析、提示できることで、より小規模で人間的かつきわめて独創的な使用が見込めるのがデジタル・ヒューマニティーズの長所だと主張する者もいる。

ビッグデータ、あるいは処理されたデータのいずれを扱うにしても、司書は専門的な利用者のために新たなサービスを求められる。簡単な例を挙げると、歴史学と文学の研究者がマーロウの作品とシェイクスピアの作品を比較するために、新しいコンピュータシステムを使いたがっているとしよう。ビッグデータを使う場合、司書側にもスキルが必要だ。出版者からもめったに求められることのないデータソース(コンピュータを使用した分析が可能な文学テキスト)を探し出して利用できるようにしなければならない。もっと難しい例だと、研究者がエリザベス朝の詩で記録に残っているものをすべて比較したがっているとしよう。その要求を満たすには、本来なら図書館が書籍購入のために準備していた資金から高額のデータ使用料を支払わねばならない場合が多い。司書がデータを獲得できたとしても、さらなる問題が持ちあがる。それらを分類して研究者に提示し、さらに長期間保存しておくための技術的インフラが備わっている図書館はめったにないからだ。たとえあったとしても、そのようなデータの公表者は、データの長期使用の権利を売りたがらない場合が多い。

何より最大の問題は、大学の人文科学研究者の全員がデジタル・ヒューマニティーズの技術をいつも使いたがっているわけではないということだ。彼らが期待しているのは、かつて昔ながらの方法で研究していたときに受けた、すばらしい図書館サービスの数々なのだ。図書館の館長は、ヨーロッパの研究論文をすべて印刷物の形で集め続けてほしいと大学に望む、終身在職権のある教授をサポートするべきだろうか？　それとも、値の張るデータとコンピュータとソフトウェアを欲しがる新しく採用された准教授をサポートし、自然言語処理の最新技術を理解させるべきだろうか？

理想を言えば、図書館は終身教授と准教授のどちらかを選ぶのではなく、両者がいま持つよいところをすべて取り入れ、しかも将来に備えるのがよい。しかし実際、そんなやり方は成り立たない。図書館が毎年、資金面と支援面での試練に直面していることが、いかなる状況においても、そのような都合のよい考えは愚かだということを示している。

この移行期のあいだ、司書はただちに印刷資料を排除してデジタルのみに目を向けることはできない。印刷物やほかのアナログ形式の資料が姿を消しているわけではないのだ。読んだり、持ち歩いたり、手書きでしるしをつけたりするために、資料をプリントアウトし続ける人がいる。研究を始める出発点として紙の本を利用する人もいる。特別コレクションの中の貴重で珍しい資料に対しては、紙に触れたり、カビのにおいをかいだり、余白に書き込まれた文字を調べたりしたがる人もいる。情報に容易にアクセスする方法として、紙ベースのフォーマットはまだ重要なのだ。[9]

図書館利用者の声に慎重に耳を傾けた司書たちは、まだ印刷物とデジタル資料の両方を集めて利用できるようにしておく必要があるとの結論に達した。だが予算はなく、どちらの仕事も、希望する者はもちろんわりあてる人材もないのだ。書籍や定期刊行物はいまだに印刷形式でしか手に入らないものが多い。アーカイブの中の写本や、特別コレクションにおさめられた印刷本や、研究対象として保有する書物などの多くはこれからも印刷形式のままだろう。貴重で珍しい資料の原本は、人の手をかけて（そして心をこめて）物理的なケアをしていく必要がある。しかしながら、より広範囲の利用を可能にして保存を容易にするためには、こうした資料もデジタル化されるかもしれない。

一方、主要な図書館システムは、めぼしい資料に関しては収集家というより管理人の役割を果たし続ける必要があるだろう。管理人として、社会全体に代わって印刷形式の資料のケアをするのだ。その役割は、すべての出版物を集めるのとは違う。誰かが閲覧を希望するかもしれない出版物を全部、あらゆる大学や主要都市の図書館が入手できるならいいが、そんなモデルは現在でも維持が困難である――しかも年を追うごとにもっと維持が難しくなっていくだろう。管理人のネットワークを作るほうが、まとまりのない（それどころか、ときには競合する）収集家の集まりよりはるかに多くのことを達成できるはずだ。

この管理人と収集家の区別の重要性は、時間の経過とともにさらに増していき、低下することはないだろう。以前とは違い、いまの新しい知識は大部分がはじめからデジタルで生まれる。これらのデジタル資料を保存して利用可能にするという仕事は、司書にとってなじみのないものだが、彼らは早急に学ばねばならない状況にある。今日生み出される最新のデータ――まとまりがなかったり、最小限の構成しかできていない生《なま》のデータ――は、たいていがデジタル方式なのだ。とくに若い図書館利用者たちの目は、図書館が移行する以上のスピードでテキストから離れ、インタラクティブファイルやオーディオ・ビデオファイルに向かっている。研究者もしだいにブログや画像、録音、ウェブサイトなどを主な情報源として利用するようになってきた。ところが、デジタル情報を製作している者がみんなそれを保存することを考えていると思うのは、とんでもない間違いである。たとえば、ケニアの選挙で目撃した政治的腐敗について書いた女性ブロガーや、ハリケーン・カトリーナの上陸中にたまたまニューオーリンズの堤防を破壊する最初の大波をビデオにとらえた撮影者のことを考えてみてほしい。新規創業の出版社は、電子書籍が簡単に販売できる点には注目するものの、デジタル資料を保存するための一〇〇年計画には関心を持たない。こうしたデジタル資料がすぐに利用できるとともに長期間保存されるようになるためには、図書館のコレクションに入れる必要があるだろう。[10]

主な資料が圧倒的にデジタル形式で生み出されるようになっていくと、司書はまだ解決策の見つかっていない、長期にわたる問題を抱えることになる。たとえば、新しいフォーマットは往々にしてそれまでのものより不安定である。デジタル時代におけるもっとも恐ろしい問題のひとつは、〝データ劣化〟という概念だ。アメリカ議会図書館には音声が録音されたコンパクトディスクがおよそ一五万枚あるが、二〇〇三年の時点でその一パーセントから一〇パーセントがすでに深刻なデータエラーを引き起こしていると見積もられる。一九六〇年のアメリカの国勢調査を今後長く閲覧できるかどうかも心配なところである。なにしろ、いまではもう使われていない磁気テープに記録されているのだから。[11]

印刷物がすぐになくならないもうひとつの理由は、それらが知識を保存する上で不可欠な役割を果たし続けているからだ。われわれが生み出しているデジタル情報――そしておそらく、もっとも保存したいと思っている資料――の大部分が、恐るべき速度で失われてしまうのではないかと不安になるのもしかたがない。われわれはデジタル情報を保管するより、作るほうがずっと得意だからだ。たとえば、裁判記録は多くの場合デジタルファイルとして作成されるが、その後は紙の本として保管される。デジタル版がアナログ版より速く失われることを司書が心配しているためだ。司書やアーキビストはしばしば、デジタル資料には事前の安全対策をとる必要があると主張する。そのひとつが、もともとデジタル形式で作られた資料をプリントアウトしてバックアップをとり、長期保存しても安心な場所に保管してデータ劣化のリスクを減らすというものだ。[12]

図書館やアーカイブや歴史協会にとっての難問である、社会的な重要人物の電子メールを集めることについて考えてみよう。今日われわれは、情報が生み出されてはしまい込まれ、コピーをとられたり保管のために図書館へ持ち込まれたりする前に破棄されるのが一般的という状況のせいで、現在の歴史記録がより多く保存されるのではなく、より保存されなくなるという重大な危険を冒している。多くの図書館は、電子メールのソフト（マイクロソフトのOutlookやモジラのThunderbirdなど、メールの管理を手助けしてくれるアプリケーション）の種類が違ったり、それによってメールの形式が変わったり、添付ファイルや、組み込まれたりリンクされたファイルの形式が多様であったりするにもかかわらず、重要人物の電子メールを後世に残す方法を見つけ出そうと懸命に努力している。この課題——新規のデータ形式や、急速に変化する情報使用パターンに遅れずについていくこと——が簡単になるとは考えにくく、ここしばらくの経緯を見れば、今後ますます難しくなるだろう。[13]

わたしはハーバード大学の図書館長として、データ保存方法の有効性に大いなる懸念を抱いている。たとえば、わたしのハーバード・ロースクールでの上司であるエレナ・ケーガンとマーサ・ミノウはふたりとも、現代の大多数の教授たちと同じように、やりとりの多くを電子メールで行っている。わたしが恐れているのは、学部長の仕事についての記録が、二一世紀初頭のケーガン学部長とミノウ学部長のものより、一九世紀末にハーバード・ロースクールを指揮したクリストファー・コロンブス・ラングデルに関するもののほうが、はるかに多く残るのではないかということだ。ハーバード大学学長ドリュー・ファウストについても同じことが言えるだろう。歴史学者であるファウスト学長は、南北戦争中に前線から家族宛に送られた手紙を引き合いに出し、『戦死とアメリカ――南北戦争六二万人の死の意味』と題する死についての先駆的な本を書いた。われわれが新たな戦略を思いつかないかぎり、一八六〇年代に書かれた血のついた手紙よりも、その一五〇年後に書かれたファウスト自身の電子メールのやりとりのほうが入手困難になるかもしれない。J・D・サリンジャーの失われた手紙が、彼の死から三年後の二〇一三年にふたたび表に出てきたようなことが、デヴィッド・フォスター・ウォレスの見つからない電子メールにも起こるのかどうか、われわれは知るよしもないのである。

図書館のきわめて重要な課題は、アナログとデジタルに及んで広範に増えつつある活動内容をバランスよく選ぶことだ。予算が無限に増えるわけもないのに、毎年フォーマットの種類が多くなりコストも上昇する中で、獲得する資料の数を増やし続けるのは不可能だ。これらの変化は、とりわけ二〇〇八年の後半に緊縮財政によって恐慌が誘発されて以来、世界経済が著しく不安定になった時期に起こっている。公的資金が不足しているのだ。図書館の予算、人手、スペースの縮小には終わりが見えない。この重圧を受けずにすむ図書館は存在しないだろう。たとえ図書館の予算が安定している数少ない例があったとしても、同じ資料に払う値段が毎年あがり続けているのだから。[14]

いまでは多くの図書館にとって、予算カットは普通のことだ。カリフォルニア大学サンディエゴ校の図書館システムでは、最近五年間で州からの予算を二〇パーセント近く削減され、五〇〇万ドルを失った。ライブラリー・ジャーナル誌の調査によれば、二〇一〇会計年度で図書館の七二パーセントが予算カットを経験し、結果としてそのうちの四三パーセントがスタッフを削減した。ニューヨーク市にある、きわめて効率がよく評判の高いクイーンズ図書館――活気のあるフォレストヒルズ図書館の本部にあたる――でも予算カットの結果、二〇一〇年に一四の分館を閉鎖して三〇〇名の人員を削減し、開館時間を短縮せざるをえなかった。[15]アメリカの図書館の大半を占める学校図書館の予算は、近年でもっとも大きな打撃を受けている。アメリカ図書館協会（ALA）は、国内の公共図書館の予算カットを年代順に記した、憂鬱なウェブページを作成している。[16]二〇一二年のライブラリー・ジャーナル誌の予算調査では、各図書館は資料購入費をいくぶん減らしたものの、既存スタッフの生活費の上昇に合わせてささやかな昇給を行ったため、トータルでは足踏み状態が続いていると報告されている。[17] 大幅な予算削減の時代を経験したいま、司書たちに期待できるのは、せいぜい資金レベルの維持か微増というところだろう。

もっとも創造力に富んだ司書でさえ、アナログな過去の仕事——図書館の利用者が期待するようになり、大きな図書館と提携して行うようになったあらゆるサービスを提供すること——をすべてこなしつつ、新しいデジタルの未来まで作り出すのは不可能だ。たとえ予算が急上昇したとしても、そのような仕事を請け負うには無理がある。しかし解決策は存在する。それを成功させるには、図書館が目の前の課題を受け入れて、全国の図書館と協力しなければならない。高騰するコストがもたらす難問に立ち向かうためには、過去にしてきたよりずっと野心的に、資料の獲得と保存に共同で取り組むほか選択肢はない。また、きわめて近い将来に自分たちを必要な存在にしてくれる技術やサービスの開発においても、図書館は協力し合う必要がある。

この図書館の転換期は、困難で費用のかかるものになるだろう。斬新な考えや不本意な妥協が、そして大勢が抱える多くの仕事で変革が必要となるに違いない。けれども適切に行えば、図書館への投資が賢明だったと判明したように——そしてかなりの見返りがあったように——何世紀にもわたって社会に大きな利益をもたらすことだろう。

第二章　顧客

図書館利用法

図書カードは一生続く冒険のはじまり。
――リリアン・ジャクソン・ブラウン

一四歳のひとりの九年生が、ある提案をするためにわたしのオフィスへやってきた。現在わたしは高校の校長を務めていて、ありがたいことに世界じゅうから非常に利発な学生たちが集まっている。その生徒は、アップル・コンピュータでアメリカ国内のわれわれの地域を受け持つ学校向け営業担当者の名前を突きとめ、全校生徒にiPadを購入する件について、すでにその人物と長時間にわたって話してきたそうだ。わたしもほかの役員たちも初耳の話で、いささか驚かされた。

その生徒の提案とは、学校で生徒全員にiPadを購入してはどうかというもので、彼はわたしのオフィスを訪れた際、ほとんどの教師が使用する印刷された教科書からiPadに変更した場合の利点と難点、さらには市場に出まわり始めた、代わりとなるデジタル製品のリストを携えていた。どうやらずっと考えていたらしい。従来の紙の教科書より、iPadをベースにしたカリキュラム資料を使うほうが子どもにとって利点があること、すなわち、双方向型で生徒の能力レベルに合わせやすく、現代の生徒の学習スタイルに適している上、教科書より軽いので、ほとんどの生徒が背負っているバックパックが背中や腕にかける負担を軽減できるということを、彼はまるで暗唱するかのように詳細に説明した。

この生徒には、どうしてわたしがただちにすべての課程をiPadで教えるよう全教員に要求しないのか理解できないようだった。いっせいに電子教科書に切り替えてしまわない理由とはなんなのか？

彼の話を最後まで聞いたあと、わたしは教材をデジタル形式にすることを急がない理由を説明した。しかし、彼の案に全面的に賛成するわけではないが、わたしはこの生徒からいくつかのことを学んだ。彼は情報に触れるのが好きなのだ。そして学習にiPadを使うことにそこまで関心を持つ、もっともな理由があった。結局のところ、本当に重要なのは教育の均等化を求める側――教師や、われわれ管理者のような供給する側だけではない――なのだ。教師は多くの点で何が最善かわかっており、その権威と知識が大切なのは明らかだ。だが、われわれもすべてを知っているわけではない。どんなに優れた学校でも、生徒の興味や情熱こそが活力源になりうる。

図書館は時間をかけて、利用者が以前とは異なる方法でどのように知識を求め、情報を利用しているのかという難しい問いかけをする必要がある。わたしたちの教育機関――図書館や学校、ジャーナリズムをも含む――は、いま成人に達しようとする世代から取り残される危険にさらされている。変わりつつある利用者の情報習慣に、図書館は合わせなければならない。問題は、それらの変化が非常に速いスピードで起こっている人もいれば、そうでない人もいることだ。図書館はデジタルに精通した人から断固としてアナログを選び続ける人まで、幅広い層の利用者にさまざまなサービスを提供する。すべての利用者が図書館に何を求めるかはわかっていると考えるかもしれないが、好みは年々変化するものだ。デジタル時代の図書館のモットーは、ダイナミズムであるに違いない。

図書館だけが、デジタル時代への大幅な転換を求められているわけではない。通信、映画、新聞など、ほかにも多くの業界が一九九〇年代末頃から同じ難問にぶつかった。いまでは出版、報道、教育機関も同様の問題に直面している。うまく対応して成功している業界もあれば、苦しみ、もがき続けている業界もある。図書館は他者の反応のしかたからヒントを得るべきだろう――とりわけ、途中でへまをしてしまった者たちから。

レコード業界の場合を考えてみよう。一九九九年、ノースイースタン大学の学生だったショーン・ファニングは、破壊的なエネルギーを持つNapsterという名のP2P方式［ネットワーク上で対等な関係にある端末を相互に接続し、データを送受信する通信方式］を利用した初の音楽ファイル共有ネットワークをリリースした。Napsterは数カ月のうちに華々しい成功をおさめ、録音された音楽を楽しむ従来の流通モデルに対して、ダイレクトで新しいデジタルモデルが一気に優勢となった。音楽産業がこの変化を受け入れるのに何年もかかったのは（悪い意味で）有名な話で、はじめはファニングや彼と同じ考え方の人々すべてと争っていた。レコード業界は、混乱を引き起こした者たち——明らかに違法行為で儲けようとしていた人々——だけでなく、著作権付きの楽曲を違法にアップロードやダウンロードしていた、何万人ものNapster利用者を相手どって訴訟を起こしたのだ。この法廷闘争には一〇年の大半が費やされたが、結局は大変な時間の無駄だった。弁護士やロビイストに大金が注ぎ込まれ、ひとつのコンピュータ会社、すなわちアップルが大儲けし、録音された音楽の製作、販売、消費はデジタル形式がほぼ独占する結果に終わった。

デジタル時代における、録音された音楽と紙の書籍の類似性はあいまいである。読書傾向の変化はすでに進行中だが、音楽に起きたことはまだ本には起こっていない。デジタルコンテンツ配信企業のオーバードライブが提供した数字によれば、四年にわたる電子書籍の貸し出し部数の伸びには明白な傾向が見受けられる。二〇一〇年には四〇〇万冊だった電子書籍貸し出し数が、二〇一一年には一六〇〇万冊に増え、二〇一二年には五四〇〇万冊、二〇一三年には七九〇〇万冊にまで伸びた。パーセンテージに置きかえると、さらに驚くべき数字になる。二〇一〇年から二〇一三年までの伸び率は、じつに一八七五パーセントになるのである。急速な成長率を示していることが明らかなのにもかかわらず、図書館で借りられた紙の本の数は、まだ電子書籍の貸し出し数よりはるかに多い（最近のある調査によれば、貸し出し総数のそれぞれ六四パーセントと四パーセント）。もうひとつ、書籍市場の複雑さを示す兆候は、たとえときどきは Kindle で電子書籍を読むとしても、本好きな人の多くが相変わらず個人経営の書店で本を買うことに情熱を傾けていることだ。[1]

図書館の利用形態はメディアのタイプによってさまざまである。音楽や新聞は主にデジタル形式で利用され、紙の新聞や音楽ＣＤ――とくに新曲や人気のある音楽でなければ――を図書館で借りる人はほとんどいない。ところが映画（のＤＶＤ）は、利用者のもとにデジタル形式で届けられるムービー・オンデマンドの利用数が上昇傾向にあるとはいえ、まだ大量に貸し出されている。[2] このようにメディアの使用形態が分散しているのは、図書館にとってよい知らせだろう。図書館という機関の中で変化が起こるまで時間を稼ぐことができる。司書が新たなスキルを身につけ、戦略を思いつくまでの時間稼ぎが可能になるからだ。つまり、それまで司書は従来のアナログな方法で、日々のニーズに応え続けられるということである。[3]

もし読書数や学習形態の傾向がこのまま進むなら、図書館にとってのこの猶予期間は一時的なものだろう。あらゆる年齢層の図書館利用者の望みは、時がたつにつれて変わっていく。もちろん、司書たちはそれに気づいている。今日の司書が提供するサービスは独創的で刺激的であることが多く、たいていの人が図書館から思い浮かべるものとは大きく異なる。けれども、サービスの変化が中心部ではなく、周辺で起こっている図書館が多すぎる。図書館利用者の情報収集方法の変化は、図書館のデジタル化をはるかにしのぐスピードで進んでいる。図書館がこうした変化の先を行こうとするなら、納税者であり利用者でもあるわれわれがこの転換期の図書館を支える必要があるだろう。それに、われわれにはそうするだけの充分な理由がある。何より、ほかのどの年代よりも、われわれの子どもや孫たちが一番よく図書館を利用するのだから。

はじめて図書館に足を踏み入れた子どもは、とたんに驚きに息をのむ。運がよければその子は、自分のいる場所が本や音楽や映画に囲まれた明るく快適な空間だと思うだろう。そしてすぐに、これまで経験したよりも大きく、はるかに複雑で、ずっと好奇心をかきたてられる世界を目にするようになる。誰かが本を読んでくれるのを聞きながら、ひとりで読むことを学びながら、読みたい本を自分で選びながら、子どもの世界はリアルタイムで広がっていく。図書館は多くの子どもたちの人生において、周囲の世界が展開していくのに欠かせない役割を果たすのである。

数年後、先ほどの子どもは幼い頃のことを思い出す。図書館の開かれた扉を通り抜けるたびにいかに想像力が刺激されたかという記憶は、もっとも強烈な印象として心に残っているかもしれない。子どもは最初に感じた驚きの気持ちを、静かで広々とした空間と結びつけるだろう。本や書棚のにおい（おそらくは古い図書館のカビのにおい）と、親や司書の親切な導きと、居心地のいい公共スペースの片隅にこもり、魅力的な物語に引き込まれて過ごした長い午後と結びつけるはずだ。もしかすると、暑くて騒がしくて場合によっては危険な町の雑踏を離れた、涼しくて安全な避難場所として図書館を思い出すのだろう。年月が過ぎて、自分の若い頃に図書館が中心的な役割を果たしたことを話すときには、多少おおげさに記憶を作りかえてしまうかもしれない。そうするのはその子どもがはじめてではないし、言葉を飾ったところで責められるものでもない。

イギリスの有名な作家ゼイディー・スミスは、自分が生きているのは本と図書館のおかげであり、子どもの頃にそれらの大切さを教えられたと言う。彼女は『ガーディアン』紙のインタビューで、図書館は〝絶対に必要不可欠〟だと語り、機会の公平性に関して議論を投げかけた。「家に本がない人は大勢います」とスミスは述べている。「図書館は、わたしが知るべきことを探しに行ける唯一の場所でした[4]」

図書館支持者（そして現在は法律学教授）であるエスメ・キャラメッロはわたしに、図書館といえばいつもオレンジソーダを思い出すと話した。中西部で育った彼女の家族は読書が大好きで、ジャンクフードには反対だった。イリノイ州ハイランドパークにあった地元の図書館は、夏のあいだに一定数の本を読んだ学生を対象にコンテストを実施していた。賞品は八月に開かれるパーティで、その際は図書館から、巨大なプラスチック容器に入ったオレンジソーダがふるまわれることになっていた。よくフットボールの選手たちが、決勝戦で勝利をおさめたあとにコーチの頭の上でひっくり返しているような容器だ。夏じゅうずっと、エスメは次から次へと本を読みながら、オレンジソーダを味わうことができた。

いまの子どもたちはまだ運のいいことに、そんな目をみはるような（よだれも垂れる）体験ができる。たとえ図書館が、いまの大人たちが子どもだった頃とは様変わりし、いまの子どもたちが昔とはかなり異なる方法で図書館を利用しているとしても。感覚的には信じられないかもしれないが、グーグルやフェイスブックのあるこの時代でも、調査によれば若い人たちのほうがもっとよく図書館を訪れている。[5]これはすばらしい知らせであり、社会全体にとってよい前兆だ。図書館という物理的な空間の中で、より広い知識の世界にさらされる経験は、自由社会で成長していくための一部としてしっかりと残るだろう。

ネットワーク社会に生きる現代の子どもは、両親のアナログな体験と、自分の子どもがいつか経験するであろうほぼ確実にデジタルな体験とのあいだに挟まれた、ハイブリッドな経験をしている。デジタル環境と現実の世界の両方で学習している若者は、その両方に強いつながりを感じる。彼らにとって、実生活とオンラン上の探検は別の世界の話ではない。現実は〝オンライン・ライフ〟でも〝オフライン・ライフ〟でもなく、ただの〝ライフ〟なのだ。

ある研究団体が発表した図書館についての調査結果は、明白に肯定的と言っていいものだった。資金提供が減り、それにともなって財政難に直面しても、図書館に対する一般の人々の支持——とくに子どもを対象にする施設としての支持——は依然として高い。この結果は何年にもわたって調査が重ねられ、正しさが立証されている。二〇一三年に実施された調査では、九〇パーセント以上のアメリカ人が、地域社会で図書館がきわめて重要な役割を果たしていると感じていた。とくにアメリカ人は、図書館は子どもへのサービスに集中して取り組むべきだと考えているようだ。図書館ほど高い好感度を得ている公共機関はほとんどない。[6]

司書にとってこの調査でもっともうれしい知らせは、若者に図書館の入り口をくぐらせるのに成功しているということだろう。若者は現在のところ、年代別に見た場合、図書館を利用する見込みが圧倒的に高いグループだ。二〇一一年のピュー研究所［アメリカの世論調査機関、シンクタンク］の調査報告によれば、一六歳または一七歳の高校生の七二パーセントが、過去一年以内に図書館を利用したことがあった。一六、一七歳というのは勉強あるいは学校の授業で日常的に本を読む可能性がもっとも高い年齢層で、その率は九五パーセントだ。この数字は、子どもより頻繁に図書館に行くと思われがちな年配者などを含む、ほかのどの年齢層よりも高い。たとえば同じ調査報告によると、六五歳以上で過去一年以内に図書館を訪れた人の数は半分以下（四九パーセント）だった。若者はいまでも図書館を利用しており、しかもその数は多い――主として学校の宿題のためだということが判明している。調査からはさらに、生徒たちは調べものをする際に司書の協力を仰いでいることがわかった。オンラインで情報を探すのが得意な生徒は、たいてい司書や教師からリサーチ技術をしっかり教わっている。[7]

　図書館利用に関するデータ――とくにデジタルに精通している若者の利用状況――がそれほど楽観視できるものなら、こう質問したくなるのも当然かもしれない。なぜ早急に〝愛の鞭〟をふるうことが必要なのか？　問題は、若い利用者を含む図書館の人気に関するこれらのデータだけでは、一部分しかわからないということだ。若者に図書館の入り口の扉をくぐらせることは最初の一歩だが、長期的に見ればそれだけでは足りなくなるだろう。図書館利用者はいまだに印刷された紙の本を欲しがるが、同時に変化も求めているのだ。知識を得たり生み出したりするための技術的なアプローチを、彼らは進んで受け入れる。調査に答えてくれた利用者たちからは、もっと電子書籍を利用したい、図書館にはもっと技術的に進歩したサービスを提供してほしい、といった声があがっている。

現在の問題は、一部の図書館が提供し続けているものと、調査で学生たちが欲しいと回答したものに、漠然としたずれが生じていることだ。二〇〇九年に情報リテラシー・プロジェクトが実施した、現在の学生たちによるリサーチの実践に関するデータが、将来を見すえた司書になるための出発点となる。典型的ないまのアメリカの大学生の学習スタイルを見てみよう。二〇一〇年のある重要な全国調査によると、一八歳以上の学生はリサーチを開始するときや、探した情報の質を判断するとき、友人や家族に相談しているとわかった。特定の分野のリサーチの場合は、驚くことではないが、まず講座の教科書にあたる。研究課題に必要な情報を得られるグーグルやウィキペディアやその他のオンラインサービスを利用する場合も非常に多い。それに加えて誰かに相談するとなると、学生は司書よりも先に教師を選び、リサーチ情報に関するアドバイスを求めるのだ。しかしながら、リサーチの一部として司書とチームを組めば、将来的にはグーグルより研究データベースを使う可能性が高くなるだろう。[8]

　情報リテラシー・プロジェクトの調査で明らかになったように、学生たちが司書に助けを求めるのは、彼らがグーグルやウィキペディアを含むほかのものの手を借りたずっとあとのことになる。多くの学生たちにとって図書館は、新しい題材でリサーチを始めるときに、一番に情報を探す場所では決してない。先ほどの調査の担当者は次のように書いている。

回答者のほぼ全員が、最終的に調べようとする目標にかかわらず、初期段階ではまったく同じ、確実に信頼できるいくつかの情報源に頼っていた。講座に関係したリサーチの場合はほぼ全員が講座の教科書とグーグルを、日常生活に関するリサーチの場合はグーグルとウィキペディアを利用している。また、ほとんどの学生は講座関連のリサーチでは図書館の資料、とくに学術データベースを使っているが、それに比べて、司書とのやりとりが必要な図書館のサービスを利用する学生ははるかに少ない。[9]

学校の外でも、子どもたちはデジタルを介した非公式な方法で、校内で得た知識を補う学習をしている。言いかえればデジタル体験は、学校に基礎を置いた教育システムの体制から完全にはずれた学習機会を子どもたちに与えているのだ。これらの体験は学校そのものか非営利団体が提供する場合が多いが、子どもたちが喜んで、あるいは熱心にやりたがっているオンライン学習の活用を試みる組織には、民間のハイテク企業も含まれる。たとえばメディア王ルパート・マードックの率いるニューズ・コーポレーションだ。ニューズ・コーポレーションの教育戦略は、情報とインターネットへのアクセスを慎重に管理した上で、子どもたちに小学校の教材のほとんどをiPadのようなタブレット端末だけで学ばせようとするものである。[10]
成長するにつれ、子どもたちは非公式な学習方式をさらに発見し続け、深く豊かな好奇心を伸ばしてゆくだろう。二〇一三年に発表された、ピュー研究所インターネット&アメリカ生活プロジェクトと、インターネットと社会のためのバークマン・センターの共同研究によれば、アメリカの一〇代の二五パーセントが、ほとんどの場合に電話回線を使ってインターネットに接続している。スマートフォンを所有している一〇代では、五〇パーセントが主に電話回線を通じてインターネットを利用していた。生徒たちは、市営バスに乗りながらモバイル機器を操作して学習したり、夜遅くにテレビを見ながらフェイスブックにアクセスしたり友だちにメールを送ったりと、マルチタスクをこなしながら学習する。彼らはまた、長時間にわたって頻繁にプレイすることも多い、数々のマッシブリー・マルチプレイヤー・オンライン・ロールプレイング・ゲーム（MMORPG）——大人数のプレイヤーが同時にオンラインのバーチャル世界に参加して競うゲーム——の中でも学ぶ。この場合の学習はいいことばかりではなく、かなり悪い習慣がついてしまうものもある。だが大半は非常に生産的だ。司書を含む教育者たちは、この非公式な学習《インフォーマル・ラーニング》の傾向を真剣に利用する方法を探り始めたばかりである。[11]

学生たちと彼らの特別な興味のあとを追うだけでなく、司書は高速インターネットにアクセスできる人とそうでない人との〝情報格差《デジタル・デバイド》〟を少なくするために、きわめて重要な役割を果たすことができる。過去一〇年にわたり図書館は、ほかに方法を持たない人たちに無料でインターネットの高速回線へのアクセスを提供する上で、欠かせない存在となってきた。いつかインターネットが電気と同じくらい広く行きわたるなら、この役割は一時的なものになるかもしれないが、ここ合衆国でもほかのほとんどの国でも、まだそこまでの域には達していない。

若者がインターネットにアクセスする方法はこれまでより増えているにもかかわらず、広範囲に実施した調査によれば、高速ブロードバンド接続の利用には相変わらず差が生じている。一九九〇年代初めにワールド・ワイド・ウェブが出現して以来、政策立案者や研究者たちは情報格差について大きな懸念を表してきた。裕福な人々は、あまり裕福でない人々より先進技術やネットワークそのものを利用できる可能性が高い、という考えからだ。とりわけ現在、ネットワークに接続したモバイル機器や、ますます選択肢が増えている家庭からのネットワーク接続を通じて、インターネットサービスは過去のどの時点よりもはるかにたやすく利用できるが、それでも格差は持続している。二〇一三年のピュー研究所の調査によれば、アメリカの大学卒業者の九〇パーセントがインターネットの高速回線を利用しているが、それに比べて、高校を卒業していない人の利用率は三四パーセント以下だった。情報を入手する方法の種類やスピードや特質も、それに関連して懸念される。もっとも人口が密集した地域に住む裕福な人々は、ケーブルや衛星通信や、一部の地域では電力会社を通じてなど、さまざまな選択肢から家庭で高速ブロードバンドに接続する方法を選ぶことができるが、誰もがそれほど幸運なわけではない。[12]

インターネットへの高速接続は、世界じゅうどこでも非常に高価である。地球的規模で見れば、インターネットにアクセスしているのは世界の人口の三分の一程度にすぎない。研究を重ねた結果アメリカでは、たとえ住んでいる地域でネットワークの技術的能力が高速に対応できるところまで達しているとしても、単にインターネットに高速接続する金銭的な余裕がない人が大勢いるという、まぎれもない事実が確認された。この問題は地方へ行くほど悪化する。住まい同士が離れていて、全住民に高速接続を安く提供することができないからだ。家庭でブロードバンドにつなげない原因には、人種問題もからんでくる。ヒスパニックやアフリカ系アメリカ人の学生は、白人やアジア系アメリカ人の学生より、自宅でブロードバンド接続ができる割合が著しく低い。[13]

アクセスの問題は、学校で生徒に学業の一環としてインターネットの利用を促す――しばしば命じる――動きのせいで悪化している。公立高校で生徒に学習の一部としてオンライン講座を受講させる州の数は、毎年増えているのだ。この動きを後押しする力はいくつかある。ひとつは、生徒たちに二一世紀型のスキルを身につけさせ、変化しつつある労働市場の一員となる準備をさせようという善意の取り組みだ。二一世紀型のスキルを押しつけることに批判的な人々は、学校改革論争でもっとも影響力を持つコスト問題が、こうした変化を余儀なくさせているのではないかと危惧している。予算面で切迫した状況にある学校は、本物の教師を雇う余裕のない講座を提供できるようにするため、コストの低い選択肢を選び始めている。ほかには、個々の教師が生徒たちに、レポートのための調べものをしたりデジタルの作品を作ったりするときにインターネットを使うよう求めるケースもある。これらは子どものさまざまな学習方法のひとつとして、適切でよく練られた課題であることが多い。教育学上きわめて理にかなっていると言える。[14]

学校でも家庭でもインターネットのブロードバンド接続を利用しやすい環境にある生徒は、授業のための一回かぎりの宿題であろうが、本格的なオンライン講座のための作業であろうが、なんの問題もなく完成させられる。豊かな学校や地域の生徒がインターネット接続やデジタルリテラシーについて心配することはほとんどない。しかし低所得者層のクラス、とくに地方の学区では、デジタル時代の課題は生徒やその親にとって悪夢となりうる。家庭で高速接続ができなければ、学校にいるあいだか、放課後のプログラムに参加しているあいだに急いで課題を終わらせるしかないのだが、実際は不可能な場合が多い。携帯電話のネットワークを利用したモバイル機器では、画面が小さく通信速度も遅いので、宿題をするには適さない。このようなインターネット接続の質の違いが、生徒のオンライン活動への参加に大きく影響する。社会的経済レベルがより低い地域で見受けられるデジタルリテラシー率の低さは、単にこの問題のためなのである。[15]

公共図書館の中に入ってみよう。国の主要な資金援助プログラムと司書の努力のおかげで、公共図書館は子どもたちに学校の外での高速インターネットアクセスを提供し、彼らのデジタルリテラシーを改善する必要に応える上で、なくてはならない働きをしてきた。過去二〇年にわたり、連邦政府の補助金とビル&メリンダ・ゲイツ財団の大きな支援が、アメリカじゅうの公共図書館で高速インターネットアクセスを可能にしたのだ。いまではアメリカにあるおよそ一万六七〇〇の公共図書館の九五パーセント（一万五四〇〇館）で、利用者は無線でインターネットを使うことができる。全国の児童が毎日のように公共図書館を訪れるのは、本を借りたり図書館司書に相談したりするためではなく、放課後にインターネットに接続して、図書館が閉まるまでのあいだに宿題を終わらせるためだ。ときには閉館後でも、図書館の駐車場は夜遅くまで、建物の外へ漏れてくる無料 Wi-Fi を車の中に座って利用しようとする人たちでいっぱいになっていることもある。[16]

変わらず続く問題は、予算カットのせいで図書館が開館時間を短縮したり、分館でのサービスを縮小したりすることだ。図書館の開館時間はたいてい学校の授業時間と重なるため、無料インターネットアクセスを頼みの綱にして宿題を完成させなければならない生徒たちには、使える時間帯がわずかしかないことがよくある。リサーチをしたりレポートを作成したり、デジタルで作品を作ったりする場合、それだけの時間では短すぎて、満足のいく成果をあげられないだろう。さらには需要が供給を大幅に超えることが頻繁にある。真面目な生徒たちは、求職者やゲームプレイヤーやホームレスや、ありとあらゆるほかの利用者たちを相手に、端末の使用を競わねばならない。自分のノートパソコンを持つ余裕のある子どもがほとんどいない地域では、避けられない事態である。[17]

結果として子どもたちとその親は、図書館が閉まったり混んでいたりした場合、無料の Wi-Fi が使える別の場所に移動していく。多くのアメリカの子どもにとっては、マクドナルドやスターバックスを意味するだろう。そうした店は開いている時間が図書館より長く、食べ物を買わなくても無料 Wi-Fi が利用できて、大半のアメリカ人の自宅から二〇マイル（約三二キロ）以内のところにある。マクドナルドとスターバックスは、無料 Wi-Fi が使用可能な店舗をアメリカ国内におよそ二万三〇〇〇店かまえており、これは同じく無料の Wi-Fi を提供している公共図書館の総数より多い。健康的な食事ができるかという心配や、子どもの肥満率の増加、長期的に見た医療費の問題はさておき、この状況が学習面で抱える問題だけに目を向けてみよう。マクドナルドやスターバックスには知識豊富で助けになる司書がいないだけでなく、フライヤーでポテトを揚げるにおいや、フラペチーノを作るブレンダーの音が充満していて、最適な学習環境を与えてくれるとは思えない。[18]

宿題を終えるためにファストフードレストランへ行かざるをえない状況に子どもたちを追い込むべきでないのは明らかだろう。図書館のほうがはるかにいい選択肢だ。生徒はしばしば、彼らが図書館で勉強するのは、インターネット接続が無料だからというだけでなく、静かな環境があるからだと口にする。熟考しやすい場所であることに加え、図書館には司書がいて、難しい問題と格闘する生徒を必要に応じて手助けしてくれる。しかし予算上の厳しい選択――本か、スタッフの給料か、設備かなど――のせいで思いどおりにはいかず、子どもたちに学校や図書館ではなく、宿題を終わらせる方法を与えてくれる商業施設を探させるという結果を招いているのだ。[19]

情報格差にはもうひとつ厄介な面がある。準備段階であまりにも大きな格差があると、生徒たちに差がついてしまうのだ。調査結果では、学校教員なら誰もが知っていることが示されている。すなわち学校には幅広い能力を持つ子どもたちが、教材の学習やスキルの習得を期待してやってくるということだ。彼らにはインターネットへのアクセスのみならず、サポートの体制や技術においても違いがある。その格差を生じさせているのはインターネットアクセスだけではない。もっとはるかに深い問題である。ただ物理的なインフラを改善したところで、この格差を解決することはできないだろう。たとえば、インターネットを電気と同じくらい普及させたと主張するオランダでも、異なる社会経済的背景を持つ若者がどれくらい効果的かつ生産的にインターネットを利用しているかと問われれば、そこには根強い格差がある。オランダでは、社会的経済力が低い集団に生まれた若者のほうが、より高い集団に生まれた若者より、娯楽のためにインターネットにアクセスする割合が大きい。それが情報や学問のためのアクセスの場合、反対の傾向が見受けられる。[20]

学生集団のあいだでデジタル関連の知識や実践経験がまったく異なるという問題は、学力の差ではなく準備の差だ。学力と準備の達成率はどちらも、人種や社会経済的な地位と強い相関関係にあるので、そのため社会科学者たちは、富とステータスを判断する代わりとして教育レベルを用いることがよくある。図書館の利用に関しても同じことが言える。ピュー研究所の調査結果は、低所得者層の若者のほうが高所得者層の若者より、図書館の使用頻度が低いことを示している。[21]

デジタル時代になって、これらの不公平は悪化した。デジタルを介した学習形態をもっとも利用できる若い人々が、すなわち社会経済的にもっとも高い地位を持つ人々でもある。デジタル時代の罠——個人情報を共有しすぎたり、オンライン上で危険な状況に陥ったり、信用できる情報とそうでない情報が見分けられなかったり——を避けるためのサポートをほとんど受けられない若者は、裕福とは縁遠い家庭の出身である傾向がある。こうした二一世紀型のスキルがますます重要になるにつれて、社会は不平等の拡大を食い止めるために、積極的な戦略を立てる必要があるだろう。[22]

図書館や優れた司書は、準備とスキルのギャップを埋める戦略の中心に立たなければならない。ブロードバンド接続を提供するだけでなく、図書館には、どのような社会においても情報リテラシーをサポートするという重大な役割があるのだ。教師たちはしばしば、定められたカリキュラムに従おうと無理をするあまり、課された多くの期待に応えられず、デジタル教育に時間をあてる余裕がなくなってしまう。しかしすでに大勢の生徒たちが無料Wi-Fiを利用するために（そしてたまには本を借りるために）図書館へ来ているのだから、司書にとっては彼らを手助けする大きなチャンスなのだ。複雑さを増した現在の情報環境においてはとくに、情報の検索がうまくいくかどうかは経験と指導次第だということが、調査結果にもはっきり示されている。小さな子どもはとりわけ、まだ情報源を他人に頼るところが大きい。知識豊富な司書は、図書館内で発生する教育の機会――教師に与えられたテーマや難しい問題に生徒が個人的な関心を示してやってくるとき――を利用して、デジタルリテラシーのギャップを埋める一助とすることができるだろう。現在の司書は、自分たちの強みを利用して関係を築く、とてつもない機会を手にしているのだ。生徒たちは扉の中に入ってくる――扉がつねに開かれ、明かりがともされているかぎりは。[23]

図書館を大いに利用し続けているのは子どもたちだけではない。もちろん大人も図書館にとっては重要で、多くの大人たちが幅広い目的で図書館を利用する。全体的に見ると、ほとんどあらゆる年齢層で図書館の使用は高い率を保ち続けているのである。アメリカ政府の資金提供機関であるアメリカ博物館・図書館サービス機構が作成した公共図書館に関する報告書によれば、二〇一〇年には国内一万七〇〇〇近くの公共図書館が、総人口三億八七〇万人のうちの二億九七六〇万人にサービスを提供した（同じ報告書で、二〇〇〇年から二〇一〇年のあいだに、図書館への州政府による資金提供が三七・六パーセント減少したことが指摘されている。一方、連邦政府の資金提供の減少は一九・三パーセントだった。これほど利用者のある公共サービスが、成功しているにもかかわらず公的資金の引き下げにあい、事実上罰せられねばならないというのは異常な事態に思える）。全アメリカ国民の半数以上が定期的に図書館を利用しているのだ。二〇一三年には一六歳以上のアメリカ人の半分以上（五四パーセント）が、過去一二カ月間に図書館を訪れたことがあると答えた。[24]

調査によると大人は、本やＤＶＤやＣＤ、それに求職用の資料や市民権獲得に関する資料を借りるためだけでなく、公共のスペースでほかの人たちと過ごすために図書館を利用するらしい。資料の貸し出しはニューヨーク市内の図書館だけで、二〇〇二年の四三〇〇万件から、二〇一一年には六九〇〇万件と、全面的に上昇した。図書館で開催される公共イベントへの参加も増えている。ニューヨーク市では、二〇一一年に一万七〇〇〇のプログラムを実施して二三〇万人以上を呼び込み、二〇〇二年から四〇パーセントの参加人数の増加を記録した。[25]

大勢の利用者を引きつけるだけでなく、図書館には熱烈なサポーターがいる。アメリカ図書館協会が主催する〝アイ・ラブ・ライブラリー〟と呼ばれるウェブコミュニティは、なぜ図書館に夢中になるのか説明する場を人々に提供している。作家のデニス・ギャフニーは次のように書いた。「わたしが図書館を大好きな理由は、ほとんど何も求めないのに多くを与えてくれるからだ。図書館にはカリキュラムも教科書もないが、自由に本を取り出せる書架がある。何を読むべきか指示する教師はおらず、意見を求めないかぎり前に出てこない司書がいるだけだ」ギャフニーの意見は多くの人から賛同を得た。つまり図書館は、学校へ通うには年をとりすぎたり忙しすぎたりする人に、落ち着いて利用しやすい広々とした学習環境を提供してくれるのだ。収入がどうであろうと、正式な教育を受ける機会があろうとなかろうと、国民が生涯学習者でいられるように、民主主義国家には図書館が必要である。

図書館の独立性と公共性も利用者にとって魅力的だ。ギャフニーは大勢の意見に応えて言った。「図書館はまだ、ペプシやフリート銀行やナショナル・カー・レンタルみたいな企業に命名されたスポーツアリーナのように、名前を変えられたことがない。そこが好きなんだ。誰だって、地域の図書館にトロピカル分館なんて名前をつけたらばかばかしいと思うだろう。当たり前だ。図書館の所有者はわたしたちなんだから」

図書館の独立性が重要なのは、われわれの注目が図書館の中では売り買いできないことを意味するからだ。われわれは報復や経済的影響を恐れることなく、自分の興味やアイディアを自由に追い求めることができるのだ。現実でもオンラインでも、公共の場は企業の権益獲得のために圧力をかけられている。だが図書館は世界じゅうの地域社会で、力強く魅力的な公共の場であり続けるだろう。[26]

適切な支援と意欲的な指導を得た図書館は、すべての年齢層の利用者に効率的にサービスを提供するという、持続可能で価値ある未来へ向かって突き進んでいるところである。この変化の時は、多くの利用者が望む未来を築くために、各地の図書館が協力して取り組まねばならない時期だ。もし図書館が地域の情報ニーズに応えなければ、ほかの誰かが応えるだろう。その誰かは、利潤動機と一般市民の利益のための活動とを混同してしまう可能性が高い。本を売りたいアマゾンが関心を持つかもしれないし、検索をもとに広告を売りたいグーグルか、あるいは手のこんだコーヒーやファストフードを売りたいスターバックスやマクドナルドが関心を持つかもしれない。図書館は企業ではなく、アイディアや夢を中心に築かれる地域の出会いの場として、先導的な役割を果たすべきである。

情報や娯楽にアクセスする方法を見つけることは、将来の図書館利用者にとって大きな課題とはならないだろう。すでにほとんどの情報はたいていのデジタル機器からアクセス可能であり、ますます簡単に探せるようになっている。モバイル革命——インターネットに接続可能なタブレット端末や電話が大勢の手に行きわたり、Wi-Fiや携帯電話の受信可能地域がどんどん広がる——は、毎年衰えることなく続いていく。たいていの場合、図書館利用者は彼らが必要とするものに、家や道端からアクセスすることが可能だ。金銭的余裕があれば、発売中の本を複数のソースからほんの数秒でダウンロードすることもできる。たとえばアマゾンからKindleへ、バーンズ&ノーブルからNookへ、営利目的のたくさんのサービスからiPadやAndroidタブレットへ、といった具合に。雑誌や新聞、音楽、映画、テレビ番組——すべてあっというまに同じタブレットやiPhoneやiPodに、アップルのiTunesストアやほかのアプリストアを通じてダウンロードできる。これまでに比べて情報は珍しさが薄れ、ずっと入手しやすくなった。

こうしたデジタルサービスと同じものに無料でアクセスできる役割を図書館が果たすことになるかもしれないが、その役割は小さくとどめておかなければならない。たしかに、ごく最近出た最新の著作物にお金をかける余裕のない一般の人々がそれらを利用できるようにするという公共サービスは存在する。図書館にできるのはせいぜい、最新のベストセラー小説やヒット映画を提供することくらいだという意見ももっともである。だが、将来そのようなサービスが、それぞれの町の地域の特性に合わせた施設で提供されるのは、まったく無意味なことだ。もし図書館が、地域の希望者の中からジェイムズ・パタースンの最新小説のダウンロード順を決めることしかしていないとしたら、その地域で今後も人が雇われ続ける可能性はないだろう。地元に昔からある建物の中に座って、公金で購入した小説のファイルに次の二週間アクセスできるのは誰かを決定するだけのために。

しかしながら、図書館がもっと多くのものを提供していることは疑いようがない。図書館の利用者――子どもも大人も――は、学校の課題で助けを求めたり、公開講座に参加したり、市民権獲得の手順について学んだり、新規事業立ちあげに関する本を山ほど借りて家に持ち帰ったり、あるいは単に涼しくて静かで安全な場所で新聞や絵本を読んだりするとき、そのことに気づく。司書は、図書館に存在の意義や価値を与えてくれる利用者と関係を築くものだ。地域の公共の場で、互いに顔と顔を合わせての交流は、いまでも変わらず代価を支払う価値のある、必要不可欠なサービスである。

わたしは本書の大部分を、世界じゅうの公共図書館や大学図書館に座って書いてきた。本章の草稿に取り組んでいたときは偶然、いま住んでいるマサチューセッツ州アンドーヴァーの中心にある、メモリアルホール図書館にいた。すばらしい市立図書館で、フロアには頼りになるスタッフが、すぐに姿が見えて声をかけやすい場所にいてくれる。あらゆる年齢層の人々が集う表側の部屋には、雑誌やベストセラー本やＤＶＤが並べられている。メインフロアには、つねに子どもが出入りする活気に満ちた区域がある。昼すぎに学校の終わりのベルが鳴ると、解放された子どもたちがどっとやってくるのだ。ある午後わたしは、少なくともしばらくは図書館の世界に問題は起こらないだろうと実感していた。すると突然、普段の図書館の活発なざわめきを超える大声で、一三歳くらいの男の子が自分の iPhone に向かって叫んだのだ。「Siri、〝終端速度〟ってどういう意味？」Siri とはアップルが開発した無料の、ほとんど頼りにならないバーチャル・アシスタント機能で、今回も質問がまったくわからなかったようだ。だが、すぐ近くにいる図書館司書ならいともたやすくその男の子に手を貸し、答えを見つけさせてくれたに違いないとわたしは確信する。

第三章　空間

バーチャルとフィジカルの結合

アナログとデジタルが共存するハイブリッドな空間を作り出せ。
――ジェフリー・シュナップ、ハーバード大学メタラボ

学期中にハーバード・ロースクール図書館の閲覧室を歩いていくと、だいたいいつでも、多くの座席が学生で占められていることに気づくだろう。学生たちは天井の高い部屋の中で、はるか昔の法律の大家たち（ほとんどが白人で、かつらをつけている者もいる）の揺るぎない視線に見おろされながら、長いテーブルに並んで座っている。学生たちがこの大きな部屋に集まっているのは、たいがい法律を学ぶためだろうが、絶対にそうというわけでもない。いろいろな分野の学生が大学じゅうから、リサーチあるいは試験に向けての勉強のために、気持ちを奮い立たせるこの部屋へやってきたのだ。ときには学生にまじって教授たちが何人か座っていることもある。おそらくはかつて学位の取得をめざして試験勉強をしていた、その同じ座席に。

多様な背景を持ち、年齢もさまざまであるにもかかわらず、この特別な図書館で勉強に精を

出す人々は、自分の座る長い木製テーブルの上に、同じようなものを置く傾向がある。まず、コーヒー（中身がこぼれて図書館や本を汚さないように、しっかりフタが閉まる、学校が認可した特大のマグカップに入れて）は一般的だ。そしてほとんどすべての学生が、目の前にノートパソコンを置き、図書館のワイヤレスネットワークに接続している。ノートパソコンとコーヒーは、勉強熱心な若者世代と聞いて、われわれがすぐに思い浮かべるものかもしれない。

だが、共通する特徴はもうひとつある。法学部の学生のほとんどが自分の前に置いているのは、何インチも厚みがあって、ずっしり重そうに装丁された法律の判例集だ。法律書というものは数百年間見かけが変わっていないが、この判例集もよく似ている。法に携わった歴史上の人物――リトルトン、コーク、ブラックストン、ストーリー、ホームズといった、閲覧室で学生たちを見おろす肖像画に描かれるような名士たち――がかつて自らの見解を述べていたのと基本的には同じ形式で書かれ、よく目にするものである。ますますデジタル化が進むこの時代でさえ、昔ながらの紙の判例集は、法学の変わらない特徴なのだ。

判例集のほかにも、法学部生はもう少し小さなものをいくつか置いている。彼らの大部分が、何かしらのボールペンと太い黄色の蛍光マーカーを持っているのだ（調べたことはないが、実証的研究の見地から考えて、法学部の書店のほうがキャンパスの反対側にある同じタイプの書店より、黄色い蛍光マーカーが間違いなくよく売れているはずである）。熱心な法学部の学生は、同じ判例を何度も何度もじっくり調べ、判例集のページを黄色いインクだらけにする。ときには二重に強調するために、同じ個所にアンダーラインを引くこともある。余白には、判決や判決理由に組み込まれた付言に対する解説が、手書きでびっしり書き込まれている。[1]

デジタル時代が到来してもこれらの判例集が生き残ったのには理由がある。学生に情報を伝える効果的な方法だからだ。判例集は便利なカンバスであり、学生たちはそこで法律情報の中核である生《なま》のデータを学ぶことができる。しかし、これらの判例集も完璧ではない。重くて高価な上、双方向性、注釈の共有、共同の作業空間、コンセプト間の新たな結合といった、デジタル形式ならすぐに提供できるものが得られないからだ。

これから数年はまだ、法学部の学生は重い判例集を苦労して持ち歩くことになりそうだ。ひとつには、おそらく流れは変わっていくに違いないが、一般には若者のあいだに電子書籍がいまだ根づいていないからである。もうひとつは、法学部の学生という大きな市場に対して、いまのものに勝るロースクール向け判例集を誰も考案していないからだ。だが、この状況は変わるだろう。デジタル形式の判例集の利点は多く、現状のまま紙の本を使い続ける意味はない。装丁が施され、著作権が切れて誰でも利用できるデータが大部分なのに一冊一五〇ドルもする判例集は、デジタル革命を生き残れないだろう。学生たちは法律を学ぶのに、もっと改善されて値段も安く、iPad のアプリやノートパソコンのウェブブラウザを経由してアクセスできる双方向型の教科書に移っていくに違いない。[2]

現在のハーバード・ロースクール図書館のような学生が館内で熱心に勉強する光景を見て、司書たちがどれほど安心し、未来に望みをかけたとしても、目前に迫る変化は次々と難しい質問を投げかける。なぜあの学生たちは、下調べをするのに図書館のこの場所へ来たがるのだろう？　彼らが重くて運びづらい本を使うのをやめたら、いったい何が起こるのか？　デジタルの時代にわれわれは、彼らが学習に使っている資料をもっと改善できるのだろうか？　もし紙の本を除外すれば、学生たちはわれわれが彼らのために多額の金を使って苦労して築き、維持している、美しい図書館の空間から離れていってしまうだろうか？　これらの疑問に明白な答えを考えつかないかぎり、われわれは営利主義に捧げられていない最後の公共スペースのいくつかを失うことになるだろう。

成功している図書館の空間は、利用者がさまざまなフォーマットで情報を利用できるように支援するものだ――たとえ今後、フォーマットやユーザーアクセスがどのように進化しようとも。司書は――ついでに言えば図書館の設計者も――現実のアーキテクチャと情報アーキテクチャの結合に真剣に取り組んでいる。ひとたび書籍がアナログ形式で出版されなくなれば、図書館という場所も必要なくなると推測する人がいるかもしれない。だが、その推測は間違っているとわかるだろう。

ハーバード・ロースクール図書館の閲覧室から法律書がなくなった場面を想像してほしい。黄色い蛍光マーカーも黒いボールペンもない。残っているのは学生たちと、彼らのノートパソコン（もしかするとiPadのような、もう少し小さい型のタブレット端末に代わっているかもしれない）、それにコーヒー（こちらは変わらずフタつきの大きなマグカップで）。その若者たちは現在のように、昼も夜も図書館の長い木製テーブルに並んで座っているだろうか？

そのはずである――もし司書や、彼らを支援するわれわれがうまく立ちまわれば、きっとそうなるだろう。学生たちが紙の本をせっせとめくろうが、デジタル版の判例集をiPadで調べようが、図書館が提供するサービスには関係がない。

ひとつには、大半の図書館は、騒がしくて気が散りがちなこの世界に必要不可欠な、黙想にふけることのできる空間を作り出しているからだ。図書館の閲覧室独特の雰囲気は――研究者向けであろうと一般向けであろうと――学習を促してくれる。その空間の主な機能は一目瞭然だ。本を読み、じっくり考え、書き、試験の準備をすること。多くの生徒が、自分のアパートメントや寮の部屋で勉強すると生産性が低くなることに気づく。途中でほかの活動にかかわったり、気をそらされたりする可能性があるからだ。ところが図書館は、勉強するために行く場所なのだ（とにかく理論上はそういうことになっている。たとえば人目につかない奥の書架の周辺があまり学問とは関係のない使われ方をしていることは、よく報告されているが）。

デジタルの時代、学習や読書や考え事をしに来る場所は、地域社会と個人が成長するために必要不可欠である。これまでそのような開かれた公共スペースはあまりにも少なかった。図書館の中には、Wi-Fiもイーサネットも届かず、デジタルに慣れた脳をネットワークやそれにともなう雑念から切り離せるデジタルフリー区画を試験的に設けているところもある。活動の種類に合わせて館内をいくつかの区域に分け、ある場所では音が出る活動（共同作業など）、別の場所では黙ってする活動（うるさい侵入者には、昔の図書館のように司書が沈黙を命じることもある）が行われている図書館もある。図書館の中で、黙想にふけることのできる場所は残す価値が充分にあるだろう。それが心地よいからというのもあるし、いつもスイッチが入ってネットワークに接続したままのようなデジタル時代のペースには、圧倒されてしまうことがあるからだ。

紙の本が目的でなくとも学生が図書館という空間へやってくるふたつめの理由は、他者から得られる支援と仲間意識である。たとえひとりで取り組んでいても、学習は社会的な活動だと感じることがある。ロースクールに入った最初の年に、契約法や不法行為法や民事訴訟手続き――さらに言うなら、ほかのどんなテーマでも――を身につけるには長い時間がかかるが、同じ経験を共有し、近くで勉強し、同時に休憩をとってコーヒーを補充するような友人がいれば、ひとりのときより進みが速く感じるだろう。

それだけでなく、図書館という空間にはまだほかにも役立つ人がいる。もちろん司書だ。最近の調査では、リサーチの途中で司書に相談する学生は想定より少なくなっているが、だからといってレファレンス・サポートという図書館のもっとも重要なサービスをやめる理由にはならない。じつのところ、過去のアナログ時代にはつねに便利な存在であった図書館司書だが、デジタル時代のいまはさらに役立ってくれるのだ。

ほぼどんなテーマでもありあまるほど豊富に情報があるので、学生たちはもっとも速く簡単に利用できる情報源——グーグルの検索ボックスやiPhoneで見つかる情報——に頼りがちだ。だが、そうした情報は最良でないことが多い。よくできる学生は、手近な情報源に安易に飛びつかないほうがいいと知っている。図書館司書は毎日、さまざまな分野で何が入手できるか、どうやって探せばいいのかを考えながら過ごしているので、学生やほかの図書館利用者たちに優れたサービスを提供してくれるだろう。質も妥当性も非常にさまざまな潜在的情報源であふれそうになっている世界では、司書のこのスキル——最良の情報へ導いてくれる力——は計り知れないほど貴重になりうる。

いままで司書は、現実の空間に組み込まれ、アイディアや知識の受け渡し行為《ナレッジ・トランスファー》と結びつけられたときに、もっとも効果をあげてきた。そこで、多くの図書館がバーチャル・レファレンス・

サービスを試みている。この遠隔サービスは、図書館利用者がどこからでもチャットや電子メールで司書と連絡をとることができるもので、期待が持てるサービスとされていたが、いまのところ大成功しているとは言いがたい。たとえばサンフランシスコ公共図書館の場合、インターネットにログインすれば、実際の図書館が開いている時間ならいつでも、所属する司書にチャットかメールで相談できる。また、ほとんどの大学図書館は開館時間内に、利用者がどこからでも質問できるチャットサービスを実施している。

一部の利用者には非常に魅力的なこれらのバーチャル・サービスだが、図書館司書の必要性を否定するものではない。また、このサービスを利用する人の数と、たいていの図書館で提供している物理的なレファレンス・サービスの利用者数には大きな隔たりがある。結局のところ、バーチャル・レファレンスのもっとも独創的な試みが断念されてしまったのだ。二〇〇〇年代なかばに一時期人気があったセカンドライフという仮想世界内にレファレンス・デスクが設置されたのだが、現在はほとんどすべて閉鎖されている。学生を含む多くの人々はいまだに、チャットのウインドウを開くより、実際にレファレンス・デスクへ出向いて生身の人間に助けてもらうほうが好ましいと思っているようだ。もしこの好みが、単に人と直接向かい合うことが魅力的だからで、たとえデジタル時代でもその重要性は変わらない、ということで説明がつくのなら、現実の図書館の未来にとってはよい前兆である。

図書館に現実の空間が必要なことを示すもっともシンプルな例は、まだすべての資料がデジタル化されてはいないという現実だ。必要な情報がすべてグーグル検索で手に入ると思うのは断じて違う。デジタル形式で入手可能な資料の多くは非常に高価なので、紙の本をすでに所蔵しているのなら、デジタル版に再度支払うよりも、むしろそちらを利用者に提供すべきと考えるのは当然だろう。たとえばオンラインの法律書で勉強している学生でも、デジタル形式ではまだ手に入りにくいテキストを調べなければならない状況が定期的に発生するだろう。図書館で勉強していれば、近くにいる司書が、その資料をすばやく見つけて利用する手助けをしてくれるはずだ。これも、寮の部屋にとどまらずに図書館で勉強する場合のプラス材料である。こうした現実の図書館の長所のいくつかは、デジタル形式で入手可能な資料が増えるにつれて失われるだろうが、記録された情報のすべてをデジタル化するのは途方もなく大変な作業だということを考えれば、まだしばらくはそれらの長所が消えずに残っていくに違いない。

それに加えて、少なくとも一部の学術分野では、資料を閲覧する際の最適なフォーマットとしてデジタルが実物にとって代わることはまずないだろう。たとえば、芸術や建築やデザインの本の多くはきわめて大きな判型で発行されている。文章の中に組み込まれた図版も、学生が一般的に講義で使用する端末の画面より、ついでに言えば教員が研究のときに使う画面より、はるかに大きい。現実の図書館には、これら大判の刊行物を選び、獲得し、保管し、利用できるようにする役目が求められている。

さらには特別コレクションがある。もろくなっていたり、壊れやすくて連続の使用が難しかったりすることの多い歴史的資料は、専門知識を持つ司書やアーキビストの手で慎重に保管されなければならない。それらの資料は、できるかぎり早急にデジタル化するべきである。デジタル処理は保存可能な形式にするためだけでなく、そのままでは学生や研究者に閲覧されない可能性のある資料を、もっと利用しやすくするためでもあるのだ。しかし、たとえデジタル化したあとでも、オリジナルの資料にはまだかなりの価値がある。高解像度のデジタル画像が手に入るにもかかわらず、学者たちはオリジナルの作品を近くから見るために、大金を支払って遠くまで出かけていく。イェール大学の輝かしいバイネッキ図書館を思い浮かべてみよう。コネチカット州ニューヘイブンにある、歴史的資料を保護するための世界最高レベルの学芸員をそろえた、人目を引くモダンな建物だ。建築設計事務所スキッドモア・オーウィングズ・アンド・メリルの設計で一九六三年に完成したバイネッキ図書館には、バーモントの大理石と花崗岩が使用され、透明の壁がある。この美しい空間は、オリジナルのグーテンベルク聖書やオーデュボンの『アメリカの鳥』を含む所蔵物のすべてがオンラインで見られるようになったいまでも、訪れる価値が充分にあるだろう。

重要な成長分野である書籍史の学者たちは、本の内容はもちろん、その物理的な形態も研究する。デジタルファクシミリでは決して彼らの学術的目的を達成することはできないだろう。古い本のにおい、ページにときおり残る小さなしみ、古代の写本の中央を綴じる縫い目、有力な評論家か、読者によって余白に書き込まれた注釈のインク――それぞれの物理的特徴には、卓越した非常に重要な価値がある。こうした理由から、われわれには現実の図書館が、そして司書やアーキビストが、いま現実の空間で行っていることの大半をこれからも続けるために必要なのだ。

図書館もまた、情報が用いられる場所から、情報が作り出され共有される場所へと変わりつつある。この変化を起こす中心に司書がいるのだ。ヘルシンキにある図書館、ライブラリー一〇とミーティングポイント／アーバン・ワークショップの司書チーフであるカリ・ラムサは、この変化を利用した新しいタイプの図書館を先導する実践者のひとりだ。「図書館はつねに文化を利用し、情報を利用する場所でした」彼はインタビューに答えて言った。だがいまでは「情報と文化を作り出す場所」でもあるという。ラムサは利用者から、彼らが図書館へ来るのは音楽を作って録音したり、デジタルメディアについて知りたいからだと言われた。ライブラリー一〇ではイベントの八〇パーセントが、スタッフではなく利用者によって計画され、開催されている。司書チーフとしてラムサは、作業の上でも創作の上でも、司書と利用者が頻繁に協力し合うような雰囲気を作りたいと強く望んでいる。

ヘルシンキのライブラリー一〇の司書たちは、別の形でも率先して未来の図書館の役割を予見させてくれる。すなわち〝情報ガソリンスタンド〟という役割だ。ふたつのセルフサービスの〝データスタンド〟は、常識の範囲内であれば〝ガソリンスタンド〟の顧客が尋ねるどんな質問にも答えることになっている。図書館の職員が手助けをしてくれる。これまでにはチョコレートケーキのレシピや、ハエの飛行経路に関する情報や、アインシュタインの相対性理論のわかりやすい説明などが尋ねられた。この情報ガソリンスタンドのねらいは、本格的な図書館というよりはむしろパイロット実験［実験条件を絞り込んだり、仮説を決めたりするための予備実験］であり、世界の情報ネットワークを全市民の手が届くものにすることである。そしてこの簡易情報端末は移動できる。人々がいる市内のどこにでも、郵便局にでもプールにでも見本市にでも設置可能なのだ。顧客はインターネットか電話かメールを通じて探している情報をリクエストでき、さらにその答えは週に一度ラジオでも放送される。この方程式でも、やはり中心は人間――司書――である。活動の焦点を本それ自体から地域社会内での知識の受け渡しに移すというのが、中核を担う強い思想なのだ。

カリ・ラムサが同僚の司書に、若い利用者のそばで働くことが楽しいのはなぜかと尋ねると、彼らは答えた。「子どもたちが楽しいと思っているからさ」〝情報ガソリンスタンド〟やワークスペースだろうと、昔ながらの閲覧室だろうと、図書館は間違いなく楽しい場所になれる。そしてラムサと仲間たちのような司書が先頭に立って道を切り開いていくだろう。

今日の〝図書館利用者の経験〟が画一ではないように、デジタル・プラス時代に必要とされる図書館の空間にもさまざまなタイプがある。それは何百年も変わっていない。少なくとも、大昔にひと握りの図書館が貴族たちの小規模な社会や支援者にサービスの提供を始めて以来、図書館の形はひとつではなかった。法学部の学生あるいは書籍史学者の経験は、高尚に思えるかもしれない。大学図書館やアーカイブや特別コレクションは結局のところ、世界の図書館全体に占める割合としては小さいのだから。こうしたすばらしい空間をごく少数の幸運な人たちが利用していることは、一般にも、そしてアメリカや世界じゅうの図書館の大部分を占める学校図書館にも、ほとんど知られていないのである。

カーネギー図書館［6頁参照］がある町で育った人は、アメリカでもっとも〝普通の〟図書館経験を楽しんだことだろう。カーネギーが慈善事業の中心的信条としたのは、統一デザインの提供と、図書館を受け取った町への期待だった。最終的にカーネギーの贈り物は、図書館はこうあるべきという伝統的なデザインに従った公共図書館がいたるところに建設される結果をもたらした。そして現在、緑を見わたす町の中心部に立つカーネギー図書館は、図書館がなんであるかをわれわれが集合的に想像する上で、とりわけ大きな役割を果たしている。しかしじつは、現在もカーネギー図書館を有している地域は全国で一五〇〇にも満たない。図書館に関して言えば、画一性ではなく多様性が〝普通〟になっているようだ。
現在の図書館は広範囲の人々にますます幅広い機能を提供しているが、そのサービスはたいてい、印刷された紙の本を入手しやすくするといった役割をはるかに超えて広がっている。いま図書館を訪れる人の数が、図書館に関するこの基本的な事実を裏づける。たとえば、ニューヨーク市の三つの大きな図書館システムは、市内全域に二〇〇を超える分館を持ち、コンピュータ・リテラシーの講座や企業家精神《アントレプレナーシップ》に関するワークショップなどのプログラムに参加した人の数は過去一〇年で四〇パーセント増えた。都会の公共図書館は、過去の図書館のニーズ――夏に子どもたちのための安全で涼しい場所を提供することなど――の多くを満たす一方で、人々を館内へ誘う新しい方法を考え出している。[3]
図書館サービスの革新はアメリカじゅう、世界じゅうで起こりつつある。試験中の学生がリラックスする手助けとして、図書館は自転車からセラピー犬まであらゆるものを貸し出しているのだ。イェール・ロースクールの学生は、一五分から二〇分間のリラクゼーション集会のあいだ、ひとりでも友だち数人でも、一二歳のかわいらしいセラピー犬のモンティを借りることができる。中西部の図書館は、豚肉の切り分け方のような、新たなスキルの開発方法を教えるプログラムを作成した。自分でできるベーコン作りは人々を魅了し、後片づけがやや大変ではあったが――本の貸し出しもほとんど関係ないが――大勢を図書館へ呼び込んだ。今日の司書は、地域に提供する独創的なサービスを思いつけなくては価値がないのかもしれない。[4]

もっとも創造性に富んだ図書館は、まだ図書館を利用していない人々を興味深いスペースへ引き入れている――この役目を商業施設に任せたりはせずに。こうした非公式な学習《インフォーマル・ラーニング》の新たな形がますます重要性を増すなら、現在のところ優位に立っている民間企業の代わりに、あるいはそれら企業と協力して、将来的には実際に図書館が公共スペースのデザインに大事な役割を果たす見込みがあるだろう。

一部の図書館にとって、取り組み方は明らかだ。たとえば子どもが、とくに男の子が、図書館のコンピュータを使ってゲームなどをしているなら、巧みに作られた物理的なゲーム環境を導入することで、この関心を生産的な方向に向けてやる。YouMedia ムーブメントは、参加する若者が仲間や指導者とともに新たな知識を身につけられる魅力的な空間を、公共図書館内に作り出している。シカゴ公共図書館の本館に拠点を置く最初の YouMedia センターは、カリフォルニア大学アーバイン校の研究者である伊藤瑞子《みずこ》が言う〝入り浸って夢中になる〟ための、気楽に参加できて通信環境の整った空間を用意した。YouMedia を通して提供されるプログラムは、子どもたちにデジタルリテラシーや製作スキルを、またインタラクティブ方式で新しい知識を生み出したり、オンラインでマルチメディア形式の発表をしたり、デジタル情報を解析して信用度が低いものと高いものを分けたりする方法を教えてくれる。研究者、先見の明がある若い司書、マッカーサー基金のコニー・ヨーウェルやナイト財団のジョージ・マルティネスのような資金提供者たちがリーダーシップをとってくれたおかげで、YouMedia センターはアメリカじゅうの図書館で見られるようになった。〝ハッカー・スペース〟または〝メイカー・スペース〟と呼ばれるワークスペースを図書館内に作るというもうひとつの構想も、同じように革新的なプログラミングを提供している。[5]

ゲームを中心にしたプログラムは、大勢の子どもたちを全国の図書館へ呼び寄せるもののひとつである。これらのプロジェクトは、大都市の図書館でも小さな町のカーネギー図書館でも、同じように盛んだ。シカゴ公共図書館では、大好きなゲームについて真剣に考える生徒たちを、YouMedia センターがサポートしている。子どもたちは〝ライブラリー・オブ・ゲームズ〟と呼ばれるウェブサイトを立ちあげて管理し、そこでポッドキャストを作ったり、ブログに投稿したり、ゲームのレビューを発表したりするのだ。ボストン公共図書館がジョンソン・ビルディングを改装した際には、新設の〝ティーン中心〟エリアの一部としてゲームとビデオの部屋が作られた。ほかにはボストン郊外にあるドーヴァー公共図書館のように、ＳＡＴ［アメリカの大学進学適性試験のひとつ］の試験準備などの一〇代向けのサービスを提供すると同時に、子ども向け区域にビデオゲーム・ステーションを開設してウェブ上でゲームの実況解説を行っているところもある。[6]

こうしたプログラムが成功し、若い人々のあいだで人気が高まっているのは、教育者や司書がデジタルと現実の両方の環境で、学習する者が自らの興味を追求できるように促しているからだろう。教育の枠組み全体を変える必要もなければ、現在学校が引き受けているスキルやテーマを全部やめてしまう必要もない。重要なのはむしろ、テクノロジーに仲介される、非公式タイプの学習が提供できる強みを活用することだ。たとえば、子どもたちは自分のモバイル機器を使って学習する。ドラゴンボックスという知的なゲームから子どもがどれほど数学を学ぶことができるか考えてみてほしい。そのゲームは、だんだん複雑になっていく数式を解くうちに新しいツールとスキルを手に入れ、先の段階に進んでいけるようになっている。子どもたちが一日に何時間もゲームをして過ごせるのは、ゲームが彼らの注意を引きつけているからだ。図書館は子どもたちに、彼らのスマートフォンに常時入れておける有用なアプリをいかにして提供するか、その方法を探るべきである。ゲームの指標——コンプリートすべきクエストや、獲得するレベル、しるしとして身につける熟達のレベルなど——を教えるプログラムは、なかなか勉強に気が向かない子どもの関心を引くことができる。[7]

たとえ非公式な学習環境が整っていても、子どもにはまだ大人のサポートが必要だ。すべての教師と同様に司書は、生徒が自分の興味と目の前にある選択肢を結びつけるのを助けることで、彼らが学ぶ経験を積む仲立ちをすることができる（「コンピュータが好きなの？　それならScratch［MITメディアラボが開発した、子ども向けのプログラミング環境］を使ってみたらいいかもしれないね。自分でプログラミングするやり方がわかるんだよ」）YouMedia センターのような場所では、大人は生徒に自分がいま何を学んでいるか理解させ、前後関係を把握させる通訳者の役目を果たさなければならない。カンザス州にあるジョンソン郡セントラル・リソース図書館の司書メレディス・ジョンソンは、３Ｄプリンターの使い方を学びたい人たちのために入門講座を開いている。ジョンソン自身は独学で学んだのだ。３Ｄプリンターが図書館のメイカー・スペースに持ち込まれるまで、彼女は一度もそれを使ったことがなかった。図書館での３Ｄプリンターの利用は、ときに予測不能な、目をみはるほどすばらしい結果をもたらすことがある。その図書館のメイカー・スペースで作られた作品のひとつは義手だった。障害のある九歳の男の子マシューが、家族ぐるみのつきあいがある一六歳の友人と協力して、自分だけの〝ロボハンド〟を作成したのだ。販売されている義手に一万八〇〇〇ドルを払う代わりに、彼は地元の司書の助けを借り、家族のネットワークを利用して、鮮やかに色づけされたカスタムメイドの義手を作った。[8]

　新たに出現したデジタル環境の構築方法を若者が（ついでに言えば、もっと年をとった人たちも）学ぶことのできるこうしたメイカー・スペースを、図書館は作り続けるべきだろう。YouMedia のようなプログラムは司書を身近なものにしてくれるし、ちょうど子どもが他者との協力を受け入れたくなっているときに、うまく彼らと接することができる。子どもと大人のあいだをつなぐ、指導という名の重要な通路を提供するのだ。おそらく司書もまた、ともに作業する子どもたちから学ぶことになるだろう――彼らの情報習慣（よいものも悪いものも含めて）や、デジタル時代に役立つほかのサービスをどうやって勧めるべきかといったことを。その過程で、司書と図書館利用者は一緒に、開かれた革新的なデジタルの未来を築いていくに違いない。

この手の指導や実践的な教育のためには、伝統的な図書館の空間を双方向型の環境と置きかえなければならない場合がよくある。だが、そうした環境は高性能で、欠くことができないものだ。カリフォルニア大学アーバイン校の伊藤瑞子のような優れた研究者の中には、若者が二一世紀の学習に順応できるようにするためには必要不可欠と見る者もいる。図書館に来る子どもたちから大きな学習成果を導き出すためには、プログラミングと物理的なレイアウトの両方をどのようにデザインするかが重要になってくるだろう。とはいえ、こうした司書という職への革新的なアプローチが物議を醸してはならない。

しかしながら、きわめて現実的なこの課題が、モバイルアクセスがどこからでも可能になったいまなお、確実に人々を図書館に来館させ続けているのだ。情報の発見が物理的な場所を出て分散された空間へ移っていったことを、司書たちはよくわかっている。いまや発見は、図書館の利用者がいるところならどこでも起こりうる。アプリやウェブブラウザを搭載したスマートフォンやタブレット端末で情報や知識を発見する機会はますます増えるだろう。結果は即座に出る。モバイル機器をインターネットに接続している人――アメリカ国内だけでなく世界的に増加している――は、かつて図書館でしていたことをほんのわずかな空き時間にすることができるのだ。いつでもどこでも、ネットワーク接続さえ近くにあれば。情報技術の利用における場所を基本にしたアクセスからモバイルアクセスへの移行は、図書館にとってアナログからデジタルへ、単独からネットワークへの移行と同じくらい重要である。けれどもコンピュータ・リテラシーの講座やメイカー・スペースのような場所の提供があれば、図書館はあらゆる年齢層の人々をうまく引きつけ、記録された知識を見つけたり入手したりするだけの場所ではないことを明らかにするだろう。

図書館は新しくて革新的なプログラムを作り出す必要があるが、輝かしい未来を確かなものにするには、それで充分とは言えないだろう。人々を連れてくる新たな方法を見つければ見つけるほど、図書館はただのコミュニティセンターになることを拒まねばならない。もちろん、コミュニティセンターがすばらしいことは間違いないし、多くの都市や町で重要な役割を果たしている。しかし、もし図書館がただのコミュニティセンターにすぎないのなら、各町に図書館ではなくコミュニティセンターを作ればいいのだ。いくつかの町ではすでに伝統的な公共図書館を閉鎖し、朝食つきホテルなど、ほかの幅広い目的に合うようにして再オープンさせるケースが発生している。公共図書館を運営するよりも、コミュニティセンターのほうがずっと安くて簡単だ。だがコミュニティセンターには、われわれが情報を理解する手助けをしてくれるすばらしく重要な人材、すなわち熟練した司書はいないのである。[9]

図書館は文化的環境と学習環境の両方の機能を果たすよう努力することで、この運命を避けることができるだろう。しかし、危険な二極から離れるように、しっかりと舵取りをする必要がある。一方の極では、人々が情報を手に入れるほかの方法を見つけられると考えるなら、図書館は単なる情報の入手場所にはなりえない。もう一方では、図書館は有能で独創的なイベント主催者なら誰でもどんな公共スペースにでも届けられるような、単なるサービスを提供してはならない。[10]

図書館にとってもっともよい位置は、ヘルシンキのライブラリー一〇や、カンザスのジョンソン郡セントラル・リソース図書館や、YouMedia センターが示しているように、フィジカルとデジタル——娯楽と学習——が合わさった場所だろう。文化的で知的な生活においては、アナログだけでもデジタルだけでも充分とは言えない。人々は概して、発見と情報の源としては物理的なものから遠ざかりつつある。だが人と人との交流——広い意味でとらえるなら人間らしさ——に対する必要性は、これ以上ないほどに高まっている。図書館はまさにこの交点で栄えることができるのだ。[11]

デジタル時代の図書館の空間モデルは、コミュニティセンターより教育施設に近いものになるべきだろう。多くの場合、図書館は学校教育を受けなかった、あるいは受けられなかった人々の〝第二のチャンス〟として機能しているのである。ある子どもにとっては公共図書館は避難所であり、いまの学校に通いながらの学習場所となる。また別の人々には、たまたま学校にいた頃には習わなかったことや、新しい仕事に移るために必要なスキルを獲得する方法を教えてくれる。ニューヨークのファーロッカウェイにある公共図書館で行われている若者向け入門のような職業準備プログラムは、ほかでは手に入らないきわめて重要なサービスを一〇代に向けて提供している。集中的なリテラシー講座やプレＧＥＤ講座［ＧＥＤは、高校修了と同程度以上の学力を有することを証明する試験］を開いている図書館からは、求職者がこぞって参加しているとの報告があがっている。もっと年齢が上の利用者にとっては、孤独を感じる家や気がめいるシニアセンターから逃れてくる、活気に満ちた〝第三の場所〟なのだ。図書館は高齢者に、自分では買う余裕のない雑誌を読んだり、ほかの利用者と交わったり、コンピュータ・リテラシーを学んだり、複雑な無料のオンライン納税申告をマスターしたりする場を与えてくれる——すべて社会的、文化的、学習的経験だ。

図書館は、ほかの国から来た人々の暮らしの中で特別な役割を果たしている。アメリカに来たばかりの移民がもっとも信頼を置く施設が図書館だ。これらの新規の住民のために、公共図書館システムはときに、彼らが母国で得られなかった学校教育を補ったり、新しい国でのはじめての友人となったり、慣れない文化を知る道筋を照らしてくれたりするかもしれない。新たな移民は、土地の言葉を学び、市民権獲得の準備をする手段として図書館を利用する。こうした理由から、図書館は完全に融通のきく多目的スペースというよりは、見た感じが学習の場を思わせるべきである。図書館のデザインは、この強い立場から築かれねばならない。図書館は学習するパワーを呼び覚まし、新たな知識を生み出す気持ちにさせる場所であるべきである。[12]

デジタル・プラスの時代、地域特有の文化的社会的および情報のニーズに合わせた空間をデザインするために、司書と建築家は一丸となって取り組まなければならない。大学図書館、公共図書館、学校図書館にはそれぞれ独特のニーズがあり、過去はともかく現在では、それらすべてをひとつのタイプにあてはめるのが妥当とは言えないだろう。しかし、どの場合においても、図書館は静かで熟考できるスペースと、活気に満ちて刺激的な空間を提供する必要がある。簡単に手に入るが不充分な情報の対処に困っている人には、前後関係を説明して混乱から抜け出せるようにする。自分で費用を出す余裕のない人が、デジタルと実物の両方の資料を利用できる場所を提供する。図書館の意味するものは土地や住民によってさまざまだろうが、味気ないコミュニティセンターのような空間にとらわれることはないだろう。空間としての図書館は、一般の人々が大きな夢を持ち、偉大な考えを抱くように、絶えず刺激を与える必要があるのだ。

都市や町、そしてさまざまな形式や規模のアカデミックな社会は、図書館だけが与えられる、無料の開かれた公共スペースを必要としている。

第四章　プラットフォーム　図書館がクラウドを用いる意味とは

お気に入りの本と過ごした幼少期ほど充実した日々はないだろう。

――マルセル・プルースト『読むということ』（一九〇六年）

八歳になるわたしの娘は本の虫だった。一日に数冊はらくらく読み終えていた。読むのはこの年代の少女が好みそうなさまざまなシリーズものだ。野性の猫たちの生活を描いた『ウォーリアーズ』シリーズに心を奪われ、『グリム姉妹の事件簿』の九作品にしばらく夢中になり、『ボックスカーのきょうだい』シリーズにも同じようにのめり込んだ。探偵の少年が主人公の推理小説『少年たんていブラウン』シリーズは、彼女の兄が一冊残らず読んだあと、同じように読破した。『ハリー・ポッター』全七巻は数カ月にわたって楽しみ、何度も読み返した。

その中でもっとも効果的に娘の関心を引いたシリーズは、「アメリカン・ガール」と呼ばれる人形たちにまつわる物語だ。どの話も異なる史実に焦点があてられている。たとえばネズ・パース族の少女カヤの話は一八世紀、ニューメキシコ州で暮らすジョセフィーナの話は一九世紀が舞台だ。三番めの主人公キットは、大恐慌の時代を機転をきかせて生き抜く少女という設定になっている。架空の少女を通して若い読者にアメリカの歴史を追体験させるこうした本が、それぞれの少女の人形につき六冊も存在する。

わが家の家計にとってありがたかったのは、地元の公共図書館に各シリーズの本が数冊ずつあったことだった。わたしたちは借りた本を袋いっぱいに詰め込んで車で図書館から自宅に運び、娘はそれらをせっせと読み進む。一方、ありがたくなかったのは（学びの点ではすばらしいことなのだが）、わたしたちも町の公共図書館や個人経営の書店の在庫も、娘の読む速さにまったくついていけなかったことだ。

本を手にする娘を見ていると、内容が印刷されていようがデジタル形式だろうが、こだわりはないことに気づいた。どちらでも満足でき、形状は読む速度や楽しみとは無関係だった。ただ読みたいだけなのだ（形状に関する好みでひとつ口にしたのは、わたしのiPadなら、Kindleをブラウザ上でそのまま読むよりも、アプリケーションを使うほうがいいということだ。ページを繰りやすいらしい。もっともな意見だ）。

ある夜、わたしが自宅で仕事をしているあいだ、娘は「アメリカン・ガール」の物語を読みふけっていた。息子は映画を観ていた（ちなみに著作権者の許可を受けたものだ。アマゾンのビデオサービスから短期間レンタルした、テレビ放映されていない映画を、ノートパソコンのMacBook Proを使って別の部屋で鑑賞)。娘は図書館の本を読み終えてしまい、別の新しいものに興味を奪われていた。それがアメリカン・ガールから発売された新しい人形セージュ(二〇一三年のアメリカン・ガール)と、彼女のことを書いた本だった。セージュについて学び、物語にすっかり魅了されたところで、娘は人形に関するインターネット上の仮想世界に入っていった。

現実と仮想空間とをつなぐこの企業の戦略はじつに見事で、その点では学ぶところが大きい。子どもがアメリカン・ガール人形の箱を開けると、その中に「インナースター・ユニバーシティー」もしくは「インナースター・ユー」と呼ばれるウェブサイトに入るコードを見つける仕組みになっている。子どもは、腕に抱く実際の人形をもとにしたアバターやデジタルキャラクターが作れる仮想世界にログインしたいと親にせがむ。そして大学のキャンパスに見立てたオンライン上の空間でアバターを操作し、質問に答えてポイントを獲得していく。子どもは(大人もだが)仮想環境で〝ポイント〟を集めるのが大好きで、目標の数に達しなくても関係ないそうだ。[1]

わたしの娘はインナースター・ユーにログインするやいなや、図書館がキャンパス内の重要な場所であることに気づいた。アバターは図書館で、二年生の理科や社会科のクラスで目にするような頭を使った問題に答えなければならないからだ。答えにつまったときは、ネットワーク上の問い合わせ窓口に助けを求めることができる。サイトの訪問者は実際の友だちを仮想キャンパス上での友人として登録し、チャットのやりとりもできる。

こうしたプログラムが少女たちの関心を何時間もつなぎとめておけることをわたしは知った。子どもがそこから何かを学びとっているのはたしかだ。刺激を受けてオンラインの安全性について親にきいたり（「パパ、あの人と友だちになってもいい？」）、困ったときには問い合わせ窓口を利用するといった一般的で優れた調べものの方法も身につける。

その夜、娘はインナースター・ユーの仮想図書館で最新のアメリカン・ガール（セージュ）の物語の最初の章を〝借りた〟。それから、アマゾンで一冊まるごと買ってほしいと頼みに来た。目当ての本はすでにインターネットで探してあり、わたしのiPadのKindleアプリにダウンロードしてもいいかときくのだ。わたしはもちろんいいよと答えた。娘は一時間ほどでそれを読み切った。わたしはまだ仕事中で、別の部屋の映画も終わっていなかった。わたしはKindle版の違う本を買ってやった。一時間後には三冊めを購入した。どれも同じシリーズのものだ。本には買う価値があると話していたので、娘はわたしにだめとは言わせなかった。娘が寝る時間になったおかげで、どうにかそれ以上（一冊五ドル六九セントの）本を買わずにすんだ。

この経験には考えさせられた。これほど極端ではないにせよ、いずれ図書館が（ちなみに実際の書店も同じだ）見向きもされない未来が来るかもしれない。この先の可能性としてはいくつかあるが、いずれもさまざまな理由から、図書館、作家、出版社、書店の店主、読者、あるいはわれわれの民主主義にとって、とくに魅力的なものではない。今後の予想のひとつとして、読むものを見つけるのもどのような形状にするかの議論もオンラインに移行してしまうが、図書館は充足の場所（少なくとも本を手にする場所のひとつ）であり、みんなが集う公共の場であり続けるという見解がある。それならひどい世の中とは言えない。図書館はその変化に耐えられるだろう。

それより恐ろしいのは、図書館が完全に蚊帳の外に置かれ、時代遅れとみなされる未来だ。アマゾンやアップルやグーグル、それにアメリカン・ガールの会社が、新たな販売方法を見つけるだけでなく、エンターテインメント——娘が読みたい本や息子が観たい映画や、たぶんふたりが聴きたい音楽まで全部——の主要な供給者になってしまったら、図書館に残されるのはどのような道だろう？　そして、印刷するにせよダウンロードするにせよ、こうした資料を無料で手に入れる方法として公共の選択肢は残っているだろうか？

図書館の未来を憂慮する人々は立ちあがり、公共の選択肢の重要性を訴えて戦わねばならない。本やその他のエンターテインメントを出版、発見、共有、議論、そして買ったりする過程で、民間企業が今後も一定の役割を果たし続けるのは間違いない。たとえば出版社なら、利益を出すために売れ筋を見きわめて本を選ぶ。その過程で、出版社とそこで働く編集者はプロとして本を編集し、体裁を整え、インデックスをつけるなどして、売り出そうと決めた本の質を高める。こうした出版社のマーケティングの構造は、読者層を掘り起こす一助となる。この機能は重要だ。

しかしながら、デジタル時代には公共の選択肢もなくてはならない。民間企業の使命として特定の情報を支持するのは避けられないが、司書はこのような偏りなしに、誰に対しても無料で、人々と知識や情報を結びつける手助けをする。これまでのところ、図書館はデジタル時代に合わせて変化してはいるものの、公共施設の変化は民間企業の変化の速度に追いついていない。とくに、連邦政府や地方自治体の補助金が減少しているのだからなおさらだ。この不均衡が図書館と一般読者にもたらすリスクは、われわれの文化的科学的遺産に対する一種の囲い込み運動ともいえる。

娘が自分で見つけたオンライン〝学習〟環境の一番の成功例は人形の会社が作ったもので、公共図書館が作ったものではない。アメリカン・ガールの会社ほど現実社会とデジタル世界を効果的に融合させた公共図書館に、わたしは（さらに言うなら娘も）出くわしたことがない。おまけに大人の多くは、地域の図書館で本を見つけるよりも、グーグルの検索機能やアマゾンのおすすめ本のサービスのほうが重要だと口にする。[2]

専門的知識を持つ者の少ない民間企業が、われわれが何をどのように読むかの大半を決めていることのリスクは計り知れない。一五〇年以上かけて発展してきた、豊かで多様性に富む図書館というシステムの大きな魅力は、人々が参照したり楽しんだりする資料を選び、その幅を広げてくれる司書の役割にある。特定の思考を振りかざす人はこのシステムを使えない。営利目的の組織はひとつたりとも、利益の点から図書館のシステムは活かせない。学者は、主要な学術図書館に頼れば、広く平等に専門分野の垣根を越えて情報収集をすることが可能だ。町や都市や州は、過去の記録の保存に歴史協会やアーカイブを頼ることができる。そして地域社会は公共図書館に、文化的に有意義で広い層に支持される資料を無料で見られることを期待できる。こうした人々は公にでも個人ででも、将来のために図書館のシステムに投資して、豊かな財源と革新的な技術を持ち、ますます情報社会を支配しつつある企業と競い合えるようにすべきだ。そして司書は、日常業務を変化に適応させて自らの役目を果たし、この危機に立ち向かわなければならない。

図書館や司書にとって「協力とは不自然な行為だ」と合衆国アーキビストのデヴィッド・フェリエロは言う。しかし、難しくても、図書館の未来にとって協力は欠かせない。フェリエロはこの不自然な行為の実践に長けた専門家だ。数々の大学や公共の図書館の世界で図書館長として利用者と接し、広くその分野で勤めてきた経験を通じて、彼はほかの図書館と提携する方法を編み出した。バラク・オバマ大統領から国立公文書記録管理局の最高責任者に任命されたフェリエロは――彼は自身の電子メールにしばしばAOTUS（アメリカ合衆国アーキビスト）と署名するが、これは大統領の署名であるPOTUS（アメリカ合衆国大統領）をもじったものである――公的資料をデジタル化し、利用を望む人々の手に届ける仕事を共同で行っている連邦政府機関を支持している。だが、これほど強力で評価の高いリーダーであっても、図書館やアーカイブや美術館の世界にほかの機関を取り込んでうまくやっていくのは容易なことではない[3]。

とはいえ、図書館に選択の余地はなく、力を合わせて共通のデジタル基盤を築いていくほかない。提携など当たり前で、簡単に思えるかもしれないが、そのためには図書館が自らの役割と心得るものを大きく方向転換しなければならないのだ。何百年も、図書館は本質的に独立した立場を保ち、互いに競い合ったりもしながら偉大な品を収集保管してきた。収集の合意を取りつけたり、ある目的のために図書館同士が結びついたりと、一時的に協力することはこれまでもあったが、図書館が充足の場であり、かつ重要な公共の空間であり続けるためには、いまや新たなレベルの協力体制が求められている。活動の中心は、直接的で場所を基本としたものからネットワークへと移行しており、遠からずあらゆる世代の読者が印刷資料よりもデジタル資料を好み、〝クラウド〟――共用の記憶装置とネットワークを介するコンピュータの利用を表す用語――に集約されたデータを使うようになるだろう。[4]

図書館は自らの役割を、倉庫からプラットフォームに変える必要がある。わたしが〝プラットフォーム〟と表現するのは、図書館が提供する、情報知識への簡単で効果的なアクセスのことだ。プラットフォームはもちろん場所にもなりうる。たとえばフェリエロのアメリカ国立公文書記録管理局や、彼が支援するすべての大統領図書館や、ヨーロッパでお目見えした〝情報ガソリンスタンド〟［90頁参照］と呼ばれる可動式のブースを指してもかまわない。また、サービスを指すこともできる。肝心なのは、より広大なネットワークの世界に接続ポイントを作り、図書館の利用者がネットワークにつながる利点を最大限に享受できるような手助けができる、思いやりのあるスタッフを置くことだ。プラットフォームの役割を果たす図書館になくてはならない要素は、多数の図書館が提供する情報へのアクセスと、情報があふれる環境で道を示す専門家としての助言と、より大きなネットワークへの橋渡しである。

プラットフォームとしての図書館は、これまでの倉庫としての図書館――のちに取り出すときのために実物を保管しておく場所――とは対照的だ。プラットフォームとしての図書館は、説得力のある発想を持った人々を集める。発想は実際のものでも仮想のものでもかまわないし、記録されたものでも生の声でもかまわない。図書館で働く人は自分たちを、このプラットフォームの管理者、支持者だと心得ればよい。独立した施設として単独で存在するのではなく、同じようにプラットフォームとして機能する図書館同士の、大きく成長しつつあるネットワークに組み込まれているとみなせばいいのだ。プラットフォームとして、あるいは現実の空間と仮想空間が同時に存在するハイブリッドな施設として、切り替えに成功している図書館はたくさんある。[5]

今後一〇年で図書館に起こるであろう最大の構造的変化は、情報の保存に関係している。ふたつの大きな力が同じ方向に働いているのだ。それはつまり、電子書籍を読んだり、アナログよりもデジタルを選んだりする人の割合と、クラウド・コンピューティングの便益だ。情報を活用する際にデジタル技術を介する頻度が増えるにつれ、図書館の機能と日常業務もどんどん変わるだろう。図書館は膨大な種類の実物を保管する代わりに、現在所有しているデジタル資料へのアクセスを他館と共有し始めるだろう。今日、多くの人が悔しく思っているのは、図書館までもが貸し出す本を所有するよりも、資料へのアクセス権を貸す業務につきそうなことだ。

こうしたデジタル化、ネットワーク化、モバイル化、そしてクラウドを基盤とした図書館へと向かう動きは避けられず、実際に急速に進んでいる。とはいえ一気に起こっているわけではないので、うまくバランスをとることが大切だ。今日、図書館を運営するにあたっての大きな課題のひとつは、新しいデジタルの方向への切り替えをいかに迅速に決断するかだ。ものごとが向かっている方向は明らかでも、図書館利用者の誰もがコンピュータを使いこなせるとは限らず、デジタルの形状を好むわけでもない。現在、図書館が接する人のうち、デジタルがいまもたらしている、あるいは未来にもたらす大きな利点を活かせる環境にいる人は少ない。図書館は利用者に寄り添うべき立場にあるから、しばらくはアナログとデジタルにまたがる慣れない業務につくことになるだろう。図書館、提携するアーカイブや美術館、それに資金の提供機関は、協力して共通のクラウドを土台とする基盤やデータやプログラムを作るべきだ。図書館が独自でひとつひとつ転換をはかっていく必要はない。実際、単独で行わなくてもよい正当な理由がある。

図書館関係者は、インターネットとウェブサイトが数十年かけて完成したという事実から学んでほしい。ひとりの情報設計者がインターネットという概念を思いつき、開発しようとしたわけではないのだ。インターネットは長年かけて官民の枠を越えた巨大な協力網の中で構築された。初期費用はほとんど政府が、とりわけアメリカ国防総省が出した。初期段階での見識も、多くは学会から寄せられた。とくに、新たな通信機構とプロトコルを生み出したいコンピュータ科学者の見識がほとんどだった。大きな進展があったのは民間企業が介入してからで、こうして投資家と株主に巨額の利益が舞い込み、全体として世の中に広く役立っている。インターネットは完璧ではないし、完璧になりそうにもない。それでも非常に評価され、劇的な革新を生んだ。図書館もこのような行動を起こすことが早急に求められている。

インターネットとウェブサイトの設計と構築には、特定の人々と特定の機関がきわめて重要な役割を果たした。しかし、中心となった機関は成長の過程でいくつにも分かれ、それぞれが独自の管理形態をとってきた。大きなビルや、賢い男女がそのまわりで新しいシステムを設計してはそれを作れと命じるような、幅の広い会議テーブルがあったわけではない。とくに一九六〇年代、七〇年代、八〇年代といった初期には、雑多な分野の優秀で創意に富む人々がゆるやかな連携をとって共通のゴールをめざしていた。中には突出した役割を果たした者もいたのはたしかだ。髭面でサンダル履きの白人男性がじつは聡明な科学者で、デジタル時代の先駆者だったということがしばしばある。初期で言えば、ヴィント・サーフとその同僚たち、それにウェブを考案した欧州原子核研究機構のサー・ティム・バーナーズ＝リーとマサチューセッツ工科大学の同輩、重要な命名規則を考案したジョン・ポステルとその友人たちなどである。しかしデジタル革命の主要な開発を行った機関は、インターネット・エンジニアリング・タスク・フォース（ＩＥＴＦ）やワールド・ワイド・ウェブ・コンソーシアム（Ｗ３Ｃ）といった、さほど組織化されていない非公式の団体が主だった。それ以来、オープンソースでオープンアクセスな世界は、フリーソフトウェア財団、モジラ財団、ウィキメディア財団といった類似団体が、こうしたオープン・プロトコルとオープン・システム上に成り立つのだということを示してきた。

司書もひと握りの重要な場面においては似たような方法を使ってきた。こうした試験的な取り組みは、協力者として図書館に先へ進む道を示してくれる。たとえばメロン財団は、オープンソースの蔵書管理ツールを構築する図書館情報資源振興財団（ＣＬＩＲ）の事業に資金を提供している。司書はウィキペディアの執筆者たちとチームを組み、ウィキペディアの記事の質と、関連する付加的なデータの改善をはかっている。ブルースター・ケールをはじめとするオープンソースとオープンアクセス界の大家たちは、大規模な電子図書館システムを作りあげた。インターネット・アーカイブがその例だ。

図書館の役目をプラットフォームに変えるもっとも大がかりで組織的な取り組みのひとつである、アメリカ・デジタル公共図書館（ＤＰＬＡ）の設立に向けた動きは順調に進んでいる。めざすはデジタル時代にアメリカ合衆国の——ひいては全世界の——国立図書館のプラットフォームを確立することだ。デジタル公共図書館の設立は、広い視野に基づく合意を得て始まった。二〇一〇年一〇月、図書館や財団や学会や科学技術分野のおよそ四〇名の指導者が合意したのは、〝現在の、そしてこれからの世代の人々すべてに教育と情報と力を与えるための、図書館と大学とアーカイブと美術館の国家遺産を活用する包括的なオンライン資源の開かれた分散型ネットワーク〟をともに構築することだった。わたしも一緒にこの共通のゴールをめざすことに賛同したひとりだ。[6]

二年間の計画段階でわたしたちは国内を駆けまわり、このプラットフォームをどのように作るべきか、幅広く多様な意見を求めた。全国規模の討論会の形式をとったところ、一〇〇〇人以上がオンラインで、あるいは直接参加して、二〇一〇年から二〇一二年のあいだに何十回もの話し合いが持たれた。このプロセスはあえて広範囲に設定した。できるだけたくさんの人と図書館に役立つ、真に国の枠を超えた資源の蓄積を可能にしたかったのだ。構想の過程と、そこでくだされた数々の決断は、プロジェクトのウェブサイトやウィキペディアや多数のメーリングリストに慎重に記録された。[7]

二〇一三年四月、わたしたちはDPLA初のベータ版をボストン公共図書館で公開しようとしていた。このシステムはスケジュールどおりに予算内で完成していて、公開すれば巻き起こるであろう反響をみんな楽しみにしていた。場所がボストン公共図書館になったのは、慎重に選んだ結果だった。なぜならここはアメリカではじめて自治体の資金で建てられた公共図書館であり、マッキム・ミード&ホワイトが手がけた由緒ある旧館は図書館界の崇拝の的だからだ。

ところがお披露目は行われなかった。DPLAを発表するはずだったまさにその週に、われわれが予定していた場所から目と鼻の先のボストン公共図書館前の歩道で、爆弾が爆発したのだ。四月一五日に起こり、死者まで出したボストンマラソン爆弾事件だった。その直後に大きな式典を行うのはふさわしくないと判断したわたしたちは、代わりにDPLAをコンピュータ上で立ちあげた。いろいろな面で悲しい話だが、国のためのデジタル公共図書館をコンピュータ上で始めるのはふさわしいとも思えた。その日、ニューヨーク公共図書館を含むさまざまな場所で、コンピュータによるＤＰＬＡのサービスが始まった。こうして初期の段階から協力してくれたニューヨーク公共図書館では今日、ＤＰＬＡ経由で一〇〇万点以上のデジタル作品にアクセスすることができる。

ＤＰＬＡの最初のバージョンは非常に単純だ。〝万人に無料で〟という図書館の基本原則に基づいている点は従来型の図書館と同じだが、違うのはデジタル化されたプラットフォームとして設計されている点だ。州や地域のデジタルアーカイブから集められた、豊富な興味深いデジタルコレクションに、主要な大学図書館の特別所蔵品と連邦政府のコレクションが合わさって成り立っている。ＤＰＬＡはインターネットに負けない規模とスピードで、国のすみずみからコレクションを集めて成長を続けている。ＤＰＬＡの設立目的は、アメリカのデジタル化された資料、書誌情報（目録記録などを含む）、プログラム、ツールを開かれた共有資源に持ち込めばどれほど有効ですばらしいかを実証することにある。

ＤＰＬＡは図書館のためのプラットフォームだ。インターネットそのものに非常によく似ていて、ネットワークモデルとして機能する。ＤＰＬＡは拡張している〝ハブ〟の中核である。ここで言うハブとは、一般市民にはデジタル資料を、ほかの図書館にはサービスを提供し、所蔵品をデジタル化して広く役立てたいと考えている国じゅうの機関をさす。DPLAが開設当初から提携している一五のハブは、地理的、歴史的に偏らないという条件のもと、国内のアーカイブから選ばれた。マウンテンウェスト電子図書館（ユタ州、ネバダ州、アリゾナ州）、デジタル・コモンウェルス（マサチューセッツ州）、ジョージア電子図書館、ケンタッキー電子図書館、ミネソタ電子図書館、サウスカロライナ電子図書館、オレゴン電子図書館などである。こうした各施設が協力して、地方や地域の図書館、美術館、アーカイブのデジタル化とオンライン上での資料の共有を支援している。DPLAが実際に開設してからは、ニューヨーク州やコネチカット州などほかの州もたくさん加わった。目標は五〇すべての州が近い将来、デジタルの入り口を抜けてこの全米規模のシステムとつながることだ[8]。

DPLAの個々のハブは、比類ない貴重な資料を所蔵している。たとえばミネソタ電子図書館では、ミネソタ・データベースと名づけられたサイト上に、全州にまたがる一五〇を超える文化施設の資料を公開している。資料の提供元はミネソタ路面電車博物館からセントポールにあるアメリカ陸軍工兵隊にまで及び、一〇年以上にわたって蓄積されてきたデジタルコレクションには、地域の歴史的な研究や、州の歴史と地理を包括的に調査した地図や、画像、資料が含まれる。一方、マウンテンウェスト電子図書館は、アメリカ合衆国山岳部の地表や自然環境で録音された三〇〇〇種近い音声ファイルを所有するユタ大学の資料館、ウエスタン・サウンドスケープ・アーカイブを含む。あなたはワイオミング・ヒキガエルがどんなふうに鳴くのか考えたことがあるだろうか？　この音源がオンライン上に存在し、モバイル機器や自宅のコンピュータからでもＤＰＬＡにアクセスすれば聴けるのだ。[9]

こうした州に根ざしたハブに加え、ＤＰＬＡは主な機関のデジタルコレクションもまとめている。その一例がＤＰＬＡの大学を基盤とするハブの第一号、ハーバード大学の特別コレクションだ。ここにはたくさんのデジタル化されたエミリー・ディキンソンの作品が含まれている。一方、アメリカ国立公文書記録管理局には、アメリカ独立宣言の原本のデジタル媒体など、興味をかきたてられる何百万もの資料が存在する。

アメリカ国立公文書記録管理局のおかげで、ＤＰＬＡを通せば一九一八年にフランスのヴェルダンでアメリカの軍隊がどのような準備をしてドイツの軍事活動の奥深くに砲撃を行ったのかという希有な動画も確認できる。スミソニアン博物館やその他の主要なコレクションもまた、官民を問わずデジタル化に貢献することで、あらゆる種類の図書館とその利用者が恩恵を受けられるようになっている。デジタル資料がまとまっていると、図書館利用者は格段に資料を見つけやすくなるだろう。こうして協力してデータを集めて付加的なデータを充実させていけば、文化資産がインターネット検索の上部に浮上し、埋もれたままだったかもしれない有用性の高い情報も表に出てくるようになるだろう。

DPLAのハブの構造は、図書館のプラットフォーム化が国家レベルで何を成し遂げられるかという見通しを示してくれる。運営しているのが州の司書か、大きな公共図書館か、学術研究センターか、それ以外かにかかわらず、サービスを提供するそれぞれの機関は地域内のコンテンツを収集し、その過程でコンテンツを所有する比較的小規模の図書館やアーカイブを支援する。DPLAは資料を集約し、それを多くの地域や機関の電子図書館の枠を超えて利用者と結びつける。地元の図書館で見つけられなかった本を図書館相互貸借制度〔148頁参照〕を通じて見つけるのと同じようなもので、DPLAは全国のデジタルコレクションをつなぎ、幅広く多種多様な資料に利用者が直接アクセスできるようにしている。この取り組みはアメリカの文化遺産施設の巨大なネットワークの規模を想定して構築されているため広がりを持つことが可能で、実際広がっている。ほんの限られたスタッフで一年間運用してみて、DPLAがデータベースに管理する資料の数はいまやゼロから七五〇万にまで増えている。

プラットフォームとしての図書館の取り組みがうまくいけば、DPLAは行き先を示すサイトではなくなるだろう。少なくともそれが主な役割ではなくなるはずだ。そう、いまでは誰もが自分の携帯端末やコンピュータから直接DPLAのサイト http://dp.la にアクセスして、調べたいものを検索できる。グーグルやビングを使うのと変わらない。ほとんどの人がほとんどの場合、地域の文化遺産施設——地元の公共図書館、歴史協会、アーカイブ、美術館、大学図書館など——を経由してＤＰＬＡ関連の資料にアクセスするだろう。つまりＤＰＬＡが管理する資料は誰でも最大限に利用できるよう、広く提供されるということだ。ＤＰＬＡのプログラムとサービスは、無料で利用できるオープンソースを基本としている。このように開放されているので誰でも——非営利団体か営利団体か、個人か大規模図書館かにかかわらず——この新しいプラットフォームに革新的な新しいアプリケーションを作成できる。ＤＰＬＡはまた、情報提供を担う機関のネットワークを通して、記録のデジタル化、書誌情報の構築、文化的記録の長期保存を支援している。

運用開始から一年たたずして、ＤＰＬＡはすでに何百万回もアクセスされている。そしてその使用者は幅広い。早い段階で熱心にアクセスしてくれた利用者の多くは、学校に通う子どもたちとその先生だ。八年生の生徒たちはＤＰＬＡから音声と画像を引用し、アメリカ合衆国の一九二〇年代に関するプロジェクトをよりよいものに仕上げた。六年生のクラスでは『ワトソン一家に天使がやってくるとき』を読み、ＤＰＬＡを使って公民権運動について調べた。高校二年のある生徒は〝パンと薔薇〟のストライキ［一九一二年にマサチューセッツ州ローレンスの町工場で働いていた移民労働者を中心とした繊維産業ストライキ］について発表をするためにＤＰＬＡを頼った。またＤＰＬＡの公開初日には、ひとりの大学院生が自身の博士論文に裏づけを与える主要な資料をここで見つけたとツイートした。どのケースもこうした利用者のおかげで、慎重に選ばれた資料を管理する全国規模の図書館へのアクセス——

ウェブ・ブラウザ経由でのアクセス——が増えた。

ＤＰＬＡは市民の積極的な参加を促すことにも力を入れている。国じゅうの情報にアクセスする方法を提供するだけでなく、逆に人々が全国レベルのデータベースに情報を提供できるようにしているのだ。想像してみてほしい。ある人が自宅の地下のトランクから歴史的価値のある写真を見つけ、デジタル化を望んだとしよう。今日ではその写真を地元の歴史協会に持ち込んでもいいし、もしＤＰＬＡと提携する機関のある州に住んでいるのなら、歴史協会の職員の手を借りて写真をデジタル化し、ＤＰＬＡのアプリケーションを使ってオンラインのコレクションに載せることもできる。写真の持ち主にコンピュータを使った経験がなくても、自分の町の歴史に関する知識をオンラインで広めることに貢献できるのだ。同時に、ＤＰＬＡと連携する機関のように地域の団体が率先してデジタル画像に読み込めば、規模の小さい地方の施設にその歴史をデジタル化するための人手を提供することにもなる。

ＤＰＬＡの重要な役割のひとつは、地方や地域の団体がデジタルの領域に移行する入り口となることだ。図書館や地方の歴史協会にはまだ、組織内に業務のデジタル化の可能性を活かす技術やシステムを持たないところが多い。ＤＰＬＡは不可欠なデジタル技術を構築すると同時に、司書と図書館利用者の両方が資料にアクセスし、所蔵品を国のデータとして蓄積する手助けもしている。ＤＰＬＡ関係者は近い将来、移動式のスキャンセンターであるスキャネベーゴス、もしくはスキャナーを積んで図書館職員や文書管理の専門家を乗せた車ウィネベーゴス（ウィネベーゴ社がわれわれとの連携を望まない場合はエアストリームス）で全国をめぐり、アメリカの文化遺産をデジタル化して利用可能にするのを期待している。全国をまわることで、DPLA関係者はそれまでになかった方法で文化遺産をよみがえらせることができるだろう。こうした巡回の成果はDPLAのプラットフォームを通じて、誰もが世界じゅうのどこからでもただちに体感できるはずだ。[10]

DPLAの重要な柱は以下のものである。DPLAは共有できる公共性のある資源として、われわれ人類が作りあげるもので、将来の図書館はこうあるべきだと営利企業が考えるような機関ではない。DPLAはすでに役立つ魅力的なデジタル資料をオンラインで見つけようと人々が訪れる空間であり、利用者の好奇心をくすぐるたくさんの資料により広くアクセスできる、完全なオープン・プラットフォームになっている。また、科学技術者が利用できる多様なプログラムやサービスも提供している。その一例は、DPLAとウィキペディアのプラットフォームとの融合だ。これが大きな公開電子図書館と世界一の百科事典を結びつけることになった。時間とともにDPLAは図書館やアーカイブや美術館の、そしてそうした施設を頼りにする人々のプラットフォームに成長していくだろう。

一方で、アメリカ・デジタル公共図書館を批判する人もいる。反対論のひとつは、大規模なデジタル基盤への投資が、昔からある地方の施設への支援を減らしてしまうのではないかというものだ。ＤＰＬＡの会長としてわたしが行う講演の質疑応答の際、毎回と言っていいほどこうした批判を受ける。彼らはＤＰＬＡの構想が悪いものだと思っているわけではない。事実、この五年以内にＤＰＬＡのために地方をまわってわたしが話をした司書の全員が（そして一般市民も）すばらしい構想だと賛同した。手を組んでＤＰＬＡの確立を助けてくれる人も大勢いる。そんな人たちが心配しているのは、ＤＰＬＡへの支援が、すでに減少傾向にある地方の小さな公共図書館への支援をさらに減らしてしまうのではないかということだ。この懸念はとてもよくわかる。改善を意図した取り組みがこのような結果を生むとは皮肉なものだ。

大規模なデジタルプラットフォームへの共同投資が地方への支援を減らすという議論は、人をためらわせるのに充分だが、そもそもこの議論はもっと大きなポイントを見逃している。ＤＰＬＡがいかに成功をおさめようとも、地元の図書館はこれからも欠かせない立ち寄り場所であり、現実の資料を管理する役割を果たしていくということだ。たとえばあらゆる土地に記録されている法律がウェブ上で検索できるようになったからといって、ハーバード・ロースクール図書館が閉鎖され、有能な司書が大量に解雇されることはありえない。図書館内にデジタルメディアと触れ合うスペース、YouMedia［93頁参照］が開設されたからといって、シカゴやマイアミの市立図書館が閉館に追い込まれたりもしていない。うまく軌道に乗ったＤＰＬＡは、管理者またはガイドとしての地方の司書の必要性がなくなるどころか、ますます高まるような豊富な情報を提供している。また、反対派が見落としているもっと大きな点は、図書館は未来の図書館のために共有できる、共通の公共性のある基盤を発展させていかなければならないということだ。図書館が動かなければ代わりに誰かが、おそらくは利益目的で動くだろう。アマゾンとグーグルはすでに独自の方法で基盤を発展させている。電子書籍のプラットフォームのプロバイダーも同様に、こうした基盤を構築している。進化を続けるほとんどのデジタルコンテンツを管理するクラウド自体は完成しており、いまはもっぱら個人の運用者によって維持されている。

図書館をプラットフォームと再認識するＤＰＬＡとその他の機関の組織的な取り組みは、個人の運用者にすでに有望な代案を提供している。ＤＰＬＡの実質的な効果、および実際の書籍の保管とデジタル資料の保存への共同のアプローチによって、地方の図書館は制約を解かれ、非常に価値のあるサービスを地域社会に直接提供できるようになるはずだ。もしＤＰＬＡがうまく作られていることに市民が気づかず、地元の図書館をもっと好きになれば、ＤＰＬＡの運動は大きな成功をおさめていると言えるだろう。

世界的に見ると、全国規模の電子図書館を作ろうという動きが体現されたのはＤＰＬＡだけではない。この点ではアメリカよりもっと先を行く国がたくさんある。実質的な本部をソウルに置く韓国国家電子図書館は、二〇〇九年にオープンした。また、国を挙げての電子図書館として最大規模のネットワークを誇るヨーロピアナは、ヨーロッパの多くの国のデジタル化された文化遺産を集約している。世界規模の電子図書館をひとつ作る代わりに、こうした国家構想で国同士がつながれば、地理的な境界線を越えて情報を探す一助となる。

ヨーロピアナでは、ヨーロッパの二三〇〇万を超えるデジタル化された文化資料に誰もがアクセスできる。資料には書籍、原稿、地図、絵画、映画、美術品、記録史料などが含まれる。欧州委員会からの出資をもとに、ヨーロピアナは地域で保管されている作品へのアクセスを円滑に行うため、直接、または収集家を通じて付加的なデータを提供する一五〇〇以上の文化遺産施設のネットワークから資料を集めている。ヨーロピアナの使命は〝人々がヨーロッパの美術館、図書館、アーカイブ、視聴覚に関するデジタル資料を探索すること〟を可能にし、〝豊かな多様性に富むヨーロッパの文化的科学的遺産に利用者がかかわり、共有し、そこから刺激を受けられる多言語的な空間であり、発見やネットワークでつながる機会を促進すること〟としている。[11] ヨーロピアナはデジタル遺産事業が直面している重大な障害についても言及している。ここにはユーザーが一連のオープンデータを使用したいと思ったときに、何をもって知的財産権が発生していないと言えるのかという法的問題も含まれる。

ヨーロピアナとの連携では、DPLA関係者はアメリカを代表する電子図書館の世界的なネットワーク作りに焦点を絞っている。DPLAのスタッフはデジタルコレクションの中から、国際的な見地から意味をなすコンテンツにハイライトをつける独創的な方法を編み出した。そして近年、ヨーロピアナと連携して、DPLAのコンテンツ提供者数名から寄せられた作品の公開を始めた。『ヨーロッパを離れて：アメリカでの新しい暮らし』と題した展示会は、一九世紀から二〇世紀初頭にヨーロッパの移民をアメリカへ駆りたてた動機とその旅路をウェブで探索できるものだ。ヨーロッパじゅうから集めた選りすぐりの画像や資料の隣に、アメリカ国立公文書記録管理局、ハーバード大学、ニューヨーク公共図書館、移民史研究所といったアメリカ国内の施設が所有する資料を並べている。大西洋を挟んだ両側から集めた写真や資料を組み合わせて展示会を作りあげたことで、DPLAとヨーロピアナはアメリカ合衆国への移住の概念をまったく新しい角度からとらえる方法を生み出すと同時に、オリジナルの文字列にハイライトをつけて、ユーザーがデジタルコレクションを通じてオリジナルの資料にアクセスできる工夫も行った。[12]

全国規模の電子図書館とヨーロピアナのような地域的な取り組みがオンライン上に登場すれば、司書は利用者が使いやすいようにそれらをつなぐ手伝いをすることもできる。オンラインでの共同展示会の開催はスタート地点にすぎない。司書はこうした展示会を監督し、開催する重要な役目を担っている。こうすることで電子図書館が閲覧可能にしている膨大な資料に意味を与えるのだ。

全国のデジタルコレクションを結ぶことは、新たな学問の計り知れない可能性につながるとともに、誰もが文明の歴史への理解を深めるすばらしい方法でもある。


今後一〇年から二〇年のあいだに図書館やウェブ自体がどのような形になっていくのかはわからない。ますます商業寄りの固定化した利益志向のシステムになっていくのか、あるいは公共の選択肢も含めた、バランスのとれた連携を結ぶ方向に進むのかもしれない。望ましいのは、経済が活性化し、なおかつ情報の自由と個人情報の保護に市民が強い関心を示す未来だ。人は著者としても、出版者としても、エージェントとしても、書店主としても、検索エンジン運営者としても生計を立てることが可能であってしかるべきだが、同時に〝万人に無料で〟を基本とする図書館を通じて情報にアクセスすることが可能であるべきでもある。そうしたバランスのとれた未来は実現可能だ。そのためには社会全体がゴールを明確にして、自らの選択を実現するために決然たる態度をとる必要がある。

共通のプラットフォーム構築という提携型のアプローチを受け入れさえすれば、ネットワーク化されたデジタルとモバイルの時代に図書館は発展と刷新を成し遂げることができるだろう。プラットフォーム――願わくは無料のオープン・プラットフォーム――としての図書館が、これからの図書館の基盤の中核でなければならない。図書館がこの転換を行わなければ、すでに転換の必要性を理解している企業——検索エンジンやソーシャル・ネットワークや人形の会社までも——が、デジタル化した未来で民主主義を具体化する上で、図書館以上に大きな役割を果たすことになるだろう。

第五章　図書館のハッキング

未来をどう構築するか

情報とは、切り離された経験である。
——ジャロン・ラニアー『人間はガジェットではない　IT革命の変質とヒトの尊厳に関する提言』（二〇一一年）

図書館は何千年ものあいだ、社会の偶像的な施設であり続けてきた。現代の公共的な施設としては、知識への自由なアクセスを可能にすることで、地域社会に情報を提供し、住民とかかわりを持ち、人々に喜びを与えるなど、民主主義体制の中で必要不可欠な役割を果たしている。現代の学術的な施設としては、あらゆるレベルの教育と研究において、専門知識と学習と共同制作の研究室の役割を果たしている。図書館はアーカイブであり、特別なコレクションでもあるので、われわれの社会の知識の宝庫として、また社会の歴史にアクセスするために欠かせない役割も果たしている。こうした役割は開かれた社会が適切に機能するにはきわめて重要だ。

デジタル化された世界においても、図書館はこうしたアナログの世界で保ってきた必須の機能を持ち続けなければならない。図書館は情報知識へのアクセス提供を決してやめてはならず、優れた新しい学問を受け入れるとともにその誕生を可能にし、われわれの歴史と研究結果を後世に残していかなければならないのだ。市民の参加、学校での教えと学び、喜びや娯楽など、人の役に立つような幅広い公益を促進するためにも、われわれは図書館のサービスに期待し、投資し続けるべきだ。こうした不可欠な機能を果たす公共の精神に基づいた施設は、アナログ時代よりもデジタル時代のほうがむしろ必要性が高まっている。グーグル時代には図書館は少なくてよいという一般的な主張は、その神髄に欠陥がある。

デジタル化社会のふたつの重大なパラドックスが、図書館の重要性が衰えるのではなく高まっていることをはっきりと示している。ひとつめのパラドックスは、デジタル化された情報はかつてないほど利用しやすいが、その半面、保持するのがきわめて難しいということだ。普通に考えると逆に思えるかもしれないが、アナログの形態をとる情報よりもデジタル情報のほうが保持にずっと費用がかかることはわかっている。利用と保持というふたつの機能は、長いあいだ図書館が担ってきた。デジタルの世の中にはモバイル機器やパソコンや高性能の検索エンジンといった、どこからでもいつでも低コストで情報にアクセスする手段がある。人々が入手したい情報がウェブ上で自由に利用できるなら、その情報へのアクセスを提供する仕事はかなり単純だ。

しかし、デジタル資料を上手に保持するのは単純なことではない。情報の中には長く残るものもあるが（実際、長すぎるものもある――フェイスブック上の恥ずかしい写真や、職権乱用の噂や、怒りにまかせて一気に書いた痛烈なブログの記事のことを考えてみてほしい）、残ってほしい情報は残らない。〝データ劣化〟として知られるこの事象は、デジタル処理に精通した司書が長い期間を費やさなければならないほど、解決が非常に難しい。保存が必要なものを見分けて保存し、ほかは消えるにまかせることができる、腕の立つ人材も必要になってくる。

ふたつめのパラドックスは、最初のものと比べると些細なことではあるが、豊かな社会には情報があふれているものの、しばしば見つけづらく、解明しづらく、使いづらいということだ。さらに悪いのは、デジタル情報が民主的に拡散されてはいないことである。いたるところにあり、あたかもいつでも誰でも無料で利用できるように感じるかもしれないが、デジタル情報が均等に行きわたっているとはとても言えない状況が続いている。われわれは依然として多くの情報格差に直面している。中には、単に他人よりも高性能のコンピュータ機器や、高速のネットワーク接続や、デジタル処理能力に恵まれているだけという人もいる。こうした格差は通常、社会経済的立場に基づいて存在する。比較的裕福でよりよい教育に恵まれた人はデジタル時代の恩恵を受けやすく、あまり恵まれない人はその反対になりやすい。現代も、さらにデジタル化が進む将来においても、図書館はこうした格差に隔てられた人々の橋渡しをするのに適した立場にある。[1]

図書館はふたつの典型的な機能――文化的科学的遺産へのアクセスを提供し、保護する機能――を果たしているが、昔からのやり方を変えることは必須である。いま図書館に起こっている転換は、多くの場所で正しい方向に向かっている。けれども変化が遅すぎる上に、まったく組織立っていないことが珍しくない。変化の度合いは、非常に前向きな施設と非常に伝統的な施設とで大きく異なる。かりに変化がこのように漫然と進むのなら、最高の革新を最大限に活用することはできないだろう。そして、ほとんどの図書館では転換が遅すぎるせいで、支援の気勢を削いでしまうことになりかねない。

社会にとって好ましいのは、図書館がこれまで続けてきた、情報へのアクセスの確保と情報の保存という役目を果たし続けることだ。その上でウェブ文化の仕組みを取り入れればいい。このコンビネーションは大きな力となりうる。歴史的に見ても、司書は幅広い情報にアクセスできるようにし、長期間にわたる文化保存を先導し、個人のプライバシーや自主性の保護といった補助的だが重要な社会目的を達成してきた。図書館は今世紀以降も、こうした目的に向かって進んでいくべきだ。どんな種類の図書館も運営方法や特別な機能は変化しつつあるが、もっと変わらなければならないし、もっとスピードを上げなくてはならない。しかし、核となる目的に変わりはない。この必要な変化をもたらすのが、図書館をハッキングするという方法だ。

ハッキングの精神は、図書館の新しく輝かしい時代を迎え入れようとする司書に多くのものをもたらしてくれる。一般的に〝ハッキング〟という言葉は、もともとの意味からはずれた概念を示すようになっている。人は通常、ハッキングと聞くと破壊的行為を思い浮かべ、ハッカーというとパジャマ姿で他人のシステムをダウンさせるプログラムを書くにきび面の若者か、別人になりすましたロシアのスパイなどを想像する。ハッカーは知的財産を重んじず、情報は無料で制限なく使えると信じている者と見られがちだ。

われわれが頼みにすべきはこうした破壊的なハッカーではなく、本来の言葉どおりの人たちだ。つまり今日われわれが依存する、開かれた設定可能なコンピュータやネットワークやプログラムをもたらした人々である。いい意味でのハッカー精神を学ぶには、一九五〇年代、六〇年代のコンピュータ革命の初期までさかのぼる。われわれが学ぶべきものを持つハッカーは、一九五〇年代当初の巨大なコンピュータと格闘したり、一九六〇年代後半から七〇年代にマサチューセッツ工科大学のＭＩＴコンピュータ科学・人工知能研究所で働いたり、リチャード・ストールマンの考えに賛同してフリーソフトウェア財団を設立したりした人たちだ。[2]

そうしたハッカーの特筆すべき点は、情報システムを一度壊して、再構築する能力にある。図書館の場合、やるべきことは、図書館が担うべき機能を解体する方法を見いだし、デジタルとアナログとが混在する時代に合った機能に作り直すことだ。本で言えば、基本的なデジタルの形状で読むことを選ぶ利用者もいるのに対し、ハードコピーが好きで印刷版を選ぶ人もいるだろう。同様のことが、新聞や映像や、そのほか図書館が管理して利用者に提供するどんなものに関しても言える。ハッキングを通じて、つまり機能を壊して再構築する方法を見つけることで、図書館はこうしたさまざまなニーズに応えることができるのだ。

図書館をハッキングするなどと聞くと、はじめは一時的な流行を追っている——もっと悪く言えば意味がない——と思うかもしれない。しかし実際は、図書館の仕事の第一原則に基づいたアプローチに立ち返るための重要で根本的な提案である。具体的に言うと、図書館のハッキングとは短期的には知識を入手させる最良の方法を見つけることであり、長期的には知識を保存する最良の方法を見つけることだ。このアプローチは、自由に設定可能な開かれたシステムと情報の力を信じることを前提としている。今日の司書養成課程の学生たちのブログを信じるならば、彼らはこうした前提を理解している。関心のある方は、学生のブログであるハック・ライブラリー・スクールをのぞいてみるといい[3]。

図書館のハッキングとは運営形態上の概念であり、特定の業務をさすわけではない。図書館を立て直す過程でまず第一に求められるのは、コンセプトだ。理論家や現場の職員や資金提供者からなる幅広いコミュニティの人たちが支援できる、改造のよりどころとなる骨組みが必要になる。施設としての図書館を作り直し、司書が今後も成長を続けられるように訓練または再訓練をするという、共通の目的によって団結した多様なコミュニティの人々を大勢引きつけることから始まる。言いかえれば、図書館のハッキングは公益にかなうことなのだ。[4]

図書館をハッキングするにはまず、場としての図書館をプラットフォームとしての図書館に置きかえ、そうした図書館を各館を結びつける接続ポイントとして位置づけることだ。図書館はこれからも資料そのものを保管し、人々が集い、情報と触れ合う空間を提供していくだろう。司書は情報と知識の世界の有能な案内役であり続け、現実の環境とオンライン上の両方に存在する。しかし図書館の核となる機能とそこで働く人々は飛躍的に、より強いネットワークで結ばれ、図書館同士のつながりは深まるだろう。[5]

資料の実物を入手し、入手した本やＣＤやマイクロフィルムなどをいったん集め、人々が理解しやすく見つけやすいように分類し、長期間保存するといった、これまで長年続いてきた伝統的な図書館の形を、図書館のハッキングは変えるだろう。ハッキングされた図書館の世界では、こうした機能はネットワークでつながれた図書館のあいだで共有することになる。図書館はそれ以外にも、地域に残しておく資料を選び、大元となるカタログの記録や図書目録や役に立つ説明書を作り、特定の場所や分野の資料のコレクションを確実に長期保管するといった、もっと広範囲にわたる業務を分担するようになる。個々の図書館は連携する館同士で自由に活動を分配し、連携したプラットフォームに図書館利用者がアクセスする直接的な手助けをする。

図書館をハッキングすることで、重視する点も物から利用者へと移行する。多くの司書は、蔵書を増やすことに焦点をあてるのではなく、利用者の人生のさまざまな段階で彼らに奉仕することが自分たちの使命だと気づいている。物質志向ではなく利用者志向の図書館は、従来型の仕事を続けるだけではなく、より明確にサービスに集中し、より迅速かつ適切に要求に応えられるようになるだろう。

その一方で、物質重視でなく利用者重視の方針は危険をはらんでいる。図書館はこれまで手がけてきた価値ある仕事の一部、とりわけ膨大な蔵書を集めて管理する関連業務をやめざるをえなくなるだろう。どこの大都市圏や大学団体でも、利用者重視の方針のもとでは保管して扱う資料の数が減り、ネットワーク化されたデジタルの形態と資料に頼るようになるはずだ。とはいえ、この方向に変換しなければ、もっと大きな危険が待っている。

世界のすばらしい図書館の中には、別の角度からハッキングを始めているところもある。そうした図書館のデジタル化構想のおかげで、主要なコレクションがオンラインで一般に公開されているのだ。デジタル化は図書館のハッキングの一部である。なぜなら、図書館は所蔵する資料に対して独占的な権利を有するという既成概念をくつがえすからだ。たとえば、ニューヨーク公共図書館やヨーロッパの優れた大学図書館のいくつかが所有する特別コレクションは少しずつデジタル化され、実際に図書館に出向かなくても、世界のどこのコンピュータからでも無料であまねくオンラインで利用できるようになっている。こうしたデジタル化への尽力には計り知れない価値がある。かつては飛行機に乗って、門戸を閉ざしていた図書館を訪れる特権を有する人だけが目にすることのできた資料が即座に利用できるようになり、同時に、時間とともに傷つき色褪せてばらばらになってしまう可能性のある原本を保存する補助的手段にもなるのだ。主要な図書館のデジタル化の取り組みは、われわれにデジタル化への道と資料のオンライン上での共有についても教えてくれる。

こうした早い段階での努力が、多くの人々にとって貴重なものであることは、すでに明確になりつつある。デジタル化の過程が均等でないことが多い今日でも、デジタル資料の利用頻度を見れば、オープンアクセスを基本としたコレクション作りに投資する価値があることがわかる。図書館がプラットフォームとしての機能を果たしているネットワークの世界では、時間がたつにつれて人と資料がネットワークに次々と追加されるため、デジタル化はより大きな価値を持つのだ。

世界じゅうの資料はデジタル化された時点で、そうなるまではその存在すら知らなかったような人々にもたちまち利用されるようになる。地球規模の図書館と司書のネットワークは、ひとたび連携すればどこででも、何が学べるかを大きく変えることができるのだ。学校で物理学の課題に取り組む学生は、数回クリックして少し待つだけで、アイザック・ニュートンが一六六一年に使ったノートを拡大して見ることができる。もう一度クリックすれば、このノートの背景を説明するBBCのラジオ番組を聴くこともできる。この資料の原本を目にする興奮は、マルチメディアによる二次資料でも同じだが、一〇年前には考えられなかった。しかしいまは、この学生のような驚きを実際に味わうことが可能だ。というのも、ケンブリッジ大学が独自の監修でアイザック・ニュートンの個人的な資料をデジタル化し、オンライン上で自由に閲覧できるようにすることを決めたからだ。加えて、ケンブリッジ大学はBBCと組み、誰もがニュートンの走り書きの意味を理解できるようなラジオ番組を作った。デジタルテキストとBBCの番組はやみくもにつながれたわけではなく、優秀な司書によって正確に結びつけられたのだ。[6]

オンラインで資料を利用できることの利点は当然だと思うかもしれないが、図書館やアーカイブにとってこれほどの大変革はない。かつて図書館には、非常に価値の高い資料は厳重に保管して、利用する特権のない人から切り離しておくべきだという考え方が存在した。さいわい、今日ではこの説に同意する司書はごく少数だ。少なくとも理論上は。だが実際には、特別な収蔵品の多くがいまだに昔ながらの独占的な方法で動かされている。魅力的な歴史的原資料は、目録が作られるかどうかもわからない収蔵品としてしまい込まれているのだ。学術研究者や、まして学校に通う子どもとその先生は、その資料が存在することさえ知らず、見つけることもできない。資料に対して責任を負う司書やアーキビストであっても、自分の監督下にある資料を全部は把握していないことがよくある。

　たとえデジタル化しても、印刷物の保管という慣習はやめるべきではない。安全と保存の両方の観点から、原本はアナログの形でとっておくべきだ。とりわけ希少性の高いものは厳重な監視下に置こう。どのみち、興味があれば誰でも手を触れて紙の感触を味わえる図書館内のふれあい動物園のようなところにアメリカ独立宣言の原本が置かれるとは誰も思っていない。かつては、特別コレクションはその価値を理解する人々に持ち去られていた。たとえば希有な地図であれば、ブラックマーケットに流れる。古地図ディーラーのエドワード・フォーブス・スマイリー三世は二〇〇六年に法廷で、九七枚の希少な古地図をイェール大学、ハーバード大学、ニューヨーク公共図書館、ボストン公共図書館を含む六つの主要な図書館から盗んだことを認めた。スマイリーは信頼を得ていた司書から貴重な地図を閲覧する権限を与えられ、ペン型の工作用ナイフを使って書籍から地図を切りとったのだ。[7]

　それでも原本のデジタルコピーまでもが、有益な状況下で広く自由に利用されてはならないと考える理由はない。図書館や美術館を含む、文化遺産を所蔵する多くの施設は、自分たちのもっとも価値ある宝物をデジタル版としてオンラインで共有することに不安を覚えている。たとえデジタル化やデジタル保存や維持の費用が払えるとしても、特別コレクションを保管する側としては、それを無料のオンライン上で公開するのは自分たちの施設のためにならないと思っている。一番多い懸念は、自宅からデジタルの複製品にアクセスできるのなら、実物を見に来る人が減ってしまうというものだ。

デジタルコピーが図書館やほかの施設の利用者の足を遠ざけるという不安には、正当な理由がないことがわかっている。所蔵品をデジタル化した図書館の利用者数は減るどころか、増えていることがよくある。図書館やアーカイブや美術館の所蔵品をデジタルで公開する最大の利点は、より大勢の来館を促すことだ。テート・モダン、ブルックリン美術館、ハーバード大学図書館を例に挙げると、どの館も特別コレクションのデジタル化に相当な投資をしてきている。図書館やアーカイブや美術館は決まって、デジタルコレクションをオンラインに載せたことで来館者が増えたと報告している。人々が触発されてオリジナルを見たくなるからだ。

こうした所蔵品の管理者の中には著作権の侵害を恐れる人もいる。図書館のネットワーク上にデジタルコピーが存在すると、自分たちの特別コレクションから利益を得る者が出るのではないかというのが彼らの主張だ。この恐れはおおまかに言うと、音楽業界が音源のデジタルファイルは著作権の侵害につながると懸念したのに似ている。音楽会社はデジタルへの移行に熱心に取り組んできたが、問題は単に音楽のデジタルファイルが使用できることではない。事実、デジタル音源は音楽そのものだけでなく、iTunes、Spotify などその他多くのサービスを通じて、多くの補助的製品のセールスを一気に加速させた。著作権の侵害も大部分は若者が興味を持つ人気の新しい音楽に限られており、たとえばクラシックやジャズには同様の悪影響は出ていない。アデルやジェイ・Zの新曲をデジタル化した場合の影響が、学術的な記録や巨匠の絵画のデジタル化にも現れるとする明確な理由はない。

図書館やアーカイブや美術館の所蔵品をデジタル化すると、将来的に魅力が出てくるかもしれないビジネスモデルの邪魔になるのではないかという懸念もある。この理由で躊躇する人は、非常に価値の高い所蔵品のライセンスをとれば、資金繰りに苦しむ施設の収益源になるのではないかと考えている。その品がオンライン上で公開されれば、作品の希少性が徐々になくなってしまうと恐れているのだ。

この〝将来のビジネスモデル〟を理由として、所蔵品のデジタル化と文化遺産施設間の作品共有に反対するのは、いくつかの理由で的はずれである。第一には、そんなふうに利用できる作品を所蔵する施設はごく限られている。たしかに、ルーブル美術館や特別なコレクションを所蔵する図書館のきわめて有名な絵画や書籍や音源や動画は、館に収益をもたらすために使われるだろう。しかしほとんどの品は、このような利用価値のあるレベルに達する可能性は低い。

この〝将来のビジネスモデル〟を理由に反対する声は、すばらしい所蔵品を持ってはいるが経済的に大きな意味をなすほどその価値を活かせる市場のない、小規模な施設からあがることが非常に多い。第二には、学びたい人が学べるように適切な状況下でデジタルコピーを利用できるようにするのが、オリジナルから収益を得ることも含めて将来的な利用の邪魔になるかどうかは不透明だということだ。一例として、マサチューセッツ州セーレムにあるピーボディ・エセックス博物館の絵画はデジタル化されてオンラインで公開されているが、だからといってその画像を本の表紙に使用した出版社からライセンス料を徴収できないわけではない。とりわけ大事なことは、文化遺産を所蔵する施設はそもそも、その作品を公開するために存在するのであって、希少性を持たせるために存在するわけではないということだ。所蔵施設の使命として、デジタル時代が可能にすることを活用すべきであって、未来の金儲けの方法を失うまいとためらってはならない。

図書館やアーカイブや美術館をハッキングする上でもっとも重要なのは、大規模なデジタル化運動を起こすことだ。高いハードルを越えなければ学習どころかアクセスすらできないのではなく、広範な利用が可能になるほど、歴史的資料の価値はそれだけ高まる。われわれは文化遺産をデジタル化するために連携して大いに努力し、その多くをオンラインで自由に利用できるようにしなければならない。図書館とアーカイブはその先頭を切るべきだ。

アンヌマリー・ネイラーはライブラリー・ハッカーだ。イギリスの行政が予算削減を口実に田舎の小さな図書館を〝見放す〟ことにいらだちを覚え、地域の図書館の新しいモデル創りに取りかかった。二〇一三年、ネイラーはエセックス州の複数の図書館とボランティアの協力を得て、セント・ボトルフの町にかつてない〝ウェイティング・ルーム〟を立ちあげた。昔ながらの図書館を守ろうとする代わりに、ネイラーとその同僚は人々が知識を高めて交換できる、公共の精神に基づいた空間を作ることにしたのだ。

かつてバスの発着所だったウェイティング・ルームは、いまではネイラーの住む地域の創造の場——天井が高くて自由に配置を変えられる、カラフルで魅力的な空間だ。ネイラーはそこを〝ハック／製作者／図書館スペース〟と呼ぶ。地域の人たちは、アイディアや技術の向上や独創的な企画を軸にしたイベントや活動を熱心に提案する。マイクロ・ソーシャル・ヒストリー博物館と一緒に開催するワークショップでは、地元の人がセント・ボトルフの生活の様子をとらえた写真や回想録や物語をシェアしたり保存したりしている。また、カフェやバーやイベント会場としても使われている。

ウェイティング・ルームは大きな関心を集めた。ネイラーたちの活動を通して、こうした地域の図書館のあり方はイングランドに根づき、そこから広がりつつある。全国の六五の地域で討論が行われたことが、デジタル時代の新しいタイプの地元図書館に対する市民の関心の高さを物語っている。ネイラーはまた、海を越えてテネシー州チャタヌーガのネイト・ヒルをはじめとする司書たちと連携し、自分のモデルを改良してひとつのネットワークを築いた。ヒルや、やはり司書であるマーク・ディアースと協力して、地域社会が地元特有の情報ニーズを把握できるよう支援する〝コモン・ライブラリーズ〟を立ちあげたのだ。

ネイラーと協力者にとって、図書館は貧困や失業や退屈に対する答えだ。ネイラーの考える図書館は、知識情報を交換するプラットフォームとして、居住地域の固有のニーズと関心に確実に合致する場だ。収蔵品のための場所であるべきだとか、公共の場であるべきだとかいったひとつの視点だけに基づいてはいない。地域の中には、失業者に技術を教え、デジタル初心者をテクノロジーの世界へ誘う支援をするのが町の図書館の目的だとするところもある。また、起業家精神やクリエイティブ・アートの分野を支援することに焦点をあてている地域もある。どの地元図書館にもあてはまるというようなモデルはない。

ネイラーとヒルとディアースが大西洋をまたいで行っているのは、どうすれば図書館が互いに競う存在から連携する存在へと変われるのかを示す、すばらしい例だ。三人で協力しなければコモン・ライブラリーズは決して立ちあげられなかっただろうし、地元の図書館を根本から考え直す自由も資金もなかっただろう。彼らが考え出したハッキングの方法は、すでに何十年も前からある程度は実行されているが、均等に実行されてきたわけではない。概して、司書は世界的に見ても協力するのが非常に巧みで、図書館のシステムは何世紀もかけて強力なネットワークに成長してきた。司書の人的ネットワークはこの時点ですでに、デジタル時代に求められる形を築いていると言われる。だが、かつてないほど運営資金が切り詰められているこの時代を図書館が生き抜くには、それだけでは足りない。[8]

自分たちの職業は並はずれた連携が取れることを、司書は何度も証明してきた。四〇年以上前、オハイオ州の主要ないくつかの図書館が共用のコンピューティングリソースの重要性に気づき、オンラインコンピュータ図書館センター（ＯＣＬＣ）という協力体制を作った。現在では頭文字で称されることが多いＯＣＬＣは、自らを〝世界最大の図書館共同体〟と呼んでいる。ＯＣＬＣが世界七万の図書館に提供するデータとサービスによって、各館の業務はかなり削減することができる。[9]

ＯＣＬＣの連携体制のおかげで、図書館は収集した本などの所蔵品ひとつひとつに自分たちで目録を作る負担が軽減され、非常に効率がよくなった。たとえばＯＣＬＣの WorldCat というシステムは、誰もがウェブサイトから莫大な数の図書館の目録にアクセスし、探している本がアメリカのどこにあろうと所在を突きとめることを可能にする。WorldCat はシンプルだが、ごく単純なシステムを導入するだけでも図書館利用者には非常に役立つことが証明された。[10]

競争するのではなく、人々によりよいサービスを提供するために連携してきた図書館の中には、すばらしい例がたくさんある。図書館相互貸借制度もそのひとつだ。アイオワ州デモインの図書館利用者は、地元で借りられなかった本がカリフォルニア州サンフランシスコの提携館にある場合、その本を借りることができる。これは司書たちが築きあげた共同収集ネットワークで、参加する各館はそれぞれしっかりと責任を持って特定の作品を集め、保管しておくことに合意している。ちなみにボストン・エリアの法律図書館はこうしたアプローチに賛同している。

OCLCや、そのほか今日行われている連携の試みは図書館界にとって重要な要素だが、相互に連携したオープンな図書館システムへの転換を加速させるにはこれだけでは不充分だ。とはいえ、いまできあがっている提携体制は、司書が上手に協同する経験を積んでいて、人的ネットワークはすでにできあがっていることを示すものであり、注意が必要な次のステップへの移行をずっと楽にしてくれる。

図書館同士の深い結びつきは増えているものの、それが一般化するまでには至っていない。デジタル時代に合わせて図書館の形を根本から変えるような協力体制に加わろうとする、司書や司書養成所が少なすぎるのだ。大きな違いを生み出すことのできる連携には、共有のオープンソース・プラットフォームを構築したり、共同で職能開発の機会を作ったり、所蔵品の共有体制を発展させたり、組織的に大規模なデジタル化を行ったりすることなどがある。

図書館には、いま行われている連携をはるかに超える根本的な結びつきが必要だ。余裕があるときの協力や、補足としての連携が求められているわけではない。司書は自分たちの成功を各館あるいは各自のものととらえるのではなく、ともに新しい情報のエコシステムを作り、急速に変わっていくユーザーグループのニーズに応えようと努力している協力者たちのものとしてとらえるべきだ。こうした概念の転換は簡単ではないだろうし、議論も当然あるだろう。[11]

図書館同士の連携の次なる段階は、もっと困難かもしれない。電子図書館の発展は、オープンプラットフォーム、オープンＡＰＩ（アプリケーション・プログラミング・インターフェイス）、オープンデータ、オープンコードといったあらゆるレベルを土台とするべきである。〝万人に無料で〟を基本に、ダウンロードが可能なコードやプラットフォームやデータを独占する図書館があってはならない。求められる精神は、Code4Libによって体現されたハッカー精神だ。Code4Libとは、図書館やアーカイブや美術館と連携するボランティアの集まりで、彼らはみな図書館をデジタル時代に適応したものに改造する取り組み方や技術やコードの共有に専心している。[12] 国際的なレベルでは、NEXT Library［図書館の未来について考える世界の図書館関係者からなるコミュニティ］の一部として会議に集まっている集団が、大規模な連携を通して図書館をハッキングするという同じ任務に取り組もうとしている。[13]

種類の異なる教育機関との連携をより深めれば、図書館はさらに大きな存在になるだろう。学校は明らかにそれにふさわしい。オープンAPIを備えたプラットフォームとしての図書館は、たとえばアメリカじゅうに全米共通学力標準［各学年で定められた学力基準を満たしているかを見分けるための、区切りとなるスコアのこと］を紹介することで、アメリカの公立学校の力になれる。学校が新しい教育計画を立てた際には、教師と生徒の両方が簡単に使える、全米共通学力標準にぴったりの図書館資料を利用できるようになる。プログラムの作成とデジタル教材の使用を学んでいる生徒にとって、オープンシステムはサンドボックス［保護された領域内でのみプログラムを動作させることにより、システムが不正に操作されるのを防ぐセキュリティモデル。「子供を砂場（サンドボックス）の外で遊ばせない」という言葉が語源とされる］の役割を担うこともできる。[14]

連想ゲームで〝革新〟と言って、次に〝図書館〟が自然に出てくることはほとんどない。このことはおそらく、インターネットやウェブを構築した精神にも似た、実験と革新の精神を図書館の仕事に取り入れている大勢の司書にとっては、少しばかり不公平だろう。だが、図書館の革新をさらに促すために、図書館に頼るわれわれ地域社会の住民は、図書館とライブラリー・ハッカーがこの移行を実現するのに必要な資金と手段と時間を確保しなくてはならない。

いまの司書は、どこから手をつけてよいのかわからないほど無限の仕事を抱えている。すでにある本や画像やその他の資料に加え、次々に生み出される膨大な量の資料を管理・保存しなければならない。大手のIT企業の広告を見ると、わたしたちはビッグデータの時代に生きているとあらためて気づく。毎日二五〇京バイトものデータが生み出されているのだ。その結果、世界じゅうの九〇％のデータがこの二年以内に作られたことになる。

司書は、人々が大量のデータから意義を見いだす手助けを始めなければならない。たいていの場合、支援に求められる技術のすべてをひとりの人が備えていることはない。こうした急速に移りゆくニーズに対応するため、図書館は実験に近い形で、共に働くスタッフの中でチームを作る必要がある。チームのメンバーには、今日の司書の多くが持ち合わせていない、オープン・インフラとコンピュータとデザインの技術が求められるだろう。そして仕事のためにはオープンデータと膨大なオープンデータ、メタデータも必要だ。[15]

この再構築を行うにあたって、司書は思いもよらないありとあらゆる職種の人々と手を組んで臨むべきだ。グラフィックデザイナーやユーザーエクスペリエンスの専門家は、デジタルの書棚に本などの資料をどのように並べればよいか、新しい方法を考え直す手助けをしてくれる。経営コンサルタントは、著作権法の条文や趣旨に反することなく、経済的にもっと理にかなったデジタルテキストのオンライン貸し出し方法を提案してくれる。そして何より重要なのは、改革が大いに求められているこの正念場に、図書館を愛し、公益のために尽くそうとする人たちを司書が受け入れ、手を取り合うことだ。

図書館をハッキングする目的は、革新の精神を注ぎ込み、輝かしい建設的な改革へとつなげることにある。いかに知識を生み出し利用するかという点においては、ほとんどの改革はすでに民間企業の営利部門で行われている。意欲的なベンチャー・キャピタリストからの資金提供と、起業家精神にあふれるCEOやプログラミング・チームの粘り強い追求により、新規事業を開始した領域では数十年にわたって、情報関連の新しい商品が次々と生まれてはヒットしている。この一〇年でもっとも重要な情報革新を起こしたコンテストで五本の指に入りそうなグーグルの検索サービス、アマゾンのKindle、アップルのアプリのプラットフォーム、そしてフェイスブックとツイッターのことを考えてみよう。非営利団体からの対抗馬は、ウィキペディア、モジラ、カーン・アカデミー［201頁参照］かもしれない。では、デジタル時代に図書館から始まった一番大きな改革はなんだろう？　答えるのは非常に難しいが、この転換期に、次なる大きな知識管理の革新が図書館界から始まるべきなのは明らかだ。企業が提供するサービスには、つねに偏りがあって限定的で費用のかかる知識を求めたくなる誘惑があるだろうが、図書館はそれに代わる重要な選択肢を示すことができる。

図書館にとってよい知らせは、この転換をはかる時間がまだ残されているということだ。現実の所蔵品は少なくとも数年はなくなったりしないし、図書館で行われてきた昔からの仕事のやり方は、日々の大事な業務にいままでどおり役に立つ。ただし、この転換の窓は永遠に開いているわけではない。図書館を気にかけるわれわれは図書館をハッキングする方法を編み出し、デジタル・プラスの時代に合わせて自らを改造するために図書館が運用する、より大きなシステムを考えなければならない。

図書館をハッキングしてほしいと言っても、図書館を破壊しようということではない。便利で魅力的で持続可能で、かつ利用者に寄り添った形で図書館を立て直すことだ。こうした愛される施設をイメージし直して作りかえるのは容易ではないだろう。大勢を魅了する現在の図書館の活動は、保留にせざるをえないかもしれない。けれども図書館のハッキングは、最終的に図書館を施設として存続させ、より有益でより将来的な目標に近づくことのできるポジションにつけてくれる。そして、今日のわれわれでは推測しかできないようなやり方で、図書館の創造性を解き放ってくれるはずだ。

もし図書館がハッキングされれば、司書の仕事は必然的にがらりと変わり、図書館情報学の履修課程は書きかえを迫られるだろう。そして同様に、司書という職における異なるタイプのリーダーたちに報いる方法も見つけなければならない。

第六章　ネットワーク

司書の人的ネットワーク

司書：解雇か、契約更新か？　魅力たっぷりの女の子グーグルと、その友だちのビングとヤフーとチャチャが、書庫の静寂を保ってくれる頼もしい公立図書館の司書から仕事を奪いました。いまや地元の図書館はオンライン上に存在し、靴もシャツも必要なく、ひらめきを感じたときは屋内でも〝戸外で話す声量〟を出していいのです。あの音量管理に優れた司書に未来はないのでしょうか？

評決：未来はあるでしょう。バーチャル・メディアやインターネット検索がデューイ十進分類法に取って代わっても、人はやはり昔ながらの方法で読書を楽しみ、調べものに手を貸してもらえば感謝するのですから。新しい司書は検索やキーワードや役に立つウェブサイトに精通したデジタル・アーキビストなのです。

――ヘザー・デュガン『存続の危機にある一二の職業：進化か絶滅か？』Salary.com　2012

先日、Salary.comのウェブサイトに〝存続の危機にある職業〟として司書が挙げられ、この事実は多くの図書館のメーリングリストを駆けめぐった。「本当に?」これがメーリングリストに含まれていた、とある有能な司書の反応だった。気分を害するのは当然だ。民主主義社会の一員であるわれわれは、司書や彼らが社会で果たす役割を不当に過小評価している。司書の仕事は誰からも〝存続の危機にある職業〟とみなされるべきではない。けれども図書館界のどこかにそんな恐れがあるのは明らかだ。そして職業に対する危機感――予算削減や、デジタル時代に高まっている司書の価値が理解されていないことから来るもの――は多くの地域であまりにもリアルに感じられる。

イーライ・ナイバーガーに賛同し、このまま紙の本《コデックス》に投資をしすぎていると〝図書館はだめになる〟と思うのなら、司書に対しても同じような見方があてはまる。もし司書が伝統的な仕事に過度に力を注ぎ続け、実物の収蔵品を維持することだけに集中していれば、彼らも厳しい未来に直面するだろう。もし図書館が支援を増やすことに失敗し、国と州の補助金が減っていくのを見ているだけなら、司書の仕事はなくなるはずだ。解雇の脅威は、学校図書館、公共図書館、大学図書館、専門図書館、アーカイブなど、どの部門の司書も充分に承知している。司書は自らと自己の職業を見つめ直し、地域社会が図書館に求めるものに合致したことを行う必要がある。

心やさしく革新的な司書たちは、こうした問題を見つめて取り組みを始めている。バーモント州の田舎で司書をしているジェサマイン・ウェストについて考えてみよう。もしバーモント州の小さな町の図書館がみな、ほかの図書館とは無関係だと考えているならば、それぞれが今後も地域の支援を受け続ける見込みはきわめて低い。そこでウェストは、そんな結果にならないようにしようと決意した。国の反対側にあたるテクノロジー好きのカリフォルニア州には、サンラファエル公共図書館で館長を務めるサラ・ホートンがいる。サンラファエル図書館の利用者はほかの地域同様さまざまなニーズを抱えているが、ホートンは、自館利用者のデジタル嗜好に合わせて特別な能力を発揮している。バージニア州の学校司書メリッサ・テックマンは、政治情勢と図書館が苦しむ補助金削減を憂い、ネットワークを組織化のツールとして使うことで対処しようと心に決めた。世界じゅうの大小さまざまな図書館で、図書館の革新者たちは知識の世界の変化の速さを実感し、そこにうまく適応しなければ脅威に直面することをひしひしと感じている。

自分の職業を見直すにあたって、こうした図書館の革新者は、この時代の情報・知識を管理する他分野の前例を見本にしている。インターネットとウェブの発展だ。巨大な情報ネットワークの拡大が実現したのは、その構築に携わった人々が高度な連携と分散を保っていたためである。オープン参加の精神は継続的な革新の力を信じることをともなうので、全体としての成果は部分部分を足したものよりはるかに大きくなる。ワールド・ワイド・ウェブ、電子メールシステム、無数のオープンソース開発計画、ソーシャルメディア、ウィキペディア、オンライン海賊行為防止法案反対キャンペーン［オンライン海賊行為防止法案に賛成票を投じないよう連邦議会を説得する目的で、二〇一二年に起こったネットワーク上の反対運動］のような政治運動などはみんな、ネットワークで結ばれた強く革新的なグループに属する人々が、ひとつの伝統的な企業の一部にとどまることなく連携した結果、発展し成功したのである。こうしたウェブの原則を利用して、司書という職業の変化に取り組むことはすばらしい。

デジタル時代にもっとも堅実に成功をおさめているのは、図書館や司書のネットワークの接点となる方法を見つけた司書だ。こうした司書は変化の主体であり、変化のたびに縮みあがったり抵抗したりするのではなく、積極的に未来を創造している。バーモント州の田舎で司書を務めるジェサマイン・ウェストは、クリエイティブなネットワークを持つ司書のひとりだ。図書館の仲間および、科学技術業界を含む図書館以外の情報関連業界で働く仲間の両方と結びついている。彼女はバーモント州にある一八三の公共図書館すべてを訪れるプロジェクトを進めているところで、さらにBatchGeoと呼ばれるサービスを使ってオンラインで地図を作っている。バーモント州を横断しながら司書や図書館利用者と会うことで、同じ仕事をする仲間と利用者のニーズを直接聞き出しているのだ。また、現在の活動状況の未来も見通している。活動をより大きな規模に拡げ、最高のアイディアを図書館の世界に取り込んで、図書館利用者や自分のソーシャルメディアの多数の読者に届ける方法を彼女は模索しているのだ。[1]

自分をは独立して働いているのではなく、ネットワークの中で働いているのだとみなすことが司書の成功には不可欠だ。ネットワークの中でのコミュニケーションやリーダーシップにおいて、サンラファエル公共図書館の館長であるサラ・ホートンの右に出る者はいない。ホートンは自身の人気のブログ〝Librarian in Black〟で自分を次のように表現している。「わたしは筋金入りのテクノロジーおたくなの。そして図書館には生活を一変させる力があると信じている。このふたつを混ぜ合わせればものすごいカクテルができあがるわ。まわりの人からは偶像破壊者だとか、人と反対の行動をとるやつだとか、未来の押し売りだとか、厄介者の親玉だとか言われてきたけれど、どの呼び名もとても誇りに思っている」ホートンはライブラリー・ジャーナル誌の〝二〇〇九年の図書館界を動かした人、揺るがせた人〟に世情に敏感な人として選ばれた。[2]

サンラファエルにあるサラ・ホートンの図書館は、デジタル時代に合わせて改造されている。過去に傾倒しすぎることも現物をおろそかにすることもなく、サンラファエル公共図書館は利用者が生きているデジタル・プラスの現在にプログラムのねらいをしっかりと向けている。電子資料と、子どもたちを引きつけるイベントと、サンラファエル市民の興味に合わせた昔ながらの図書館サービスをうまく混ぜ合わせているのだ。ホートンはまた、自らの図書館の実情を携えて各地を飛びまわっている。そうすることで偶然見つけたすばらしいアイディアをサンラファエルに持ち帰ることができるし、サンラファエルの活動をほかの図書館と共有できるからだ。経験豊富な講演者であり執筆者として、ホートンは自身のブログやツイッターで、そしてデジタルで活気づいた図書館のための会議の席上で、ネットワークで結ばれた司書の職務のために実情を発表している。

自身にふさわしい名前を持つメリッサ・〝テックマン〟はバージニア州アルベマール郡の教諭であり司書でもあるが、彼女も司書の職に新境地をもたらしている精力的な女性だ。テックマンは図書館が地方レベルであまりにも連携が取れていないことを危ぶんでいる。そこで図書館と情報管理の両方の分野でほかと連携を取り始め、あらゆる種類のプロジェクトにかかわりだした。オンラインセミナーを見て、グーグルの集いに参加し、オンラインネットワークを広げようとつねに努力している。近年は、ナショナル・ライティング・プロジェクト［教師の各能力を高める専門的能力の開発ネットワーク］とＮＥＸＭＡＰ［現代美術と試験的な芸術の創作を支援する目的で作られた非営利団体］に関係するようになった。ＮＥＸＭＡＰでは通常のノートに電気回路をつけて文字を光らせることをめざす〝ハッキング・ザ・ノートブック〟というプロジェクトが進んでいる。もし成功すれば、テックマンの革新的な仕事は図書館界を越えて、生徒が学ぶほかの場面——たとえば書き方を学ぶ場面などにも広がる可能性がある。テックマンはライブラリー・ジャーナル誌のために、『司書のための安くて楽しいヒント』と題したピンタレスト〔ピンボード風の写真共有ウェブサイト〕のボードを管理しており、そこでは彼女が図書館の仕事で興味を引かれた手作りの美術工芸プロジェクトのページにリンクが張られている。

テックマンは自らを行政活動家ともみなしている。もっと多くの司書が自分たちをこのような観点でとらえ、彼女のように図書館の予算とサービスについての避けられない厳しい会話に備えるべきだ。避けようのない予算大幅カットの話が動きだしたときに、図書館への補助金削減をやめるよう進んで嘆願書を書いてくれる地元の図書館支援者たちの電子メールリストをテックマンは作成している。テックマンのような司書は、自分たちの活動が地域社会のニーズとしっかり結びついている必要があり、そのためには声に出して訴えていかねばならないことを知っているのだ。知識の共有で図書館を支援するのとまったく同じ情報ネットワークは、行政活動家としての司書も支援できる。

ウェストやホートンやテックマンは、テクノロジーと図書館と政界を巧みに結びつけるタイプの司書だ。大きな図書館もこの分野の組み合わせに価値を見いだしている。大英図書館とデンマーク王立図書館は現在、〝ウィキペディアン・イン・レジデンス〟というプロジェクトに参加している。いまや世界最大にまで発展したオンライン百科事典を編集し、コードやテキストを加える技術に精通したウィキペディアンと呼ばれる人々を受け入れているのだ。彼らはオンラインでネットワークがどのように働くか、人はどのように情報を見つけるのか、ネット上のコミュニティで新しい知識がどのように創り出されるのかを理解している。図書館のスタッフも現在の図書館利用者のニーズに合わせるために、この種のスキルを伸ばさなければならない。ネットワークで結ばれた図書館業務は、開発が進むこのすばらしい公共の情報システムを最大限に活用している。しかしこうしたシステムは、それを特定の人々のために活かすすべを知る専門家がいなければほとんど使いものにならない。乏しい予算の使い道を論じる場面が来たとき、こうしたネットワークを形成するリーダーたちは一緒になって、政治の場で図書館のために主張することができる。

高度なネットワークを形成する司書たちとは、新しい技術を身につけ、新しいアイディアを受け入れる姿勢を保っている人々だ。しかしこうした技術や姿勢は、図書館界で一貫して教えられたり勧められたりしてきたものではない。デジタル環境が急速に出現し、利用者の期待がたちまち一変したため、司書が利用者の役に立つには、毎年新たな技術を学ばざるをえない。たとえどれほど苦労してそこまでたどり着いたとしてもだ。多くの図書館組織では、日中に訓練や再訓練の手段を見つけるために必要な調査をする時間が少なすぎる。ましてやこの訓練をやりとげる時間が少ないのは言うまでもない。公共図書館が予算的に大きな重圧を受けていることを考えると、スタッフを増員したり、いまいるスタッフに再教育のための時間を取らせたりするのは合理的ではない。

とはいえ、多くの司書がこの教育と再教育に必要な時間と予算をすぐにでも投資しなければ、施設としての図書館は脱落していく恐れがある。Salary.comのようなウェブサイトが司書の職を〝存続の危機にある職業〟の候補に挙げた理由は、利用者の学習・調査・娯楽パターンが時とともに変化するにつれて、図書館とそのスタッフは時代遅れになる危険があるからだ。こうした移行についていけるほど迅速にスタッフの再教育を支援できている図書館はほとんどない。

まもなくどの図書館も、デジタル技術の拡張と展開に精通した非常に頼もしい――ウェストやホートンやテックマンのような――司書を、少なくとも数名は雇うことになるだろう。理想としては、多くの利用者の情報ニーズに合うような新しいデジタル環境の創造にかかわっている司書がほとんどの図書館にいるのが望ましい。アメリカ合衆国でも世界のほかの場所でも、大部分の図書館には、最新技術のスピードについていけるスタッフがいるにせよごく限られているのが実情だ。さらに、未来のためにネットワーク化されたオープンな図書館環境を構築すると公言している図書館はほとんどない。それでも活発で成長著しい司書たちのコミュニティはそれを行っている。とりわけオープンソースの発展とオープンコンテント［創作物を共有した状態にすること］世界の一部として。だが、こうした先端的な司書のコミュニティに参加する人の総数は、図書館で働く人たちの総数と比べると極端に少ない。そこが問題だ。

過去一世紀のあいだ司書の役に立ってきた多くの技能と経験は、いまでも有意義である。ただ、有意義な技能はそれだけではない。利用者が求める情報を探すのを手伝い、ほかにも好みそうな、あるいは役に立ちそうな資料を見越すことや、長い目で見て資料を保存することなど、以前から存在する技能や経験は、ほかの多くの技能の中でも変わらず重要だ。しかし、かりに必須ではないとしても、デジタルを介した世界で司書が成功をおさめるためには新たな技能が役立つという事実に反論する人はいないだろう。少なくとも、新しいツールは情報の発見や創造や保存をより簡単ではるかに効果的なものにするのだから、司書はそうしたツールを自ら作りはしないにせよ、使い方には精通していなくてはならない。

急激な変化にまつわるこの話のよいところは、心躍る新たな可能性を利用者への貢献に活かせることだ。司書にとって新たにもっとも重要となる技能は、新しいテクノロジーを構想し、創り出し、再利用すること、複雑なオンライン環境の中で信頼性の低い情報から信頼できるものを選び出すこと、そしてあらゆる分野の人々と組んで、情報と新知識をデジタルの形で生み出すことと無関係であってはならない。

重くのしかかる外部の脅威をよそに、デジタルとネットワークの時代にも司書という職は栄えることができる。しかし、まずは仕事のすべての段階で、あらゆる種類の図書館やアーカイブや文化遺産施設が、今日の図書館利用者のニーズに合わせて進化しなければならない。司書養成所や情報学校の学長や教職員は変化の必要性を充分に認識し、多くのリーダーは新たにこの職につく人々に負けないよう熱心に働くことだ。たとえば多くの司書養成所はすでに、ネットワーク社会の重要性を認める国際的な流れの一環として、異なる学問分野にまたがる情報関連の学校に姿を変えている。将来を考慮する施設は、いまの図書館スタッフをプロとして成長させるために精力的で戦略的な投資を行う必要がある。そして図書館界は一致団結して、図書館の運命を気にかけるわれわれ部外者の関与を歓迎すべきだ。[3]

この変換に備えて、司書は自分自身や所属する図書館を新たなスケールに順応させなくてはならない。つまり司書は個々の図書館だけを見るのではなく、自分の図書館が属する、施設としてもデジタル化の面でも、もっと大きなネットワークに注目する必要があるのだ。このスケールの再構成こそまさに、ジェサマイン・ウェストがバーモント州で行った方法――単独の図書館レベルではなくネットワーク単位で運営する取り組み――がじつに効果的だった理由を教えてくれる。その昔、司書は目の前にある物理的な仕事に携わっていた。彼らの仕事は入手可能な資料の中から一部を選び、特定の場所に運ぶことで、その後、選んできた書籍や録音資料や画像やビデオを利用者に提供した。ときには多くの費用と時間をかけて、ほかの町の利用者に資料を送ることもあった。めまぐるしく変わるテクノロジー社会であっても、より大がかりな共有形態をとることによって、今日の司書はかつてよりずっと効果的に自分たちの地域社会の力になることができる。

いま、図書館利用者のニーズや希望は非常に異なっている。資料自体も、紙のものはないがデジタル形式なら利用可能であることが珍しくない。司書の仕事は、その場だけにある実物の資料に向けたものから、より大きなネットワークに頼る活動も取り入れたものに変わってきた。今日の司書は協力してネットワークを作り、そこで見つかることを有効利用し、ネットワーク社会に生きる人々を助けなければならない。サンラファエル公共図書館のサラ・ホートンなど、非常に前向きな考えを持つ司書のほとんどは、すでに自分の施設をこのような方向に順応させている。とはいえ、やはり情報関連企業は図書館に比べてずっと効率的にデジタル情報サービスを提供しているので、まもなくわれわれのほとんどが、公平な司書ではなく利益第一の企業を介して情報を手に入れるようになるかもしれない。

スケールを重視するなら、図書館が司書の職務を調整することも必要になってくるだろう。加えて、これまでとは違った種類の人々が新たな司書として仲間入りすることも起こりうる。必須の職務要件が、物質的な資料を取り扱う能力——いまでも必要だがこれまでに比べると重要度が低い——から、デジタルネットワークを扱う高度な能力に変わってきているのだ。

目録作製の仕事を例に挙げると、オープンシステム上でリンクデータのすばらしい力を利用する方法を見つけたり、知識豊富な人々に仕事を依頼したりすることのほうが、静かな場所で件名標目を決めることよりもずっと多くなってきている。図書館はまた、自らのネットワーク内で、コミュニティ編成やイベント企画や事業開発といった関連分野のスキルをより高める必要がある。

司書はスケールに注目することで、もっとも重要な任務を果たせるようになるだろう。つまり、社会全体としてわれわれが直面している主要な問題の解決策を見つけるということだ。ここで大事な点は協力関係についてである。図書館は自館の業務と地域社会のニーズを合致させる必要がある。だからこそ、メリッサ・テックマンのように地域社会の優先事項を見きわめて、政治的になじみやすいメーリングリストを維持する努力が非常に重要なのだ。スケールを重視し、デジタル時代の難問に取り組む人々を助けることに重きを置けば、司書はこれからも長いあいだ、相対的に優位な分野を見つけることができるだろう。

たとえば民間企業とは異なり、図書館は利用者が信用度の低い情報の中から信用できる情報を選び出すのを手伝うことができる。誰もがパンフレットの作成者や出版者になれる社会で、このサービスは図書館がほかと比べて秀でていることの中でも要となるものだ。検索や発見の方法を教えたりアドバイスを提供したりすることは、図書館の重要な研究開発領域であるべきで、営利主義者が開発できるよう残しておくものではない。複雑なネットワーク環境――どの本も、いつ変更されるかわからない〝生きた本〟かもしれない――にあるデジタル情報をいかに保存するかという、ますます難しくなっていく問題が、図書館内で今後も発展していく分野なのは間違いない。こうした部門への投資は図書館界の限られた財源の中で行われているが、とくに連携して行われているわけではない。いまこそ全国の、そして全世界のもっと多くの図書館と司書が、共同で計画的にこうした問題に取り組むときなのだ。

大きなスケールで動くために司書が伸ばさなければならない能力は、グーグルやアマゾンやモジラやカーン・アカデミーやウィキペディアのスタッフが日々の業務を通じて磨いている能力と非常によく似ている。これら新たに作り出されたサイトには、スクリプトのような簡易的なコンピュータ・プログラムが含まれている。そこには既知の問題に取り組む上でも、説得力のあるやり方で情報を提示する上でも、デザイン感覚が求められる。メタデータ――データに関するデータ――の新たな形は、人々がもっとも適切な情報を見つけられるように開発されなければならない。この点で、司書はすでにきわめて優れているが、その腕前を開かれたインターネットの世界で活かせていないことがよくある。司書の技能をうまく使うことに失敗した図書館は退化の危険にさらされているのだ。

管理する資料やメタデータを共同で製作することは、単に専門的能力の開発という目的以上の価値がある。ネットワーク上で大々的に公開される情報のきわめて重要な機能のひとつは、資料についての充分なデータが構築されており、ユーザーは探索アルゴリズムに導かれてもっとも関連性の高い資料にたどり着けることだ。たとえばグーグルのページランクのアルゴリズムは、詳細については明かされていないが、どんなウェブページにもリンクしているウェブページのページランクを求めるだけでなく、有効な結果を示すために個人の検索履歴も求めることが広く知られている。膨大な量の図書館資料がオンライン上にあるため、探索アルゴリズムが必ず最適な結果を一番最初に返し、そのあとにより関連性の低い結果が続くように、高品質のメタデータの必要性が高まっている。

検索時の問題には、共同であたらなければ解決できないものもある。詳細な探索情報をデジタル資料の記録に加える際の問題について考えてみよう。もし上海に関する画像を探しているのなら、とあるデジタル写真が中国で撮られたとわかっているよりは、その写真が上海市で――もっと言えば上海市の特定の地域で撮られたとわかっているほうが役に立つ。二〇世紀のものだとわかっているよりは、一九四九年に撮られたとわかっているほうが役に立つ。デジタル画像に関するこうしたデータ作成の作業はしばしば簡単ではあるが、組織としてシステマティックに遂行しなければならない。

地理的な位置に関する有効なメタデータを加えたり、検索エンジンが理解できるフォーマットで画像ファイルにデータを追加したりする機能を操作できる人は大勢いるかもしれない。プロの司書でも、訓練すればこの作業を充分に身につけるだろう。けれどもプロの司書の数は限られているのに、メタデータに追加する必要のある資料には限りがない。価値の高い資料はプロの司書が扱うべきだが、全国あるいは国際的なデータベースに存在する膨大な資料の大部分は、それほど高度な訓練を受けていない人間が扱ってもよいかもしれない。小さな町の歴史協会で働くパートタイマーや、関連する町の住人などのボランティアがその候補に挙げられる。プロの司書が何もかもするのではなく、興味のある人がメタデータの作成や更新を手伝えるように手順を整えることで、プロの司書はデジタルの共有スペースにもっと多くのものを追加できるようになる。このクラウドソーシングのモデルは、関連するメタデータの検索システムが発展することでもっと進歩する可能性がある。そうすれば司書とボランティアたちは、一から創るのではなく、単純に編集すればすむだけになるだろう。専門職としての図書館司書にとっても、一般の人が利用できる資料の数においても、飛躍的な進歩を遂げるにはすべてを手作業で行うのではなく、作業を減らす方法を生み出すことだ。ウィキペディアのモデルを見本にすれば、人々が定期的に集まってメタデータの作成と改良をともに行うことも可能だろう。ウィキマニアに毎年、市民編集者が集まってオンライン百科事典の入力を向上させているのと非常に近い。

　クラウドソーシングについて意見を交わしていると、必然的に質の話に行き着く。仕事の質の評価は、司書のいかなる教育または再教育においても欠かせない部分だ。どんな種類の教育現場でも、教師は学習プロセスが機能しているかを見定める力に秀でていなければならない。状況のいかんを問わず、教育と学習のプロセスは時間とともに上達が可能だ。将来に向けて図書館の専門職を教育し直す際に、フィードバック・ループは計画の一部に組み込まれているべきだ。教育に使用する資料の適合性、訓練のために展開するネットワークモデルの有効性、指導する側とされる側とが教育課程の一環として作った資料のできに関する査定も欠かせない。たとえばメタデータの共同作成プロセスが検索結果の質の向上につながっていないとすれば、教育研修の工程を書きかえる必要がある。ウェブ志向の企業はこのようなフィードバック・ループを生産的に利用するのが非常にうまく、そのやり方は図書館専門職も見習うことができる。

　こうしたネットワーク時代のための司書の教育や再教育へのアプローチには問題もある。第一に、公共図書館で働く人たちの多くは生まれながらのハッカーではない。彼らにはスクリプトの記述やオープンＡＰＩの使用など、もっとも基本的な操作を手がける方法を習得するために、きちんと段階を踏んだ経験が必要だろう。いまは内部のコンピュータ・システムがＩＴ部門の制約を受けており、そのようなテクノロジーに触れることすらできないかもしれない。さらに早い時期にデジタルへの対応を司書の仕事に取り込んだ人たちは、その手を少し止めて〝指導者を指導する〟方法を適用しながら、教えることを始めなければならない。

図書館で教育や再教育を始めるのが難しいからといって、少なくともどこからも手をつけないといったことがあってはならない。この職の未来にもたらす恩恵は、かかる費用とは比べものにならないほど大きい。プログラミングやインターネット上の情報を集約する技術は、司書という職業全体に役立つだけではなく、多くの司書のひとりひとりがその仕事を続けているかぎり、ずっと役に立つだろう。

どの時代にも並はずれて優秀な司書は存在する。今日の司書の中には、ジェサマイン・ウェストやサラ・ホートンやメリッサ・テックマンのように、すでに転換を終えて明確なビジョンを持ったデジタル時代の専門家になった人が大勢いる。マリリン・ジョンソンの著書『返却期限を過ぎています！』（*This Book Is Overdue!*）の中でたたえられた司書、Code4Lib［149頁参照］のようなオープンソースのコミュニティや、LibraryThingやGoodReadsといったソーシャルメディアを通じて読書に関する情報を交換するコミュニティを作り出した司書、そして〝Geek the Library〟［公共図書館の役割が高まっていることや、厳しい資金繰りの現状などを広く知ってもらうためのキャンペーン］のような独創的なオンラインキャンペーンを立ちあげた司書もいる。大規模な図書館システムや図書館情報学校には、それぞれに手本となる人がいるのだ。こうしたリーダーたちはすでに、ネットワークの時代に図書館専門職が進むべき新たな活気に満ちた道を示している。こうした人々は新しい手法を導入したのだから、支援と激励を受け、昇進させられるべきだ。彼らの同僚もこの転換に参加しなければならない。

デジタル時代に各自が仕事のやり方を変えているように、施設の本質も変わりつつある。成功をおさめている多くの組織では高度なネットワークが形成され、浸透している。そして機関としての図書館も、ネットワークの力を活かしたときにその恩恵を受けるはずだ。もっともうまく機能する図書館とは、ずば抜けて優秀な新しい司書を引きつけ、職員が創造力を最大限に発揮できるようにする図書館だろう。ネットワークで結ばれた組織がどこでもそうであるように、こうした図書館は築きあげた協力体制の質と、同等の図書館と比べてどれほどうまく利用者と資料を共有できているかをもとに自分たちの成果をはかるようになる。ネットワークで結ばれた組織が従業員やテクノロジーシステムや専門的能力の開発の機会を共有するのとほぼ同じで、ネットワークで結ばれた図書館も利用者とともに資料を生み出す方法を見つけるだろう。このふたつを合わせれば、図書館は民間企業のマネージャーが継続的な進化を確かなものにするために習慣的に導入しているフィードバック・ループのようなものを創れるようになる。

図書館専門職の変化はまだ初期の段階だ。今後一〇年でもっと学べるものがあり、もっと成長していける。最新の情報ネットワークは大きく発展してきたので、図書館の職が時代遅れになるとは指導者は考えていない。けれども司書がネットワークや民主主義のシステムを学ぶことで得るものは非常に多い。そして新世代の図書館のリーダーたちがいる。ウェストやホートンやテックマンに加えて、大都市の図書館の指導者たちに注目してみよう。ボストンのエイミー・ライアン、ニューヨークのトニー・マークス、サンフランシスコのルイス・エレラ、シカゴのブライアン・バノンといった人々だ。こうした各図書館では、館の運営方法を変え、偉大なる司書の職を再定義する革新的な大プロジェクトに着手している。こうした試験的な取り組みの成果は、デジタル時代の専門職としての司書と、施設としての図書館と、民主主義の概念と習慣によい影響をもたらすだろう。

第七章　保存

文化保全のため競争せず連携を

保存のためのお金がないと言う政治家や官僚を信じてはならない。
――自然保護団体タイドチェイサー創始者、チャールズ・ペイトンによる

いまから一〇〇年のあいだに出てくる歴史家たちは、現代の図書館長やアーキビストの先見性のなさに、間違いなく怒ることだろう。アナログからデジタルへのこの移行期間、われわれはまだ貴重なデジタル文書の保存方法を確立していない。フォーマットは数年ごとに変わり、ファイルのレンダリング〔数値データで与えられた物体や図形に関する情報を計算で画像化すること〕さえ一〇年ほどのちには難しくなる。今日生まれた、歴史的に重要な意味を持つかもしれない情報の多くは、すぐに消えてしまうのだ。

図書館の未来はさまざまな理由から重要だが、文化の知識を安全に長期間守ることこそ、最優先事項と言える。図書館は、民主主義の世の中で、人々が必要な情報にアクセスするための特別な存在である。けれど同時に図書館の重要な仕事は、科学文化遺産の記録を、長期にわたって安全に保管することである。その長期的機能を果たす能力が、いまでは多くの理由から危険

にさらされている。資料を購入せず、使用料を払ってアクセス権だけを得る場合があることや、デジタルファイルのフォーマットに変えると保存が困難になることなどもその理由である。

一〇〇年前、医学部の偉大な教授が退職するときには、大学のアーキビストが彼のもとへやってきて、論文の寄贈を依頼しただろう。教授は快く同意する。そして退職前の数カ月を費やし、研究室やオフィスでファイルをひっぱり出して数箱にまとめる。アーキビストはそれを受け取り、分類し、目録を作り、図書館に長期保存する。これらの論文には、世界じゅうの科学者たちとの手紙のやりとりや、実験のメモや、重要書類の下書きや、医学部の同僚と共同で行った作業記録なども含まれる。この秩序立ったプロセスの結果、彼の論文は現在、大学のアーカイブから――おそらくは新しい箱の中から――簡単に利用することができ、科学の歴史を学びたい人々に熱心に読まれている。

同様のケースについて、現在で考えてみよう。二〇一五年に退職が決まっている医学部の教授が、大学のアーカイブに論文を入れるよう言われる。信頼できるアーキビストは、手紙のやりとりや実験のメモなどの提出も求める。けれどそれは、現代の科学者にはかなり難しい要求だ。いったいどれだけの電子メールを保存してあるだろう？　そもそも、同じ科学者たちとどんなやりとりをするのか？　最新の調査論文を探すときには、誰にもそれを送ってもらったりしない。自由にアクセスできるポータルウェブで見つかるとわかっているので、検索して自分のパソコンにダウンロードするだけだ。これまでずっと実験のメモはタブレットに走り書きしてきた。下書きをプリントアウトしたことなどない。論文が出版される前にバックアップをとったかどうかも思い出せない。助成金のために急いで仕上げ、同業者からの論評に悩み、研究結果を会議で発表するために飛行機に飛び乗ったときは、長期の保存など考えてはいなかった。PowerPointで作った資料はたくさんあり、もしかしたら興味深いものかもしれない。けれどもそれらに貼りつけてある参考資料の多くは、おそらくこの時点でリンクが切れてしまっている。自分のパソコンを何台か図書館に引き渡してそれでおしまいにしたらどうなるだろうか？信頼できるアーキビストはそれをどうするだろう？

科学者たちの作業記録の保存は一〇〇年前よりやりにくくなっている。何を保存し何を捨てるかはアーキビストの長年の課題だが、日々変化するフォーマットの形式が話をややこしくしている。さしあたっての難題は、ファイル間のリンク（多くはリンク切れになってしまっている）についてだ。だが深く深く掘りさげるにつれて、問題はますます難しく、複雑になってくる。ファイルを手に入れたアーキビストは、それをどうすればいいのだろう？　未来の研究者がうまく利用できるように、さまざまなデジタルファイルをどう保管すべきなのだろうか？

デジタル保存に関する問題は、国立公文書記録管理局など大手の機関に携わる人々を含め、多くの知識人を巻き込んできた。この問題に対する容易で安価で拡張性のある唯一の解決策を、アーキビストや司書はまだ見つけておらず、見つけられそうな様子もない。歴史記録として保存すべき重要な資料を、われわれは年月とともに失っているのだ。もし問題を抱えている図書館が規模の大きなところでなければ、いま現在もっとも簡単な方法は、プリントアウトして従来のやり方で保存することだ。けれどプリントアウトしてしまうとすべてのリンクは失われ、本来のファイルを正確に再現したとは言えなくなってしまう。この過去に退行するような近道は長期的な解決策ではない。適切で体系立った方法を考えなくてはならない。

デジタル資料の長期保存も難題だが、出版物も複雑な問題を抱えている。本、地図、映像、音楽、ビデオのような出版物の情報を保存することは、年月とともに困難な作業になる一方だ。今日では、出版物の増加や出版形式の多様化や資料収集方法の変化などにより、非常に複雑なものとなっている。

実行が困難だからこそ、長期保存はもっと効果的に連携して行う必要がある。とくにアナログからデジタルへの移行期間であるいまこのときこそ、より力を注ぐべきなのだ。いまある図書館の大半は、一館で〝完璧な〟記録を所有することをとっくにあきらめてしまった。以前はできたとしても、いまは無理だ。記録の重複が役に立つこともあるが、多くの図書館がほかの館と同じ資料を集めたり、お金をかけて長期間それらを保存したりすることは必ずしも必要ではない。図書館で保有する印刷資料の大部分が、皆無ではないにせよ、ほとんど閲覧されない。そのため、個別の機関に頼り続けるのではなく、図書館やアーカイブのネットワークを拡大することが非常に重要なのだ。ネットワークの利点は、図書館同士が作業負荷を分担できること、そしてほかの館の経験からさらに多くを学べることである。情報量やフォーマットは時間とともに多様化していくが、この種のコラボレーションがあれば、資料が見逃されることはないだろう。

図書館は、記録を確実に長期保存するための共同体を作ろうとする過去の取り組みを踏まえている。こうした共同体があれば、参加する図書館は、提携機関に確実にあるとわかっている資料を処分――すなわち蔵書からはずせるようになる。この連携的な方法は、図書館を維持するために不可欠である。それによって生まれた空間や時間や収入は、ほかの図書館やアーカイブでさらに効果的に使うことができる。

図書館やアーカイブの共同体は、ある分野や地域の文化的・科学的記録をきわめて効果的に保存するが、全体的に見れば不完全な継ぎはぎ細工である。裁判の判例のような特定の情報に関しては、司書やアーキビストははっきりした協力関係を築きあげてきた一方、そのほかでは情報の保存システムは不完全であり、年々さらにその度合いが増している。出版物がますます増え、そのフォーマットも多様化しているからだ。貴重な資料の中には、この継ぎはぎ細工の裂け目に落ちて永遠に失われるものもあるだろう。支援すべき共同体は存在し、発展しているが、デジタル革命の勢いが増す中、そうした支援を続け、共同体を増やしていくことが必要である。

出版社も記録の保存に貢献すべきだが、彼らは自分が出版した作品に対する最後の砦としてのアーカイブにはなれない。とある出版社の代表が、かつて自分たちの会社が出版した本を求めて会いに来たとき、新任の図書館長だったわたしは興味をそそられた。彼は、はるか昔に自社で出版した本を借りたがっていた。大手出版社の多くがコングロマリットに買収・合併されたため、すべての自社出版物を持っていない出版社もあるのだそうだ。唯一持っているのが図書館だということも多い。そしてその会社は、その本をデータベースの中のファイルとしてふたたび売るために、紙の本をデジタル化する必要があった。同様に、グーグルはデジタル図書館を作ろうとしたとき、出版社には行かなかった。グーグルはアメリカとヨーロッパの大きな大学に、蔵書のデジタル化を依頼したのだ。それらを統合すれば完璧な記録に匹敵する。出版社はある一定期間は自社出版物を保存しているだろうが、社会が求めているのはそれを補強する図書館やアーカイブのような存在である。

出版物に関しては、連邦政府や州の機関もこの長期保存の任務を果たせるかもしれない。アメリカでは、アメリカ議会図書館と国立公文書記録管理局が保存の大きな役割を担っている。

だが出版の多くがウェブ上で行われているような時代に、どちらの機関もわれわれの文化科学遺産を完璧に保存することはできない。各州の寄託図書館には、管轄内の法令などが保存されている。全体的に見て、印刷資料や大量刊行物に関する州や連邦政府のシステムは、完璧ではないがうまく機能している。けれども新しいフォーマットが導入されたり、規模が拡大したり使用度が高まったりすると、それらはすぐにダウンしてしまう。たとえばツイッターでは、一日に五億件以上のツイートが投稿される。二〇一三年八月二日には、一秒間に投稿されたツイートが一四万三一九九件にも達した。[1]

大学図書館や、ニューヨーク公立図書館のような大きな公共図書館も、保存の取り組みにおいて重要な役割を果たしている。こうした巨大機関は、何世代もの熟練した書誌学者たちが細心の注意を払って選び抜いた膨大な蔵書を保存している。しかし、グーグルが大規模なデジタル化を始めたとき、これらの蔵書間の重複はかなり少ないことがわかった。図書館同士がうまく連携しているのなら重複がわずかなのはよいことだが、連携していないのなら、これはまぎれもなく厄介なことである。[2]

保存には、国内外から州および地方まで多岐にわたる、複数レベルでの大規模な連携が必要である。大学図書館や大規模な公共図書館は、さまざまな有望な協力関係を確立した。その中でも、ハーティトラスト［ミシガン大学やハーバード大学を中心とする学術・研究図書館の共同デジタルアーカイブ］はもっとも傑出したものだ。文化記録が〝将来長きにわたって保存され、利用できる〟状態であるために、六〇の大きな機関が結びついて、ハーティトラストは作られた。ミシガン大学に本拠を置くハーティトラストには、一〇〇〇万冊以上が保存されている。それらはいつでもすべての人が利用できるというわけではないが、後世の人々のために保存されている。そしてこの先、膨大な数のデジタル資料を膨大な数の人々が利用できるよう、進化していくかもしれない[3]。

デジタル保存ネットワーク（DPN）は、長期保存のテクニックとプロセスに関して、全国レベルで有望である。バージニア大学のジェイムズ・ヒルトンとその仲間たちが率いるDPNは、〝後世に向けて完璧な学術記録を保存する〟ために、複数の大きな大学図書館を集結させた。DPNのネットワークモデルはきわめて筋が通っている。個々の大学がそれぞれ保存システムや、情報の保存場所や、重複した資料に投資するよりも、DPNのほうが時間も金も節約できて効率的であり、組織的に活動できる。その結果、情報の確実な保存が可能になる。DPNはハーティトラストの前段階ではあるが、補完的な役割を果たすものだ。保存のパズルはいまはまだ未完成とはいえ、デジタル保存の基準や方法が一致すれば、DPNのような連携した取り組みを通して、パズルが完成する日が来るかもしれない[4]。

分野ごとの保存に重点を置く連携も重要だ。法律資料の場合、長期保存は一見簡単に思える。連邦、州、地方にかかわらず、法令を出版する際は必ず保存しなくてはならないからだ。けれども、ことはそんなに単純ではない。たとえば司法機関は絶えず資金が不足しているし、国内のどこでも、法律資料の出版や保存の方法が一貫していないのだ。

アメリカ議会図書館にはすばらしい法律図書館があり、主要な大学にはロースクールが豊富にあるが、どこに法律資料が長期保存されているかを示す包括的なマップは存在しない。問題のひとつは、正確に誰が保存するかを決めること――そして、それが適切に行われているか判断することである。また、国じゅうの大小さまざまなアーカイブ内でいかにして資料の位置を定め、アクセスを提供するかということも、提携者が取り組むべき大きな問題である。いったん決めてしまえば、司書たちは得意分野であるサービスの提供に集中できる。

そんな中で、法律図書館の司書たちは、法律資料の長期保存という難題に立ち向かう革新的なコラボレーションを開始した。法律図書館マイクロフォーム共同体(ＬＬＭＣ)は、時代遅れの名前ではあるが、デジタル時代に適した永続的な目標を持っている。それが〝法律書と政府文書の保存〟だ。ＬＬＭＣと関係を持つ法律情報保存連盟(ＬＩＰＡ)は、法律資料を複数の場所に複数のフォーマットで保存している。その中には、プリントアウトした紙をプラスチックフィルムに包んで、国のど真ん中にある地下の岩塩坑に埋めているものまである。デジタル資料や地域で保管している印刷資料は閲覧希望者に簡単に提供できる一方、災害に備えて紙の資料が〝陰のアーカイブ〟に保管されているというわけだ。ニコルソン・ベイカーは、名著『ふたつ折り』（*Double Fold*）の中で、資料の長期保存の重要性について力説している。どこかに保存しておくのは当然である[5]。けれども、すべての図書館がすべて同じものを保存しておく必要はない。資料の請求があればほかの図書館に頼れるという、こうした連携があれば安心である[6]。

アメリカ・デジタル公共図書館（ＤＰＬＡ）のような大規模なデジタルコラボレーションの影響を受け、地方の図書館もそうした活動に目覚めるかもしれない。公共図書館の司書でありブロガーでもあるネイト・ヒルは、共用保管のための連邦寄託図書館制度（ＦＤＬＰ）にＤＰＬＡが注目すべきだと、メーリングリストに書いている。「これは、ぼくがチャタヌーガで直面している問題をＤＰＬＡが解決するチャンスだ。ぼくはＦＤＬＰの文書を山ほど持っているけれど、まったく利用されなければ何も持っていないのと同じだ。すべての文書を処分するのはまず不可能で、考えるのも恐ろしい。だけど、一般利用者のためにこれらの文書を持っているのは、ぼくの重要な使命でもなければここのサービスの優先事項でもない。こんなものは捨ててしまいたい」。資料の長期保存が、拡大されて人員が不足している公共図書館の重荷になってはならない。大規模な共同プロジェクトがあれば、効率よく簡単に業務をこなせるのだ。ネイト・ヒルのような優秀な司書が自分の時間を費やせるような、もっとよい方法がある[7]。

同様の図書館のコラボレーションは、州や地方でも始まっている。たとえばメイン州では、大学図書館と公共図書館がタッグを組んだ。予算を削減しながら新しいことをしろというプレッシャーに直面したメイン州の八つの大きな図書館は、紙の蔵書をどう管理するかについて調整を始めている。これにより、八つの図書館は独立機関ではなく共同体としてお互いの蔵書を比較し、何を購入し何を維持するか決められるようになった。この種の連携は、いま活発に行われている。印刷資料とデジタル資料に関して、その両方が求められるいまの時代に、独力ですべてを負担できる図書館はもはやないのだ[8]。

ふたつの大きな機関をつなぐ協定も、長期保存において有効な役割を果たし、図書館の資産を守ることができる。ニューヨークでは、先見の明がある図書館長であるコロンビア大学のジム・ニールとコーネル大学のアン・ケニーが、現実的に蔵書をシェアする方法を探るために〝2CUL〟(〝トゥー・クール〟と発音)と呼ばれる協定に合意した。メロン財団からの助成金をもとに、コロンビア大学とコーネル大学は、双方に利益のある方法で、蔵書やサービスやプロジェクトを共有することに目を向けている。このモデルはほかの諸機関も見習うべきである。たとえば、ともにマサチューセッツ州ケンブリッジにあるハーバード大学とマサチューセッツ工科大学は、図書館に関しても、インターネット授業においても、お互いに協力の幅を広げている。競い合うのではなく、図書館システムを確立する有効なパートナーシップが重要なのだ。

図書館経営のコストは上がり、利用可能な財政支援は減っているため、図書館は少ない財源で多くのことをするよう迫られている。ほかの資料を増やしながら、蔵書を慎重に処分するしかない。予算の圧迫や地域のニーズはそれぞれの図書館で異なるため、長期保存に関する問題を解決するには、さまざまなレベルでの協力関係しかない。大学図書館では、学術誌の定期購読料が急激にあがったため、多くの定期刊行物を購入しきれなくなっている。公共図書館では、気軽に資料の取得ができない状況だ。もっと効果的に連携を行えば、あらゆる種類の価値ある図書館が多くの資料を利用者に提供し、それを後世の人々に残すことができるようになる。[9]

資料保存の問題は、司書側の注意や努力が足りないことではない。問題点は立証されており、さまざまな懸念を生み出している。ニコルソン・ベイカーの『ふたつ折り』への反響の大きさから、司書やアーキビストによる数々の研究レポートにまで、それは表れている。そして図書館やアーカイブは、もっとも新しく困難な問題に取り組み始めたところだ。それは電子メールやウェブの保存である（どのウェブページを正式に保管すべきか？　どの程度の間隔で？）。けれどもその問題はスケールが大きく、なかなか進展していない。有能なコンピュータ科学者たちはデジタル保存の問題を詳細に調べ、解決は非常に困難だと断言した。この問題はチームとしての取り組みなしで効果をあげることはできない。また、より多くの支援も必要である。

デジタル資料への移行により、最終的には社会が得るものより失うもののほうが多くなるリスクは高い。長期保存に必要な条件のひとつは、はっきりしている。すなわち、時間をかけて目標を成し遂げるために、図書館やアーカイブは大きなスケールで連携する必要があるということだ。蔵書の量でほかの図書館と競い合うのは無意味であり、間違いだ。競争してもいいことはない。多くの資料の保管能力や、それを利用する能力を低下させるような競争は、すべきではない。閲覧されることもなく、ほかの図書館で別のフォーマットでも入手できる資料をわざわざ保管するのは、コストがかかるだけである。図書館は利用者のニーズに応えるために、不要なコストを省けるよう互いに協力することが必要だ。そして地域の人々へのサービスの質で友好的に競いあうべきである。

大局的にものごとを見るために、思い出してほしいことがある。アレクサンドリアやペルガモンなどをはじめとする古代の大図書館は完全に消滅した。けれど消滅しても、そこに蓄えられた知識は失われなかった。複写されたためか、あるいは盗まれたせいか、それらの図書館に保存されていた資料の一部が、ほかの場所に移されていたのである。古代図書館がたどった運命からも、保存には特定の施設の粘り強さではなく、代理機能と、施設間の情報の共有が必要であることがわかる。デジタル時代へ移行するこの期間に、この点で大きな進展が必要とされるが、それが重要であることは間違いない。

第八章　教育

図書館でつながる学習者たち

かつて図書館は博物館のようであり、司書はかびくさい本の中でネズミを獲る生き物だった……。いま、図書館は学校であり、司書はセンスにあふれた教師である。

――メルヴィル・デューイ、一八七六年

アメリカだけでも一二万の館数がある図書館は、さまざまな種類や規模のものが国内外にあふれている。アメリカで図書館といえば、公園に面した村の大通りにある、おなじみのカーネギー図書館を思い出すかもしれない。あるいは近所にある、大都市の図書館のにぎやかな分館かもしれない。これらの図書館は、われわれすべての心の中にある大切な場所である。同時に、民主主義に貢献するタイプの図書館も多い。大学図書館、専門図書館、アーカイブ、学校図書館などである。学校図書館は、アメリカでもっともよくあるタイプのものだ。[1]

これらすべての種類の図書館にとって、未来は明るくなくてはならない。それぞれが社会の利益のために価値ある役割を果たしており、発展にともなって支援を受けるべきである。たとえば学校図書館の重要な役割は、学校教師の仕事をサポートし、大学での高度な勉強や就職のための準備を子どもたちにさせることだ。あらゆる種類の図書館が教師のパートナーとして貢献しているが、学校図書館とその司書には変わることのない特別な役目がある。それは、学校図書館はすべての子どもたちを支援するということだ。新しい知識を学ぶとき、欲しい本をすべてKindleにダウンロードできる子どもばかりではない。デジタルの知識は経済力のある人間だけに限定されるべきではなく、学校図書館はそれを均等化する不可欠な役割を担っている。だが予算は削減され続け、学校図書館はいま、危機的状況だ。

とくにここ数年は苦境に立たされている。近年は予算削減のせいで学校司書への連邦政府の支援がなくなった。教育への支援を重視し、図書館の重要性についての美辞麗句ばかりが長いオバマ政権は、学校図書館の支援に失敗した。学校図書館が連邦政府の補助金に大きく依存しているにもかかわらず、そのカットを提案したのだ。たとえば二〇一三年の大統領予算案では、教育改善基金による読み書き講座への支援が二八六〇万ドル削減された。[2]

現在、アメリカの図書館の大多数である一〇万近くが学校図書館である。教育の視点からすると、これはすばらしいことだ。しっかりした図書館のある学校と学業成績とに直接的な相関関係があることはデータに表れている。調査によると、司書が多く、開館時間の延長がある図書館を持つ学校の生徒は、支援の乏しい図書館しかない学校の生徒に比べ、英語と読解のテストで高得点を出している。[3]

調査結果を見ると、当然ながら年配者より若者のほうが図書館をよく利用している。その理由の一部は、学生には宿題があるため、図書館に行くことが習慣化しているからである。ピュー研究所インターネット＆アメリカ生活プロジェクトによる二〇一一年の調査結果が、この関係性を明示した。すなわち、一六歳から二九歳までの若者の八一パーセントが学校の宿題のために本や資料を読んでおり、彼らの多くがそれを求めて図書館へ行っていたのだ。そしてこれまた八一パーセントの若者が、研究目的で本を読んだと言っていた。

学校図書館は若者に、単に宿題を終わらせるのに必要な本やデジタル資料以上のものを与えている。情報化社会は従来にも増して分散型で複雑化しており、学生たちは、信用できない情報から確かな情報を選別するために、デジタル技能を学ぶ必要がある。いまの学生には昔よりはるかに多くの情報源があるが、情報の質を賢く見抜く方法はほとんど教えられていない。[4]

若者に情報の質を理解させるのに、司書はぴったりである。かつて訓練を受けた教師の多くは、デジタルの情報化社会を生きるのに必死で、子どもにうまく教える方法がわからないかもしれない。情報の質を判断するこうした仕事は、何百年とは言えなくとも何十年も前から、図書館専門職の主要な部分だった。この教育的課題には、学校司書が群を抜いて適任である。今は学校司書を削減すべきときではない。

学校図書館に圧力をかけるのは、完全に時期を間違えている。学校改革と大規模な教育の発展が世界じゅうで進行する中、健全で進歩的な学校図書館には、子どもたちの要望を満たしてより大切なパートナーとなれる機会がたくさんあるのだ。たとえば学校図書館は、学校や学生が新しい全米共通学力基準を満たし、州ごとの取り組みに適合するよう、手助けをしなくてはならない。学校図書館は学習支援の教材を提供できるすばらしいパートナーであり、学校司書は優秀な教師でもある。たとえば英語と言語科目の共通学力基準にはこう明記されている。「メディアとテクノロジーが二一世紀の学校と社会で統合されるように、メディア使用に関するスキル（批評分析と創作の両方）も基準を通して統合される」[5]

二〇一四年現在、ほとんどの州で承認されている共通学力基準を採用すれば、公立学校の教育と学習は、英語や言語科目だけでなく数学でも、特定のテーマやスキルを共有する方向へ向かうだろう。[6] 州は、地域の要求や教育目標に合うよう共通学力基準を補足するために、一定の教材を追加することができる。本書は共通学力基準のメリット・デメリットを議論する場ではないが、それを紹介することで、アメリカでもほかの国でも学校の教育方法が変化しているいま、図書館の役割を考える有益なきっかけを提供するものである。[7]

学校は、生徒たちを共通学力基準や州の基準に合わせるために、教科書として使用する教材に手を加えなければならない。教師は生徒の成績を新しい方法で評価する必要があり、そこには新しいテストの仕組みやフィードバックのやり方も含まれる。出版社はこの要求に見あう新しい教材を急いで作ろうとしている。けれども、すべての学校がピアソンやホートン・ミフリン・ハーコートなどの教育出版社からの請求額を支払えるわけではなく、教師たちも、共通学力基準で求められている新たな方法でいますぐ生徒たちを教えられるわけでもない。

新しい資料を提供したり、新しいメディアやテクノロジーを教えたりすることに熟達した教師はめったにいない。中にはテクノロジーの知識が豊富な人もいるが、ほとんどは、デジタル技術が現在のように学習の中心となる以前に学生だった人たちだからだ。一方、学校司書は、図書館学や情報学の学位を取る大学院でも、インターンシップや卒業後の最初の仕事でも、まさにこうした訓練を受けている。いくつかの一流機関がこの難題に立ち向かった。たとえば、ニューヨーク市教育局の図書館サービス部門は、ニューヨーク市立大学と提携し、共通学力基準を学校にうまく適用させるために教師同士が行う〝実践コミュニティ〟と呼ばれる勉強会を進めている。

しかし現在、学校司書が危惧しているのは、共通学力基準の要求を満たすべく教師と連携するのに必要な新しい教材を手に入れる経済力がないことだ。学校司書は基準の開発から疎外されていたが、彼らは推進にかかわるべきである。デジタルおよび印刷物のプレゼンテーションから、生徒たちを勉強の話に引き込むノウハウまで、学校司書は共通学力基準の指導を補完するすばらしいアイディアを持っているのだ。[8]

メリーランド州にあるダケッツレーン小学校の学校司書、マシュー・ウィナーとその同僚たちは、これを先導する司書の好例だ。ウィナーの指導方法は、共通学力基準のテーマの習得に役立つこともあれば、まったく関係のない資料への興味を引き出すこともある。

たとえば三年生の算数において、共通学力基準は「四つの重要分野に注目」することを求めている。すなわち「(1) かけ算、わり算、および100までのかけ算とわり算の方法の理解を深める。(2) 分数、とりわけ単位分数(分子が1である分数)の理解を深める。(3) 長方形配列および矩形領域の構造の理解を深める。(4) 二次元の図形を描いて分析する」である。[9]

これらのコンセプトを教えるために、ウィナーは任天堂のテレビゲーム機Wiiと、新しい算数のデジタル教材を組み合わせた。ガリ版刷りの問題用紙に記入する代わりに、子どもたちはゲームをしながら算数を学習する。必ずしもテレビゲームを使う必要はないが、これはデジタル教材の利用を学校司書が手助けできるひとつの方法であり、共通学力基準へ移行する担任教師をサポートするための新しい指導テクニックだ。

マシュー・ウィナーの仕事は新基準に合わせた内容を生徒に教えることだけではないが、彼のような学校司書によるカリキュラム教材は、担任教師が使う教材をうまく補い、テストに出そうな課題をマスターするための重要な役割を果たす。ウィナーは担任教師とは違い、より自由に補足的な授業ができるので、たとえば分子が1である分数のような最小限の知識にとどまらない、もっと広い知識を子どもたちに紹介することができる。ほかの学校では、ウィナーは子どもたちが地域の環境問題を認識できるような〝アース・パルス〟という体験プロジェクトを立ちあげた。データを打ち込む計算表を作成して生徒に分析させ、その作業を通じて子どもたちは、ソフトウェアや環境についてだけでなく、問題解決のためのデータ処理方法も学ぶのである。

ロスビル統合学校のシェリー・ジックが教えるインディアナ州の学校でも、よく似た問題解決テーマが取りあげられている。ふたつのクラスの生徒たちはスカイプを使い、進捗状況の記録を比較する。ウィナーやジック、そして彼らの友人のネットワークは、自分たちの発見をブログやウィキで公開し、共有している。彼らの生徒は、共通学力基準に関連するテストでもうまくやるはずだ。ガイドであり教師である司書とともに、関連スキルまで学び、その過程を楽しんだのだから。世界的な教育機関である国際教育技術協会は、このアプローチを有望と考え、協力者に栄誉あるテクノロジー・イノベーション・アワードを授けた。

国立デジタル図書館の発展も、ここでは役立つかもしれない。アメリカ・デジタル公共図書館（DPLA）は、新しい共通学力基準を満たすべき子どもたちに学校図書館がデジタル情報を提供したいとき、それをサポートする主要な情報源となるように作られた。たとえば、共通学力基準では若者が読む本の種類の比率を、四年生でノンフィクションとフィクションを半々の割合で読むところから、高校卒業までにノンフィクション七割、フィクション三割へ移行していくように要求している。この「各教科の範囲で学術的な文章に挑戦する」ことへの移行は、共通情報を全国レベルで収集し、そのあと地域社会のニーズに合わせて地元で管理することで支えられている。ＤＰＬＡは、学校司書や教師に、国の基準に合う資料を利用させてくれると同時に、地域に関連した資料をアップロードしたりシェアしたりするための環境も与えてくれるのだ。たとえば、イリノイ州スコーキーの学校司書は、イリノイ州スプリングフィールドの学校司書がシェアした地元の例を有効に使えるかもしれないし、その逆もまた可能である。

現在、ピッツバーグのカーネギー図書館にいる（そして以前はイリノイ州のスコーキー公立図書館にいた）トビー・グリーンウォルトは、新しいデジタル図書館システムを作り、新しい教材をオンラインにもたらした司書のひとりだ。グリーンウォルトは、少し助けが必要な学童などにデジタルの世界をわかりやすい言葉で教えられる橋渡し役としてこの仕事に就いた。そして学校などの公共の場に図書館ラボを作り、子どもたちがさまざまな学習方法を試せるようにした。彼は図書館のコンセプトをほかの学習環境にもつなげている。その奉仕活動は双方向的だ。学校に図書館をもたらした上に、子どもたちが公共図書館を利用しやすいよう、公共図書館と学校図書館のカードをリンクさせた。ＤＰＬＡの設立に協力した人物でもあるグリーンウォルトは、デジタル情報と実験を通して、学校と図書館の世界をひとつにした司書なのだ。

デジタル技能を教え、生徒が共通学力基準を満たす手助けをする役割と同じくらい図書館にとって重要なのが、学校や地域において堅苦しい教室の外で学習するきわめて貴重な場所という位置づけである。アメリカでは、若者が自分の情熱を追求しようとしても、たまたまそれが規定のカリキュラムにおさまらなければ、与えられるチャンスはあまりにも少ない。図書館という場所では、たとえば数学の演算の順序や読解の秘訣といった新しい学力基準テストで求められる技能とはほとんどあるいはまったく関係ない、創造的な研究であってもサポートが受けられるのだ。中心的な技能はたしかに重要だが、若者をおおらかでクリエイティブな気持ちにさせる、形式ばらない学習も重要である。こうした形にとらわれない略式の場において、司書は非常に役に立つガイドとなる。

メリーランド州の学校司書でブロガーでもあるマシュー・ウィナーは、生徒のそばで働くことでインスピレーションを得ながら、アイディアを考える。彼は子どもたちを「舞台の中央」に置き、自分は何が好きでそれをどう追求するか、見つけ出すチャンスを彼らに与えようとしている。ウィナーの思想は、アメリカ合衆国が共和制国家として独立した初期の信条のひとつをまねたものだ。一八一三年、トーマス・ジェファーソンはアイザック・マクファーソン宛の手紙にこう書いた。「わたしのアイディアを得る人は、わたしのアイディアを減らすことなく知識を得られる。これはわたしのロウソクから自分のロウソクに火をつける人が、わたしを暗くすることなく光を得られるようなものだ。そのアイディアは次々と世界じゅうに自由に広がる。自然界は人間の相互教育と向上のために、慈愛に満ちたこのプロセスを作った[10]」

高校教育の最先端に変化が起きているため、図書館にも重要な役割が出てきた。一九五五年以来、大学進学をめざす生徒には、カレッジボード〔大学進学適性試験のひとつSATを主宰する非営利団体〕が運営するAP（大学レベルの授業）プログラムとその試験を受けるチャンスが与えられてきた。この試験は、一流大学での高度な学習に対応できることを生徒が示すチャンスである。

現在、AP試験はひとつずつ改訂されている。生物学や歴史などはあまりにも出題範囲が広く、教師たちを閉口させてきた。たとえば歴史の試験は、初期と最近のアメリカ史を重視する方向に変わってきており、教師はそれにともなって教材も変えるべきだと強調している。役立つ教材の多くは、大学図書館や、国立公文書館のような政府機関で入手できる。こうした大きな施設は、それらを教師向きにデジタル化して管理することに熱心に取り組んでいる。そして図書館はこのプロセスに協力するという独特な位置にある[11]。

新たにデジタル化された教材が学校のカリキュラムに組み込まれると、適切な支援教材をA

Ｐにかかわるすべての教師と生徒が利用できるようにするという全国的な図書館ベースの構想は、学校への移行コストを抑えることができ、生徒たちは気軽に好きなときに関連教材へアクセスすることができるようになる。学校司書も、クラス担任の仕事を補足する形で、生徒の試験準備の手助けができる。インターネットで利用できる膨大な情報の中に教材を加えることと、生徒がＡＰ試験を受ける前の必要な時期に、必要なことを学ぶための適切な教材を教師が確実に手に入れられることとは、まったく別なのだ。

ＡＰプログラムと残りの高校生活が終わり、大学の門をくぐると、生徒は研究を拡大しなくてはならない。研究活動に重点を置くメジャーな大学では、生徒はしばしば膨大な量の新しい図書館資料に出会う。それに対してコミュニティカレッジは、四年制の全日制大学と同じくらい多くの学生を迎えているが、裕福な施設のようなしっかりとした図書館システムを持っていない。アメリカでは、二〇〇九年に一二〇〇万人がコミュニティカレッジに通っていた――四年制大学に通う学生の数とほぼ同じである。ＡＰプログラムが求めてきた生徒たちとは対照的に、コミュニティカレッジはすべての出願者を受け入れ、学問と職業訓練プログラムの両方を行っている。[12]

コミュニティカレッジの図書館は、裕福な四年制大学よりも蔵書数がかなり少ないことが多い。限られた予算を考えると、コミュニティカレッジには時間をかけて蔵書を収集する能力がない。さらに職員のレベルは、学生の要望に応えるために司書が時間外労働を強いられる大学図書館の足元にも及ばない。けれどもコミュニティカレッジとその司書たちには、多くの学生の学びの役に立てる大きなチャンスがある。彼らが高度なスキルを求められる情報産業部門で働けるよう能力を高め、その過程で経済を成長させるというチャンスだ。[13]

デジタルの蔵書を共同で集めるというやり方は、とくにコミュニティカレッジの学生や職員にとって役立つだろう。一般的な技術インフラと国内外の共有資料があれば、コミュニティカレッジは限られた図書館の資金を、有能な司書の雇用と専門能力の開発に注ぐことができる。コミュニティカレッジの司書は、限られた地方の資料しかない資金不足の図書館ではなく、世界の大図書館の共有資料を利用する学生のための、学校図書館のガイドとして機能するのだ。

教育は、まだ図書館やジャーナリズムのようにデジタル技術によって混乱してはいないが、危機は訪れている。とくにアメリカでは無視できない問題に悩まされてきた。われわれの教育学習システムは極端に高額で、期待ほどの効果がない。ほとんどすべての測定値や研究で、アメリカのK12（幼稚園から高校三年生まで）教育は他国に比べて劣っていると言われている。資金不足が問題だというケースもあるが、多くの場合、教育問題は金銭面ではなく、マネージメントや、ものの見方や、関心の問題である。[14]

同時に、情報技術のおかげで新しい教育学習モデルを試せるようになっている。高等教育制度では、多くの一流大学は大規模公開オンライン講座（ＭＯＯＣ）を開設し、受講者獲得のために接戦を繰り広げている。スタンフォードとシリコンバレーの投資家は、著名な共同制作者を集めているコーセラやユーダシティに注目し、投資している。東海岸では、ハーバード大学とマサチューセッツ工科大学がエデックスを創設し、カリフォルニア大学バークレー校やウェルズリー大学のような有力なパートナーを引き込んだ。こうしたオンライン講座のプラットフォームは、人工知能から知的財産法まであらゆる分野の授業を誰もがどこからでも無料で受講できるものだ。高校市場への新規加入者も多い――バーチャル・ハイスクール、フロリダ・バーチャル・アカデミー、グローバル・オンライン・アカデミー、オンライン・スクール・フォー・ガールズなどである。

テクノロジーのおかげで、さまざまな方法で教育と学習の質が向上した。最近のもっとも大きな革新といえば、サルマン・カーンによるカーン・アカデミーである。学生が自分のペースで無料でオンライン学習をするための、非常に評判のいいビデオや練習問題を制作する非営利ウェブサイトだ。たとえば五年生の少女が、簡単なオンラインツールを使って、コンピュータサイエンスを独学できる。数カ月かけて少しずつ取り組んでも、一回の週末だけで一気にやりとげてもいい。難しい数学の授業を取り、学習課題の概念に頭を悩ませている学生は、同じ概念を短く明瞭で効果的に説明するカーン氏のビデオに頼っている。たとえば線形代数の概念に、学習者は「なるほど」と思うだろう。カーン氏のウェブサイトの利用者は二億五〇〇〇万人にのぼり、広範囲のテーマをマスターするために、ビデオと練習問題を組み合わせて使っている。これほど短期間でこれほど多くの生徒に影響を与えた教師は、ほとんどいないだろう。

だが、最大の混乱は、営利目的の出版とコンピュータの組み合わせから生まれるのかもしれない。二〇一三年の春、ルパート・マードックのニューズ・コーポレーションで新たに始動した教育部門から生まれた、アンプリファイ・タブレットのことを考えてみよう。前ニューヨーク市教育長のジョエル・クレインは、共通学力基準で求められるテーマを教えるために、学校にタブレットを導入した。このタブレットは美しく、ほかで見つけたオープンソースの素材を入れることができ、生徒を強く引きつけると証明された方法で教えるために教師がデザインしたものである。それにもかかわらず、自分の子どもにアメリカン・ガール人形の会社が作ったプログラムだけを通して歴史を学んでほしくないのと同じように、どんな出版社にも、教材や学習プロセスを過剰に管理してほしくないと思う。図書館が提供する、無料で偏りのない情報とそれを利用する権利には、利点も数多くあるのだ[15]。

たとえアメリカの公立校制度が、教材をニューズ・コーポレーションから買うと決めなくても、モバイル型やデジタル型の学習機器への移行は続いている。この変化が、学校が何百年も頼ってきた教室での教育モデルを混乱させるのはたしかだ。最近の調査では、大勢の教師たちが携帯機器の使用を求める、あるいは奨励すると言って調査員を驚かせた。七三パーセントの教師が生徒たちにモバイル機器を使うように求め、四五パーセントが授業でタブレット端末を使っている。こうしたモバイル機器の使用を促す教師の割合は、ついこのあいだまでの、学校内ではこの手のテクノロジーが全面禁止されがちだった時代から、明らかに変化を遂げていることを表している。[16]

教育学習環境の向上のためにモバイル機器の受け入れを制限付きで許可するという、現在の傾向は続きそうだ。教育にテクノロジーを効果的に用いて好ましい結果を導くための投資は、ますます多くの学校が効果的に実践していくだろう。昔の学校のアナログ教育の長所とデジタルを介した教育の長所とを組み合わせた混合型学習モデルへの大規模な移行は、進歩的な教育者たちにより、学校や教室でいまも進行中である。

教育改革の効果は、図書館へも強い——そして前向きな——波及効果があるかもしれない。この教育学習環境の移行期に、図書館は大きな役割を担っている。司書は、もっとも適切なデジタルコンテンツを利用できるようにすることで、学校をサポートできる。また、よき助言者であり仲介者であるだけでなく、実際の教師として貢献することもできる。もっとも洗練された若者は、かつてないほど多様で複雑で双方向的な方法で学習しており、新しいことを新しいやり方で学び、経験する方法を探しながら、独自に混ぜ合わせた学習モデルを作り出している。司書はこうした学習者を、規則に従った校内と教室の外の両方で支えることができる。デジタルメディアの使用にあまり慣れておらず、助けが必要な若者にとっては、司書の役割はよりいっそう重要である。

デジタル時代への移行に成功するためには、さまざまな理由から図書館が必要とされるが、中でも重要なのが、核となるほかの民主的な機関とのつながりである。とりわけ教育学習における劇的な変化の瞬間に、司書は教師とともに、型にはまらない学習で生徒をサポートし、文法や分数だけにとらわれず地域の問題などに取り組むことで教室の向こうの世界について考えさせなくてはならない。新聞記者ジャック・ナイトの言葉によれば、情報時代に民主主義が繁栄するためには、「人々に自分の置かれた状況を認識させ、彼らの思考に刺激を与え、真の興味を追求するよう奮起させる」[17]ことが不可欠である。

第九章　法律

著作権とプライバシーが重要である理由

わたしからアイディアを得る人は、わたしのアイディアを減らすことなく知識を得られる。これはわたしのロウソクから自分のロウソクに火をつける人が、わたしを暗くすることなく光を得られるようなものだ。

——一八一三年八月一三日　トーマス・ジェファーソンがアイザック・マクファーソンに宛てた手紙より

法律は、図書館の明るい未来への障害物だ。多くのすばらしい司書が、地域社会と深くかかわるデジタル時代の未来を心に描いている。彼らは学校やよき助言者や将来の雇用主と協力して働くためにデジタルツールの使用法について、意欲的なプランを持っている。けれども同時に、図書館が伝統的に果たしてきたもっとも基本的な仕事に奮闘してもいる。その奮闘は、本や映画や音楽の貸し出しにも及ぶ。図書館にとって資料の貸し出しは、アナログ時代よりデジタル時代のほうがはるかに複雑だ。その原因として批判されることが多いのが著作権法だが、著作物のデータを保護するために技術的な制約がかけられることも問題のひとつである。読者のプライバシーが守られるのかという懸念も、デジタル貸し出しへの移行を遅らせる可能性がある。

ほとんどの場合、法律は社会における授権力として機能している。よい法律とは、人々がやりたいと望むことをやるのを許してくれるものだ。ハーバードの学長は、ロースクールの卒業生にこう言う伝統がある。「あなたたちはもういつでも、人々を自由にする賢明な制約を作ったり利用したりする手助けができます」。市場主導型のシステムにおいて、たいてい法律は人々を自由にする役に立ち、また陰では公正で効率的な市場活動を可能にする。[1]

ところが法律には、進歩を妨げ、時代の変化の邪魔をし、変貌する市場についていこうとしない面もある。歴史上のある時点では筋の通った絶妙なバランスの法律が議会で成立したとしても、数百年もすればそれは意味をなさなくなる。アメリカ合衆国建国（さらには一八世紀初期のイギリスのアン法）にまでさかのぼる著作権は、デジタル時代に強力な図書館を作りあげるならば、ただの障害物となっている。司書は、知識を未来へつなげていくために、法律改訂の最前線に立たされているのだ。

著作権とプライバシー権の合理的な改正は、図書館がアナログからデジタルへ移行するのに不可欠な要素である。最新の法律や政策に変わらなければ、司書が民主主義に生きる人々を支えることは難しいだろう。実際、知識をもっと広く共有しようとする司書の邪魔をして、われわれを後戻りさせるかもしれない。

出版社と電子書籍の売り手と図書館はここ数年、電子書籍の貸し出しをめぐって主導権争いをしてきた。この衝突のせいで大半の図書館は、知識を利用可能にし文化遺産を保存するという重要な使命を果たせなくなっている。一番うまくいけば、この綱引きは一時的なものですむだろう。なんらかの意味での勝者がいるとしたら、それはわれわれ一般読者でなくてはならない。司書には、共に綱を引く協力者たちが必要である。[2]

この主導権争いの状況を説明するには、関連法の背景を知るとわかりやすい。アメリカの著作権法は、オリジナル作品の創作者に独占的権利――すなわち他者による複製、翻案、頒布《はんぷ》、上映、演奏を法の名のもとに排除する力を与える。個人（もしくは図書館）が著作物を利用する場合には、例外規定が適用されなくてはならない。さもなければ著作権者は、権利の侵害を主張するだろう。

電子書籍や電子ブックリーダーが最近のように人気が出る前なら、図書館は著作権のある印刷物を容易に入手し、貸し出し、保存することができたはずだ。制約となるのは予算規模や保管スペースや時間や利用者の関心だけだった。たとえば図書館は、寄贈された本を簡単に蔵書に加えることができた（だが司書なら知っていることだが、ほとんどの場合、寄贈図書はただの寄せ集めである）。また、非営利の貸し出しや保管の目的で、紙の本を限られた数だけデジタル複写することもできた。損傷がひどく、売り物にならないような本でも、失われるわけではなかったということだ。図書館によるこうした行為は、著作権法における権利制限によって可能になる。法律の条項とは本来、すべての人にあてはまる包括的なものだが、中にはとくに図書館に適用されるものもあるわけだ。

　アナログ時代に本の貸し出し（と古本の販売）に貢献した権利制限に、〝権利の消尽《ファーストセール・ドクトリン》〟と呼ばれるものがある。一九〇八年の最高裁判所における画期的な事例で確立され、一九〇九年に正式に著作権法に盛り込まれたこの条項は、著作権者の頒布権を制限するもので、図書館だけでなく誰にでも適用される。ファーストセール・ドクトリンは、著作物の複製物《コピー》の所有者となった者が〝著作権者の許諾を得ることなく、販売その他の方法でそのコピーの占有を処分できる〟ことを明示する。簡単に言うと、著作権法は作品のコピーを最初に販売《ファーストセール》あるいは頒布するときしか著作権者の支配を認めていないのだ。コピーが売られたら、もはや著作権者はその転売、貸し借り、あるいは他人への譲渡を止めることはできない（ほかの権利はまだ残っている。たとえば本の新しい所有者がその本の内容をもとに映画を作る権利はない。それは著作権者が持つ独占権を侵害することになる）。

ファーストセール・ドクトリンは、著作物がレンタルビデオ店や古本屋、音楽ストア、図書館などで流通できるために不可欠なものだ。〝フェアユース［著作権者の許諾を得ずに著作物を利用しても著作権侵害にあたらないとする、一定の要件を満たした公正利用行為］〟や図書館固有の例外規定などの権利制限とファーストセール・ドクトリンのおかげで図書館は、著作権者の事前許諾を取ることなく最低限のコストで、寄贈を通じて蔵書を増やしたり、作品を利用者に貸し出したり、図書館相互貸借に参加したりして、未来の世代のために作品を保存することができる。アメリカ図書館協会はこう言っている。「簡単に言えば、ファーストセールとは図書館がすること――本や資料を利用者、すなわち一般の人々に貸し出すこと――をさせてくれるものだ[3]」

電子書籍のようなデジタル資料の導入により、図書館での貸し出しは複雑化した。ほかのコンテンツ産業は、すでにこうした変化に対処しなくてはならなかった。紙の本からデジタルへの移行に出版業界は混乱し、たとえば多くのニューメディアに急いで順応せざるをえなかった出版社もあった。出版業が何百年ものあいだ同じ基本モデルに頼ってきたことを考えると、この移り変わりは決して小さなものではなかった。その変化は、知識が記録されたのち有体物に〝固定〟（著作権法の重要用語）する世界に適用されるよう作られたアメリカ著作権法の権利制限を強調した。図書館や一般利用者が驚愕したのは、この変化によって出版社が、いかにして作品を図書館で貸し出せるようにするかの基準となる経営構造や法体系について再考し始めたことだ。

出版作品は通常、売られるか、図書館に寄付される。ファーストセール・ドクトリンなどの法的条項に従って、図書館は合法的に購入した出版作品を、利用者やほかの図書館やほかの図書館の利用者に貸し出すことができる（図書館相互貸借制度のおかげだ）。対照的にデジタル作品は、図書館や消費者に売られるのではなく、ライセンスを与えられるのが特徴的となっている。ライセンスとは、何かをしたり使用したりする許可を与える法的強制力のある契約であり、もしこれがなければ著作権者しかそのデジタル作品を使えないことになってしまう。出版社によって読者（あるいは図書館）に付与されたライセンスは、与えられた許可の範囲や性質を管理する追加条項や条件を含むことが多い。こうした条項や条件（〝個別法〟として知られる）は、背景の規則（〝連邦制定法〟として知られる）がそれを許しても、利用者の作品へのアクセス方法を制限するかもしれない。条項が侵害された場合、ライセンスを受けた人が作品所有の法的権利を失うだけでなく、ライセンスを与えた者が契約違反で訴えられることもありうる。これらのライセンスは、著作権法のもとでは存在しない、その作品で何ができるかという条項を追加するのである。

デジタル資料の取得とライセンス供与との違いの問題は、いま始まったことではない。著作権に関心のある人々は、この問題を三〇年以上議論してきた。ソフトウェアやほかの形の知的所有権でも、同じ問題が起きている。ソフトウェアの通常のユーザーは、ほとんど誰もそれを〝買い〟はしない。ステープルズ［事務用品小売りの世界最大手企業］で税金の確定申告ソフトを買った人の権利は、新刊の単行本を書店で買った人の権利のように、著作権法だけに定義されているわけではない。まず第一に、そのソフトウェアを販売した会社がパッケージに記載した長く複雑なライセンスによって定義されているのだ。このライセンスはユーザーの権利を奪うこともあるため、ライセンス使用に同意した時点でわれわれはなんらかの権利を放棄していることになると、法律学者たちは言っている。

図書館のこの変化の重要性を想像するために、この二〇年でデジタル音楽の世界がどれほど変わったか考えてみよう。新しいＬＰを買ってレコード店から出てくる（この経験に覚えがあるのは一定以上の年齢の読者だろう）と、その音楽に関する権利は連邦著作権法で明確に定義されていた。購入者はそのＬＰを誰かに――すなわち中古レコード店に売ることができた。デジタルのダウンロードが主流となった現代では、中古レコード店は存続が危ぶまれている。こうした店の一番の障害は、昔から利益がごくわずかなことでも、若いリスナーがデジタル機器で音楽を聴くほうを好んでいることでもない。問題は、デジタルフォーマットで販売される新しい歌やアルバムが、一般に転売不可というライセンス付きだということだ。オンデマンドの映画も同様に制約されている。

テクノロジーと法律とユーザーの行動が互いに影響し合う、こうした変化の矢面に立たされているのは図書館だけではない。図書館はただ、デジタル資料の所有者ではなく借り手となる、もっとも最近の事例にすぎない。この場合の特殊な問題は、図書館が一般読者への最大の義務である、楽しむための本や音楽や映画の貸し出しができなくなる可能性があることだ。ほかではそれができない人々に文化への無料のアクセスを提供するという、図書館のきわめて重要な役割が危機にさらされているのである。

図書館にとって、ライセンスと販売との違い――すなわち作品のコピーを借りることと所有することとの違いは重大である。著作権者は電子書籍のライセンス・コピーに対して、昔のアナログ本より厳密な形式の〝所有権〟を持ち、その権利もより広範囲である。法律用語を使って言えば、ファーストセール・ドクトリンをデジタル分野に移行する手段はない。結果として、ファーストセール・ドクトリンはコピーには適用されない。当然ながら、電子書籍や音声データや画像は、ライセンスを受けた人が所有するわけではない。つまり図書館は、少なくとも紙の本を所有するのと同じ意味では、電子書籍を所有しないのである。図書館が利用者に電子書籍を利用させる場合は、ライセンス条項を忠実に守ることが条件だ。

図書館利用者へのサービス提供を禁じるか制限するようなライセンス条項に直面するたびに、司書は不安になる。記録保管やフォーマット保存の目的で作品の複製を作ることができるだろうか？　図書館相互貸借に参加してデジタル作品を、ときには印刷物を扱うことを、ライセンスは許可するだろうか？　電子書籍のライセンスは貸し出しが指定の回数に達すると失効し、図書館は高価なライセンスを再購入しなくてはならない。この取り決めは図書館にとって不都合だ。紙の本を買い取ってもその本が充分使用に耐えることを想定すれば、そのほうがずっといい。

法律と同様にテクノロジーでも制限することができる。ソフトウェアあるいはハードウェアを通して、作品がどのようにアクセスされ使われるかを管理するために、技術的にロックをかけることも可能なのだ。こうした技術的保護手段（「デジタルライツ・マネジメント」として知られる）には抜け道も存在するが、一九九八年の著作権法改正により、こうした技術的な制御を回避することは違法となった。[4]

同時に、電子書籍を求める図書館利用者は急増しており、人気が出ているのは明らかである。一利用者であるわたしの見るところでは、貸し出し可能な電子書籍を提供する大手出版社の割合は増えてきてはいるが、多くの出版社は貸し出しプログラムにまったく参加しないか、制限付きのライセンスのもとでのみ参加している。図書館には、こうした制限について交渉する能力がほとんどない。ライセンス契約は著作権法よりずっと制約が多く、交渉力をほとんど持たない図書館にとっては、非常に不都合である。

これらの問題は市場が成長するための一時的な副産物かもしれないが、デジタル資料の増加には多くの不安が残る。図書館の中でもとくに児童図書館や学校図書館は、ファーストセール・ドクトリンによって可能になる本の寄贈に依存するところが大きい。けれどもライセンス付きの電子書籍は、現在のライセンス条項のもとでは、貸し出し目的でほかの図書館と共有することはできそうもない。これらの図書館はどうやってデジタルの蔵書を増やしていくのだろう？パブリックドメイン——著作権保護期間が終了していたり、そもそも著作権が付いていなかったりするもの——の作品でさえ、最終的にはわずらわしいライセンスや技術的保護手段のもとで、電子書籍として作られるかもしれない。図書館が電子書籍の保存や記録保管を禁止されれば、ずさんな記録管理や出版界の合併や倒産の中で、著作権で保護された作品も孤児作品［書籍・映像などの著作物において著作権者が不明なもの］になってしまうかもしれない。

司書や法律学者は、図書館利用者の利益を守る方向で法律を再検討するために、裁判所と議会に立法改革を求めてきた。たとえば単純に著作権法を改正して、広範囲で効果的な〝デジタル・ファーストセール〟ドクトリンを作ってもいい。あるいはもっと狭い範囲で、議会が図書館に電子書籍の貸し出しや記録保管や保存ができる特別権を与えてもいい。さらに拡張的に、図書館と出版社が電子書籍の著作権使用料に合意するような強制ライセンスシステムを議会が発効させるのもいい。現在の法制度では、読者と図書館がとくに有害なライセンス慣行（フェアユースや、図書館に与えられた例外規定に契約上の制限を加えるようなもの）の合法性に異議を唱えることができるが、この種の挑戦には時間と費用がかかる上、結論に達しないことも多い。

司法制度が自らの手で問題に対処することもある。とくにキャピトルレコード社対リディジ社のような訴訟は、ファーストセールの規則が未来のデジタル環境の裁判でどう解釈されるかに大きな影響を与えるだろう。リディジと呼ばれる起業したばかりの企業が、購入したデジタル音楽を転売できるというビジネスモデルを作りあげた。これをキャピトルレコードが著作権法のもとに訴え、リディジのビジネスモデルはキャピトルが音声データに対して持つ著作権の侵害にあたると主張した。連邦判事リチャード・J・サリバンは二〇一三年三月三〇日、「裁判所はデジタル分野へのファーストセール・ディフェンスの大規模な適用を自発的に許すことはできない。とくに議会自体がそのための処置を講じていないのだから」と、キャピトルレコードに味方する判決を出した。リディジは控訴すると述べ、電子書籍部門への進出意思も表した。やがて、キャピトルレコードとの争いによく似た争いが書籍出版社とのあいだにも起こることになるだろう。[5]

法的選択肢を超えた議論も、出版社と図書館の両方が満足できる新しいビジネスモデルを生み出すチャンスである。これは図書館を通じた一般人へのアクセスであると同時に、著者と出版社に利益を生む新しいビジネスモデルや試験的なプログラムの刷新の瞬間なのだ。アメリカ図書館協会のデジタル・コンテント・アンド・ライブラリーズ・ワーキング・グループは、すばらしい学識と偏りのない思考を捧げてこの問題に取り組んでいる。[6]

図書館と出版社、著者とそのエージェントは、一致協力して電子書籍の貸し出しについて実験を行い、市場本位の解答を導き出せるようにすべきである。〝バイ・トゥ・アングルー［買って解放する］〟プロジェクトが、その役割を果たすかもしれない。このクラウドファンディング・モデルでは、電子書籍は一定の数量がダウンロードされたら、それ以降の読者はどこでアクセスしても、ダウンロードが無料となる。この方法では、図書館が本を無限にダウンロードできるようになる前に、著者や出版社は印刷物と電子書籍の両方で、一定レベルの利益に達するまで販売しなくてはならない。

電子書籍貸し出しの継続可能なモデルには、さまざまな形がありうる。もっとも簡単な方法は、アナログの世界をまねることだ。図書館が本の代金を払うなら、アナログかデジタルかにかかわらず、図書館がそれを所有する。大手出版社のランダムハウスはこの方針を採用した。ほかの出版社は、この方針が著作権侵害や過剰貸し出しや多くの未知の不安を招き、売上げが減少することを恐れている。そして図書館は、デジタルのファーストセール・ドクトリンがないために、電子書籍を持つことができても重い義務を負うことを恐れている。

伝統的な貸し出しモデルからの脱却は、関係者すべてに有益かもしれない。図書館が図書購入費をプールした資金から支払うビジネスモデルでは、作品が参加図書館から貸し出しを請求された回数に従って、著作権者への支払いが行われる。〝代替補償システム〟と呼ばれることの多いこのモデルには多くの課題とリスクがあるが、時間がたてば出版社は図書館からより多くの利益を得ることになり、決して少なくはならない。さらに、この強制システムは政府から著作権を付与されるのと引き換えに、貸し出しごとにコピーが用意されることになり、インターネットからの盗用防止にも役立つ。[7]

国立デジタル図書館構想も、著作権と電子書籍の貸し出し問題に対処できるかもしれない。DPLAを作ったコミュニティは、図書館と読書家のための大きな力になるだろう。国レベルでパブリックドメイン作品をデジタル化してアクセスを提供する取り組みは、徐々によい効果を生むかもしれない。こうした開かれた便利な取り組みを始めることで、DPLAは、ライセンスの制約なしにデジタル情報にアクセスできる状況を確実に維持できるよう努めている。DPLAのコミュニティは、実験のためのプラットフォームを作っている。ほかの貸し出しモデルの中には、インターネット・アーカイブの創始者であるブリュースター・ケールが支持する、デジタル化された著作権付きの本の貸し出しもある。われわれが読者のためにすべきことをするためにも、著作権法において従来の図書館の権利が必要なのだと、ケールは力強く主張する。彼のインターネット・アーカイブが率いる一五〇の図書館からなるオープン・ライブラリーは、著作権付きの作品をデジタル化して貸し出すために、州立図書館などと提携する構想を通して、図書館の権利の必要性を証明しようとしている。[8]

単独でなく共同戦略で臨めば、図書館は現代の主流であるアマゾン、グーグル、オーバードライブ、それに商業出版社を含む営利企業に支配されたデジタル分野に公共の足がかりを作ることができる。図書館に関心があるわれわれは、新たな制約を生み出すような法律やテクノロジーに対抗するために協力しなくてはならない。そうでなければ、デジタル時代はアナログ時代よりも利用しにくいものになってしまう。ソースコードを公開したり、誰もが自由に学術情報を閲覧できるようにしたり、著作権付きのデジタル資料を読者が利用できるようにしたりすることを通して、図書館は積極的にデジタルの公共の場を作るべきである。

電子書籍の貸し出し危機は、世界的状況でさらに広がっている。アメリカの図書館が、アメリカに住む読者に、アメリカの著作権の支配下にあるデジタル資料をどのように貸し出すかを考えるだけでも充分に複雑なのだが、条件が変われば問題はさらに難しくなる。アメリカ国外の図書館はライセンスに制限されて、アメリカの著作権付きの資料を一般読者にまったく貸し出しできないかもしれない。同様に、たとえばフランスの法律のもとでは、アメリカの図書館は（〝個別法〟の取り決めのもとで）制限付きライセンスにより管理されている著作権付きの本を貸し出しできないかもしれない。デジタル時代において、ある管轄区域の図書館から別の管轄区域の図書館へ資料を貸し出すことは、不可能ではないにしても、以前よりずっと複雑である。

ヨーロッパの国々の多くは、国立デジタル図書館制度の発展において、アメリカよりはるかに進んでいる。世界一〇数カ国の政治家が、国立デジタル図書館の設立を公約している。フランス前大統領ニコラ・サルコジは、七億五〇〇〇万ユーロ（当時の一一億アメリカドル）を「フランスの歴史的遺産」のデジタル化にあてると誓った。[9] サルコジ氏の公約は頭金であり、国内の文学作品や記録の大部分のデジタル化を完成するには、総額およそ一五億ドルになるとフランスの官庁は考えている。北欧諸国も、そのすばらしい国立図書館制度において、蔵書のデジタル化にすぐに取りかかった。資料を統一しようというヨーロッパ全土の努力の結果である電子図書館のポータルサイト、ヨーロピアナ［125頁参照］は、各国のデジタル蔵書の中に関連性を見いだしている。[10]

関連分野で好スタートを切ったにもかかわらず、ヨーロッパの人々はアメリカとほぼ同じ難問に直面している。たとえばオランダの司書は、電子書籍貸し出し状況で非常によく似た苦悩を味わっている。オランダの図書館コミュニティはデジタル資料を一般読者に自由に貸し出そうとしているが、追加のライセンス付与なしでそうすることはオランダの法律では不可能かもしれないというのが最近の法律上の見解である。政府は国立デジタル図書館を発展させることを約束したが、国レベルの結論にはまだ遠いようだ。その一方で図書館は、読書パターンの変化により、本の貸し出しという最重要責務を果たせるかどうかを懸念している[11]。

各国の中で、電子書籍貸し出しのインフラ整備で最先端を行くのがシンガポールだ。三〇〇万冊を超える電子書籍の貸し出しができ、利用者は国立図書館のシステムから、一度に八冊のデジタル書籍を借りることができる。読者数はうなぎのぼりだ。電子書籍のダウンロード数は、二〇一一年の事業年度末には三九〇万回だったのが、翌年には四九〇万回に増えた。出版社と図書館のシステムは国家的規模で、著作権付きのデジタル作品を求める一般大衆をサポートする手段を見つけた。アメリカのような大国やヨーロッパのような広い地域で同じことを行うのがより複雑なのは明らかだが、決して不可能ではない[12]。

もうひとつの難問が、デジタル・プラス時代の図書館の明るい未来の前に立ちはだかっている。孤児作品の問題だ。アメリカの著作権法には、誰の利益にもならないのに存続する奇妙な条項がある。すなわち、著作権者のわからない資料を共有するのは合法かどうかというものだ。この〝孤児作品〟という概念は、範囲が狭くて難解に思えるかもしれない。なんといっても、自分が著作権を持つことを知らない著者がそんなに多いものなのか？　じつは、著作権者がわからない本や資料は二〇世紀から何百万とあるのだ。

孤児作品をとりまく論争は、著作権者のわからない作品を著作権があるように扱うべきか、別のカテゴリーに入れるべきかという問題と関係している。もし図書館が、孤児作品を著作権がある作品と同じようにデジタル化し、著作権者の意志に反するかもしれない形で利用者と共有したなら、図書館は高額の罰金を科されるかもしれない。最悪の場合、法定損害賠償規定のもとで、一作品につき最高一五万ドルの罰金となる。作品が〝孤児〟であることの問題点は、デジタル化や共有化の許諾を得る〝親〟がいないことだ。出版社や著者が存在しない、あるいは自分が著作権者だと知らない場合、図書館は作品を貸し出したくても、許可を得る方法がないのである。

この孤児作品問題が重要なのは、巨大なデジタル図書館システムの発展を阻むことがあるためだ。承認する人がいなければ、国内外のデジタル図書館を通じての作品のデジタル化や共有は難しくなる。こうした孤児作品を明確な許可なしにデジタル化する危険を冒せば、法に裁かれるリスクがある。アラスカ大学の大学院生は、論文を完成させるための文献を簡単に探せるが、もし文献がデジタル化も貸し出しもしていなければ、そうすることはできない。二〇世紀アメリカの服飾を学ぶ高校生には、たとえ所有者がわからなくても、あるいはわからないからこそ、衣服の図案集のデジタルアーカイブが非常に役立つだろう。だが、こうした生きた財産に出会うことは二度とないかもしれない。いまの法律で利益を得る者はいない——とりわけ学生はそうである。

孤児作品の問題は、数が少なければそれほど重要ではないだろうが、実際、その数は膨大である。アメリカだけでも数百万冊になると言われ、世界ではさらに数百万冊があるだろう。ハーティトラスト・プロジェクトの責任者であるジョン・ウィルキンは、ハーティトラストのデータベースにある作品の半分が孤児作品であり、二〇一一年現在で合計二五〇万冊に達すると見積もっている。別の調査では〝控えめに〟見積もって、イギリスの研究機関を合わせて五〇〇〇万冊以上の孤児作品があると言われている。[13]

現在の孤児作品の法的立場は誰の得にもならない。著作権者の代表だと主張する人々は、法律改正を恐れている。法改正反対派は、著作権者が権利を侵害されたとき、図書館を訴えられるようにしておきたいのだ。けれどもその論理は弱い。法律では、すでに孤児作品であるものは、著作権者からの申し立てがあれば、著作権を取り戻すことができる。その点では、作品のデジタルコピーを共有していた図書館は、ほかの著作権付きの作品と同じようにそれを扱わねばならない。孤児作品をデジタルで利用可能にすることで、実際の著作権者が自分の作品を発見し、法的権利を主張できるようになるかもしれない。それは著作権者の利益になる。だからこそ、孤児作品のデジタル化がいまは困難であっても、法律改正に反対する理由などないのである。

著作権者は、もし孤児作品が著作権付きの作品とは異なるものとして扱われるなら、法改正は収益の損失につながるかもしれないという不安も述べている。この懸念も見当違いだ。問題となる作品には、ほとんど商品価値がない。孤児だった作品はずっと前から、いかなる目的であれ誰にも売られなくなっている。孤児状態の本をデジタル化して共有したいと図書館が望むのは、それを偶然見つけて興味を持った――おそらくは学術的な用途か、自分だけの秘密の用途にあてるのだろう――ごく一部の読者の役に立ちたいと思うからだ。孤児作品にれっきとした著作権者がいると確定されるなら、その作品は完全な著作権を取り戻し、商業価値のあるものとして利用されるかもしれない。実際にその価値があればの話だが。

孤児作品に関する著作権法改正への重要なステップは、まず、クリエイティブな作品を世に出して、人々に楽しんで読んでもらうことである。作品を世に出せば、著作権者が見つかる可能性もある。作品から利益を得たい創作者と、それを楽しむ権利のある一般大衆とのバランスを保つことが、著作権法の基本的精神である。孤児作品についての現在の法律は、どちらのゴールも成し遂げない。著者あるいは創作者は、さらなる創作意欲がわかないだろう。なぜなら、孤児になるとその作品はデジタル化も共有もされないからである。そして現在の法律は、図書館が多くの作品をデジタル化し、それを喜ぶ少数の利用者と共有することを邪魔している。

図書館コミュニティの中には、孤児作品の法律制定に積極的な人と、法律には不満だが現状を維持したい人との対立がある。図書館に関心のある人の多くは、図書館の利益に敵対的で大物の著作権者に友好的ないまの議会で著作権法を拡大しても、あまりよい結果にならないのではないかと不安を感じている。現在の制度のもとでも、図書館は孤児作品をデジタル化できるし、一般の人々に利用可能にもできる。ただそうした場合、訴訟になるリスクがあるというだけのことだ。訴訟になった場合、理性ある裁判所は孤児作品のデジタル化に賛同するかもしれない。その結果、孤児作品の大規模なデジタル化の道を開く可能性もある。公序の視点から見て次善の策ではあるが、この自力救済的方法は――図書館側にリスクはあるが――当面、前進するための一番の方法かもしれない。どちらにしても、孤児作品はデジタル化され、一般の人々が利用しやすくなるべきである。少なくとも、著作権者が確認されるまでは。

図書館にも大規模なデジタル化にも好都合に著作権法を改定する最後の可能性は、図書館と具体的にかかわる部分を変更することである。第一〇八項として知られるこの規定は、図書館に、ほかの機関にはできない特定の行為を行う権利を認めるものだ。たとえば図書館は、保存目的で所有する作品の複製を作ることができる。視覚障害者やその他の障害者にさまざまな形で作品を貸し出すことも、著作権法で認められている。図書館が目標を達成するために利用できる第一〇八項の保護や例外規定は実用性はあるが、限定されている。あくまで〝緊急避難〟

であり、その枠内で図書館は、公共の利益が個人の利益を上回る場合には、本来なら著作権の侵害となるかもしれない職務を果たせるのである。

過去一〇年間には、第一〇八項改定の動きもあった。デジタル時代のために法を改良しようと賢明な勧告をする人々もいたが、その提案は行き詰まっていた。過去のアメリカ議会は、重要な図書館改良の提案を話し合いもしなければ進めもしなかったのだ。

著作権法は、デジタル時代に図書館が公共性の強い目標を達成する際、図書館を不利益から守るためのもっと強い条項を含むべきである。こうした改革は、連邦著作権法に手が加えられたり、鍵となる条項（とりわけフェアユースの特例）の解釈に裁判所が妥当な判断をくだしたり、議会と裁判所が足並みをそろえたりといった形で現れるかもしれない。そのあいだにも、図書館やアーカイブやその他の文化遺産施設は、作品をデジタル化して一般大衆が利用できるようにする必要がある。司書は、最大の使命を果たすという気持ちと法を改善するという姿勢で、リスクを冒しながら前進しなくてはならない。

司書は、最高裁判事ルイス・ブランダイスの言葉をよく引用したがる。「ひとりにしておいてもらう権利――もっとも包括的な権利であり、文明人にもっとも高く評価された権利」という言葉だ。[14] 電子書籍とその貸し出しに関して、プライバシーは著作権に劣らず重要だが、よりシンプルなテーマである。長年にわたり、司書は個人のプライバシーに関する公開討論の主要な発言者だった。実際、司書は社会におけるもっとも活動的なプライバシー擁護派かもしれない。デジタル時代に読者のプライバシー保護を厳格に維持することに関して、司書は新たな難題に直面している。[15]

読者のプライバシー問題は、著作権と同様、獲得した本とライセンスを与えられた本との違いに要約される。アナログの世界では、ひとたび図書館が本を入手すると、図書館と本の製作にかかわった人との関係はなくなる。図書館は本の代金を支払い、蔵書に加え、最初に希望した人に貸し出す。本が行方不明になるのを防いだり、罰金を科したりするために、図書館は貸し出し者の記録を残すだろうが、そのデータの使い道は図書館が独自の基準で決められる。

デジタルの世界における、図書館と出版社あるいは作品の供給者との取り引きは、もっと複雑である。取り引きとは、普通はライセンス条項の形で述べられる〝条件制約〟である。著作権との関連で見てきたように、図書館は可能であれば作品のライセンス料を払い、利用者に貸し出すことができるようになる。けれども図書館は、文字どおりの意味での貸し出しをしているのではない。出版社は、市場をリードするオーバードライブのような企業と連携して、図書館利用者に電子書籍を貸し出せるようにするかもしれない。あるいはもしかしたら出版社が利用者に直接貸し出せる手段を確立し、図書館は手数料を支払うだけになるかもしれない。こうした場合、司書はかつて自分たちが行っていた利用者のプライバシー保護を、第三者か出版社にゆだねることになる。

民間企業主導の方法は、利用者のプライバシーを全体的に把握するという観点からはいい結果となるかもしれないが、危険でもある。図書館を大事にする企業であればおそらく、司書から受け取った読者のプライバシー情報に責任を持って対処しなくてはならないことに気づくだろう。市場は読者が利益を得るように機能する。電子書籍の貸し出しを管理する会社は、自社の取引先としての司書を引きつけたいと思い、その結果、ほかの利益よりも個人のプライバシーを優先する習慣が確立されることになる。利用者のプライバシーを保護しない企業であれば、図書館はサービスの質を一気に落とすだろう。残念ながら、市場はいつも完璧に機能するわけではないことを、われわれは何度も目にしてきた。利用者のプライバシー問題に関してはとくにそうしたトラブルが多い。

当然ながら、この状況に神経質になる司書もいる。司書はかつて利用者の読書傾向に関する情報を管理していたが、現在ではその中心的な役割からはずれている。デジタルの世界では、図書館はさまざまな重要なポイントで〝仲介を必要とされなく〟なっている。つまり、彼らはもう人々と情報をつなぐ不可欠な仲介役ではないのだ。電子書籍の貸し出し環境における重要な仲介役を営利目的の企業が務めるケースがますます増えている。間違いはないかもしれないが、サービスが発展するにつれて、読者のプライバシーのような長年図書館が重視してきたものよりも、利益に左右されていくことになるだろう。

警察が来て利用者が借りた本についての情報を求めたら、何が彼らを守ってくれるのだろうかと司書たちは懸念している。司書は長年、市民の自由を侵害するこの種の行為と戦ってきた。たとえば、アメリカ愛国者法についての議論は司書の注目を集めるものだった。ひとりの読者がイスラムに関する本に興味を示したことで、捜査が特定の容疑者にしぼり込まれるかもしれないという不安は、司書たちを震撼させた。彼らが恐れるのはもっともだ。利益目的の企業は、図書館ほど必死になって利用者を守ろうとはしないかもしれない。

デジタル時代の図書館の課題は、賢明な法改正で対処することができる。見識ある議会であれば、著作権やプライバシー関連を含めた図書館に関する法律全体を見て、一般読者に役立ち、図書館が将来成長するような改正を行うだろう。けれども、図書館にかかわる人の大半がそうした議論を公開することを恐れている。一般大衆の議会への信頼は低く、改善どころか悪い結果を出すのではないかという不安が非常に大きいので、そうした壮大な議論が行われる見込みはなさそうだ。ましな見通しとしては、近々に図書館と出版社が協力し、電子書籍の貸し出し危機の解決に乗り出すことだろう。

司書は、著作権法とプライバシー法の改正という難局に挑むリーダーの一員であり続けなくてはならない。表舞台でも裏の世界でも、われわれは司書に道を示してもらう必要がある。公共の利益を口にする人は非常に少なく、知識と情報の世界は徐々に企業に支配され始めている。デジタル時代に向けて、われわれ一般人は図書館の立場を支援し、合理的で一般大衆のためになる著作権とプライバシーの管理体制を求めて法の改定を主張していかなくてはならない。

第十章　結論
危機に瀕しているもの

知識はすべての国において、国民の幸せのもっとも確かな基盤である。

――一七九〇年一月八日　ジョージ・ワシントンの一般教書演説における最初の年の議会教書より

図書館のどこが一番好きかと尋ねられたら、薄暗がりの中で本を拾い読みする光景を思い浮かべる人も多いだろう。拾い読みは多くの人々にとって、子ども時代の魔法の思い出である。かびくさい書棚で整理番号から本を探し、通路を通り、背表紙を指でなぞる経験には明るいイメージがある。思いがけない発見は、あらゆる年齢や職業の人々にとって大きな喜びだからだ。

図書館での閲覧経験は、セレンディピティ［偶然の出会い］の概念と強く結びついている。利用者が書棚で思いがけない本に出会うという、すばらしい概念である。この経験は、もともと探していた本の近くにほかにも本があるおかげで可能だった。たった一冊を探して書架の列に分け入りながら、腕いっぱいに本を抱えずには出てこられない人もいるだろう。このセレンディピティは、より幅広い社会と密接にかかわる面も持つ。分野を超えた革新的なアイディアや新たなつながりは、こうした思いがけない発見の結果として生まれる。セレンディピティという この発見の感覚は、長く複雑な人生のさまざまな場面で得られるが、司書によってもたらされるものも多い。

もし図書館の書架や本を配置する人々が失われたら、この種のすばらしい経験ができなくなるのではないかと、不安に思うのはもっともだ。図書館が蔵書を減らし、利用者への貸し出しを電子デリバリーを通じてのみにするなら、セレンディピティの経験は永遠に失われるかもしれない。同じ恐れは、紙の新聞の減少にもあてはまる。読者が限られたトピックだけを探し、ただひとつのニュースを読むだけで終わるなら、世界で起きていることを示すさまざまな写真も見落としてしまうだろう(二〇一二年にニューヨーク公立図書館で起きたように、書架を移動しようとするだけで、一般市民から激しい抗議を受けるかもしれない)。

万が一図書館が消滅することになれば、都市や町はきわめて重要な、一般市民に開放された〝第三の場所〟を失うことになる。二〇一三年の調査では、一六歳以上のアメリカ人の九〇パーセントが、地元の公共図書館が閉鎖されたら地域社会に悪い影響を与えるだろうと言っている。この懸念には正当な理由がある。多くの地域において、家庭や職場以外の第三の場所は、図書館から現実世界のスターバックスやバーチャル世界のフェイスブックなどの商業スペースへと移り変わっている。アメリカの多くのカーネギー図書館の運命を考えると、不安が募る。二〇世紀初期に建てられた何百ものカーネギー図書館は、いまでは閉鎖されているか、まったく異なった目的のためにリフォームされているからだ。いずれの場合も、それらの図書館はもはや昔のようなやり方で地域の情報のニーズを満たしてはいない。図書館が提供する公共スペースがなければ、社会的にもっとも弱い立場にいる人々は、情報を入手し、考え、書き、学ぶための安全で快適な場所を失うことになる。[1]

　図書館の分館の閉鎖や開館時間の短縮が教育制度に与える影響を、われわれは危惧すべきである。地域の図書館サービスが縮小すれば、若者の学ぶ力、情報を探して発見する能力、そして信憑性の低い情報から信頼できる情報を選別する能力は低下していくだろう。学生はさまざまなインターネットサービスとともに、とくにグーグルをよく利用するが、そこには啓発がない。学習プロセスにおける図書館の役割は、民間企業（アマゾンやそのおすすめなど）と広範囲にわたる非営利団体（ウィキペディアなど）にその座を奪われている。

　また、われわれが共有する歴史の重要な部分を失うのではないかという懸念にも根拠がある。現在、デジタル資料は実物の資料より保存が難しい。図書館が本や原稿や新聞やその他の資料を取得し、後世のために持ち続けなければ、長期保存の見地から見て、われわれはデジタルへの移行から得るより多くのものを失うことになるだろう。司書やアーキビストは、今日の学者たちが昔よりはるかに少ない論文しか保存していないことを危惧している。電子メールやインターネット上の出版物やWordで作成されたメモなどのせいで、以前はごく普通に未来のために確保されていた資料が保存されなくなることを、彼らは恐れているのだ。共有する歴史がデジタル時代ではアナログ時代ほどうまく保存されないという見通しは〝情報革命〟の皮肉な――だが回避可能な――成り行きである。

万人に開かれた無料の図書館やアーカイブは毎日、社会に必要不可欠なサービスを提供する。組織として、そしてネットワークとして、同じように長期にわたって民主的社会に奉仕しながら、どのテキストや画像を後世のために保存するか、どれを消えるにまかせるか決定する。今日の課題は、デジタル時代の利点を活かしながら図書館のもっとも重要な面を維持することである――たとえ図書館のための公的援助が弱まりかけているときでも。

マリリン・ジョンソンは『返却期限を過ぎています！』（*This Book Is Overdue!*）という、図書館と司書の本を書いた。前書きの最後に、ジョンソンはこう書いている。「では、これほど不安定でわかりにくく、エネルギッシュで複雑な時代に、人々はどこへ行くだろう？　司書やアーキビストのいるところだ……彼らはわれわれのために未来を選別してくれる」[2]。図書館に注目するほかの人々も、デジタル時代の図書館に対するミズ・ジョンソンの楽観的な見方に賛同している。アメリカのインターネット新聞である『ハフィントン・ポスト』に、起業家であり作家のジーニー・マレンはこんな記事を書いている。

いまの図書館はこれまでにないレベルに達している。単なる情報源や貸し出し機関を超えたものになろうとしているのだ。業界の指導者や流行の仕掛け人を巻き込み、電子書籍のようなデジタルサービスや教育データベース、地域社会に役立つ就労支援プログラムを提供している。世界のグローバル化、デジタル化がいっそう進む中、多くの図書館は個人的、地域的な取り組みを維持し、近隣住民すべてが地元にいながらにして世界規模の探索ができるような方法を探している。[3]

こうした明るい考えにわたしは感心し、楽しく読んだが、図書館の未来に対してジョンソンやマレンほど楽観的には考えられない。たしかに、未来を選別してくれる司書やアーキビストはいる。業界の指導者や流行の仕掛け人である司書もいる。ボストンやニューヨークやシカゴやサンフランシスコなど大都市の図書館のリーダーの多くが、そして小さな町の図書館司書の多くが、間違いなく道を示してくれている。本書に書いたそのような人々は本当にすばらしい。イギリスはコルチェスターのアンヌマリー・ネイラー、バージニア州アルベマール郡のメリッサ・テックマン、テネシー州チャタヌーガのネイト・ヒル、フィンランドはヘルシンキのカリ・ラムサ、メリーランド州エリコットシティのマシュー・ウィナー、サンフランシスコのルイス・エレラなどだ。そしてほかにも多くのリーダーがいる。

けれども、こうした楽観的な評価は普遍的な真実ではないし、すべてを物語っているわけでもない。デジタルの明るい未来を作るために手を取り合って働いている司書よりも、その未来を憂いて手をこまねいている司書やアーキビストのほうがずっと多いのだ。さらに重要なのは、ほかにも多くの人々が——はっきり言って、図書館業界よりも熱心で前向きに——似たような問題に必死で取り組んでいることだ。技術者、出版社、作家、エージェント、事業戦略家などは、同じ問題にさまざまな角度から取り組んでいる。アメリカの図書館の外の世界でははるかに多くの改革が進行中であり、それを図書館やアーカイブの運営に組み込む必要がある。

わたしが図書館の未来について一番恐れているのは——ここがジョンソンと意見を異にするところだが——民間企業がよりすばやく効果的に介入してきて、公共のためというより利益を得るためだけに、こうした多くの問題に取り組むことである。彼らは、業務に投入する資金も人材もはるかに多く持ち合わせている。

いまのわたしは、情報や知識の管理における次の目玉を考えると、図書館業界の人々よりもアマゾンやアップルやグーグルのプログラマーやグラフィックデザイナーのほうにずっと勝ち目があると思っている。もちろん非営利団体にも、インターネット・アーカイブのブリュースター・ケール、public.resource.org のカール・マラムド、ウィキメディア財団のスー・ガードナーやジミー・ウェールズ、モジラのミッチェル・ベイカーとその仲間たち、それから最近はアーロン・スウォーツなどの優れたパイオニアが存在するが、図書館の活動や業務の一部としてはとらえられず、歓迎されないことが多い。

図書館の未来について驚くほどすばらしい理論を考え出し、それを行動に移す人がいる。ダン・コーエン、ロバート・ベリング、ロバート・ダーントン、ローカン・デンプシー、ピーター・モービル、ジェニー・レビン、ピーター・スーバー、デヴィッド・ワインバーガー、ジェサミン・ウェストなど、多すぎて名前を挙げきれないほどの人々が、図書館とその未来について、そして改革の進め方について、強い影響力を持つ作品を書いている。民間企業はこうした人々に負けないほど強力で、しかも自分たちのアイディアを支える資金を図書館よりはるかに大量に持っている。類似の問題を解決しようとしている他業種と図書館とのあいだには、研究開発の点で大きな隔たりがあるのだ。

はっきり言って、いまの図書館には広範囲に前向きな影響を与えるような革新的なデジタルプロジェクトに従事している人があまりにも少ない。予算がぎりぎりまで削られる中、図書館はアナログとデジタル両方の世界で需要を満たすよう強いられているので、図書館のリーダーたちは追いつめられ、純粋な革新や研究開発に取り組むことができずにいる。そして、図書館とほかの組織――たとえばマイクロソフト・リサーチや、シスコのグローバル研究開発チームや、グーグルの非営利部門など――とが協力して、公共の利益に大きな成果をもたらすことはほとんど考えられない。図書館には、アナログ時代のカーネギー図書館に相当するデジタルへの投資が必要だ。二一世紀のアンドリュー・カーネギーが求められる。[4]

われわれが社会の一員として資金を提供したとしても、司書は臆病でリスクを冒せないことが多い。フィンランドの革新的な司書カリ・ラムサが、インタビューでそのことを言っていた。「図書館はそんなに厳粛な場所ではありません。失敗を恐れすぎてはいけません。ここは病院ではないのです。人を殺したりはできません。わたしたちが失敗しても、誰も死ぬことはないのです。いつでも何度でも、試してみればいいのです」。危険を冒して評価を得る精神は、技術開発者によく見られるものだが、いまの図書館業界ではとても重要である。

図書館の未来を深く懸念する人々は、危険を冒して明るい未来に投資するよりも、昔の図書館をなつかしむ気持ちに頼ることになりがちだ。ノスタルジーにすがりたい気持ちはわかる。さまざまな研究、さまざまな逸話が、人は〝図書館が好き〟なのだと示している。われわれは子ども時代の思い出を愛するように、図書館という観念を普通に愛している。だがしばしば、その愛はひいき目のように感じられる。この変化の時代に、ノスタルジーに過剰に頼りすぎるのは危険なことだ。一時はうまくいっても、最終的には失敗するだろう。

情報分野が根本的な変化を遂げている時代に、図書館は研究開発に充分な投資をしていない。図書館が行う技術分野への投資は、まずは民間の業者に、図書館サービスを自動化する新製品の購入のために支払われる。この資金はおおむね有効に使われており、民間の業者は図書館のために重要で効果的な働きをしている。もっとも重要な図書館協会と非営利組織――オンラインコンピュータ図書館センター、図書資源協議会、ＩＴＨＡＫＡなど――は、図書館の革新に大きく貢献している。けれども、運営方法を一新するために図書館が支払った総額は、シリコンバレーにおける調査、発見、電子商取引への支払額に比べればかすんでしまうほどだ。学生たちが司書のサポートをだんだん求めなくなっているのも当然である。司書自身が情報技術の専門家と協調し、革新に向けて努力すれば、大きな利益となるだろう。この研究開発はアクセスと長期保存の新たな方法を生み出すはずだ。

現実の図書館とデジタルの図書館は共存を続けるだろう。近い将来はもちろん、おそらくはその先も。研究開発へのさらなる投資は、最良の図書館の世界をデジタルに変換するのに役立つかもしれない。たとえばデジタル閲覧の実験は、書架が除去されて偶然におもしろい本を見つける機会が減ったという問題を解消する可能性がある。実際、バーチャルスペースに作られた書架は、現実の空間にある限られた実際の書架よりも望ましいかもしれない。シカゴ公立図書館の分館の通路を歩いている利用者は、本館とすべての分館の蔵書を合わせたバーチャルな書架をオンラインで閲覧できる利用者より、はるかに少ない本しか見ることができないのだから。本のにおいをかいだり背表紙に触れたりすることはできないが、バーチャルな閲覧方法を使うことで、より多くのものを見つけられるかもしれない。ハーバード大学図書館イノベーション・ラボの研究者たちは、まさにこのようなバーチャル閲覧エンジンを作った。〝スタック・ビュー〟と呼ばれるそれは無料で公開されている――まさしく、巨大な公共図書館のように。[5]

このように図書館研究開発への投資を強化するなら、どんな図書館でも繰り返し利用できるオープンソースシステムとオープンアクセスデータを生み出すことを支えるべきである。未来の図書館として、どのようなものがふさわしいだろうか。学習や発見など図書館のポジティブなイメージを失わず、紙ベースの資料もオンライン環境も整った、アナログとデジタルを組み合わせたデザインが望ましい。実際、デジタル形式で作られた資料が異なる読者のためにさまざまなフォーマットに直されるというこのデジタル・プラス世界の最前線では、もっと使いやすくなる可能性がある。デジタル形式で作られた資料を確実に長期保存する方法を定めるつもりなら、図書館の研究開発は必要だ。とりわけその資料が大規模で、双方向的で、時とともに変化するものならば。

また、図書館の研究開発は、デジタル革命から得られる利益をすべての市民に保証する必要がある。拡大された研究開発がとくに注目すべきなのは、さまざまなハンディキャップを持つ人々がデジタル資料を利用できるようにすることだろう。デジタル作品は、目の見えない人に読んで聞かせたり、視力の悪い人のために字を拡大したりすることができる。現在、こうしたデジタルで改善されたフォーマットの本もあるが多くはなく、視覚障害のある人々の大半は、こうした作品を確実に利用できるわけではない。いままでわれわれは社会の一員として、デジタルとそうでないものとの隔たりが基本的な身体能力の違いによって左右されないようにする努力を怠っていた。

ほかにも投資の拡大が必要な分野は、司書と学生の訓練・再訓練だ。とくにこの変化の時代に、図書館は専門能力の開発にあまりにも金をかけていない。司書には互いに教え合うことがたくさんある。実際、デジタルに精通した司書の大半は、どこへ行ってもデジタルに精通したプロである。自分たちに期待されるものが変わってきていることを充分に意識し、学ぶことで技能に磨きをかけたいと思う司書の強い望みは、同じように訓練に対して強い義務感を持つリーダーによってかなえられるべきだろう。

図書館は新たな戦略を追求する時を迎えた。デジタル革命にただ反応するだけでなく、それに合わせて形を作るのだ。司書やアーキビストは、民主主義社会でアナログとデジタルの橋渡しをする組織的で効果的なシステムを開発するために支援を必要としている。この戦略は、もう少しで実行されるところまで来ているが、まだ完璧なものではない。SF作家ウィリアム・ギブスンが言うように、「未来はここにある――まだ均等に配分されていないだけ」なのだ。デジタル時代に向けて強化した図書館システムを定めるにも、作り出すにも、一丸となった行動の必要性は大きい。[6]

われわれは大きな取り引きをすることで、図書館を将来も存続可能なものにすることができる――しなければならない。この変化の時代に、社会の一員として、図書館へますます投資することが必要である。もっとも資金が必要な分野は、研究開発と専門能力開発のふたつだ。同時に司書は、デジタルで、協調的で、ネットワークで結ばれた活動への移行を続ける。

取り引きの一部として、司書と出版社は連携し、持続可能な電子書籍の貸し出しモデルをいくつか開発しなくてはならない。図書館が栄えることが重要であるのと同じように、情報生態系のほかの部分も栄える必要がある。出版社も著者も編集者もエージェントも、本やその他の著作物から公正な利益を得るべきだ。図書館は合理的な形で電子書籍の貸し出しを可能にすべきだが、作品への支払いをやめる必要はない。著作権者は正当な利益を継続的に得るべきである。そして、デジタルへの移行によって恩恵を受けるのがグーグルやアマゾンだけであってはならない。最終的な恩恵を受けるのは、読者であるべきなのだ。

この新しい世界で、図書館と司書は、民主主義を支えるのに必要な余分な仕事を引き受けることになる。図書館はパートナーといっそう協力し、以前は館内でしていた仕事をほかの図書館や共同体に委託することもあるだろう。われわれは図書館を利用する市民として、この移行期間に伝統的な分野のサービスが低下しても、それを受け入れなくてはならない。

静かな閲覧室と本であふれた書架がなくなったらどんなに寂しいだろうかと考えると、地域社会にとって一番いい方法は、新しいデジタル時代のサービスだけでなく古きよきアナログのサービスと空間にも対価を払う決心をすることだろう。もしも、すべての図書館の予算が――公共図書館も学校図書館も大学図書館も――従来の経費だけでなく新しい経費もまかなえるほど増額されれば、間違いなくわれわれ全員が利益を得る。けれども、新旧をカバーできるほど図書館の予算が拡大することは、現状では考えられない。それでも、司書はもっと賃金を要求すべきだし、われわれ社会がそれを供給すべきなのだ。もし古いものと新しいものの交換が必要だというなら、図書館の未来を考えなくてはならないだろう。

図書館は印刷物から離れて、デジタルへの移行を続ける必要がある。その移行は突然ではなく、一定のペースでごく慎重に行われるべきだ。図書館はいまよりもっと積極的に紙の資料を売却してよいし、とくにこれらの資料がほかの地域の蔵書やデジタル形式のものと重複するなら、場所と資金の節約のためにもそうすべきである。共同の保管施設から印刷物が届くまでに時間がかかっても、人々はそれを受け入れなくてはならない。

図書館は、紙の本を重視するのをやめていくにつれて、デジタル資料を探したり、利用したり、共同で作ったりするサービスを増やしていく。ほかにはない静かに考えるための公共スペースや、やる気が出る有益なプログラムは相変わらず提供し続ける。そして、有能な学生と困窮した学生の両方の学習ニーズに応える道を見いだすだろう。

図書館は資料の長期保管という目標を達成するために、保存業務の提携を前向きに続けるべきである。こうした連携は、いまより秩序と一貫性のあるものでなくてはならない。デジタル資料の保存は、それがだんだん効率よく、安価で、信頼できるものになるにつれ、技術的にも進化していくだろう。紙の蔵書は長期のバックアップ用として、また印刷物を好む人々のために保持されるだろうが、利用者はそれが届くまでに、効率よく入手できるデジタル版よりも長時間待たなくてはならない。

この大きな取り引きは全員の犠牲を必要とする。司書は、主に紙の本の入手や取り扱いにかかわる作業の多くをやめ、ほかのことを始めなくてはならない。利用者は、紙の資料を求めるなら長く待たされるなどの不便を受け入れねばならない。けれども、図書館の核となる重要な活動は生き残るだろう。それは、いつでもアクセス可能であることや、その環境や、民主主義社会で生き抜くために必要な知識を、いまもこの先もずっと提供していくことである。

変化のためのこの高額の代価を、われわれはどう支払うべきだろうか？　ボストン公共図書館のジョシュア・ベイツや、国じゅうに図書館を残したアンドリュー・カーネギーなど、伝説の慈善家たちは大きな影響力を持っていた。彼らの投資がもたらした明るい効果は、アメリカや世界じゅうの地域社会で毎日のように感じられる。公共図書館は、資料やサービスを自由に利用できるようにする。それはアメリカ建国時には考えられもしなかったが、民主主義が機能するには必要不可欠なものとなった。

こうした初期の慈善家とその贈り物は、いまも議論を呼び続けている。公益のために強欲な資本家から〝汚れた金〟を受け取ることを懸念する人もいれば、町の金持ちが権力を握ることを恐れる人もいる。ある司書は、カーネギーが設計の要求をするのがずっといやだったらしい。けれども、欠点がなんであれ、一九世紀末から二〇世紀初期にかけての図書館制度への官民の巨額の投資は、アメリカの民主主義と経済成長にとって、大いに好ましいできごとだった。この投資は、自由で開かれた社会において、能力ある個人が自分の真の興味を追求するという約束を守った。書棚の本はかつて閉ざされていた――一八七七年には偉大な司書メルヴィル・デューイすら、それが最良と考えていた――が、すべての市民に開放された。この理想を信じ、資本コストを快く払ってくれる寛容な人々がいなければ、公共図書館のシステムがこれほど広範囲に同時発生することはなかっただろう。この贈り物には、非常に効果的な条件がついていた。たとえばカーネギーの贈り物を受け取った町は、建物や本の維持費や図書館職員の給料を支払うために、贈り物の一〇パーセントが課税されたのだ。[7]

いまこそ、こうした投資を新たにすべき時である。一〇〇年前に建てられた図書館は、別世界のために設計されたものだ。いまの図書館には、改革や、共通のデジタルプラットフォームの開発や、職員の訓練・再訓練や、社会全般に役立つデジタル配信システムの構築などを支援するために、資本注入が必要である。劇的な変化を支える今後しばらくのあいだに、この公共心に富む図書館への資本投資を果たせなければ、われわれの民主主義は損なわれるだろう。アメリカのジャーナリスト、ウォルター・クロンカイトはこう言っていた。「図書館にどれだけコストがかかろうと、無知な国のコストに比べれば安いものだ」[8]

司書は新たなノスタルジーを生み出さねばならない。図書館への新たな投資の目的は、知識を発見し入手するための新しいサービスとその手段を確立することだ。最低でも、慈善家と政府からの資本注入は必要であり、それは司書の新たな専門技術の訓練とデジタルプラットフォームの開発に使われるだろう。

この改革を、営利目的の企業だけにゆだねてはならない。その中でも、たとえばイノベーティブ・インターフェイスのような図書館の助けになる大企業や、ＯＣＬＣ（オンラインコンピュータ図書館センター）のような歴史的に重要な非営利団体は、この図書館の再定義に大きな役割を果たすべきである。いくつかの巨大図書館はすばらしい研究開発に取りかかった。たとえばＮＹＰＬ（ニューヨーク公立図書館）ラボは、自ら「ニューヨーク公立図書館のデジタル・スカンクワークス［スカンクワークスは極秘開発部門・秘密チームの意味］」と称している。けれどもこうした革新的な努力はごく少数であり、資金不足の状態である。あらゆる種類の図書館の第一線で働く人々がもっと大勢、この再発明のプロセスに直接かかわるべきなのだ。市場に出す新製品の開発ではなく、一般の利益に貢献するという目的で。

インターネット用語に詳しい人なら、ＯＢＥという頭字語がなんのことかすぐにわかるだろう。それはovertaken by eventsの意味である。普通は、遅くなった電子メールの返信がもう必要ない、あるいは関係ないというのを示すのに使う（「ありがとう。でもそれはＯＢＥなんだ」）。わたしが恐れているのは、もしわれわれがともに行動を起こしてデジタル・プラスの時代への移行に協力しなければ、図書館はＯＢＥと認識されることだ。わたしの不安が見当はずれなら、それはそれでいい。けれど、図書館にとっても、そこを愛する者にとっても、図書館の再定義のプロセスに参加するほうがずっと賢明だろう。

この再定義の結末は、すべてがデジタルに関することではないだろうし、そうであってはならない。さまざまな理由から、わたしはそれが、図書館の中の物理的な空間の重要性をあらためて強く主張する結果になると思う。図書館の革新や情報サービスに参加するために非営利団体がそれを必要としているのと同じように、社会には公共の場が——企業のものでないデジタルな空間と物理的な空間が、どうしても必要なのだ。一般のコミュニティセンターとは一線を画す方法でこのきわめて重要な文化的、社会的役割を果たすのに、図書館はぴったりである。そして、大きな信頼を積み重ねていきながら職業としてそれを楽しむ司書も、この役割にうってつけである。彼らが信頼できるのは無理もないことだ。

この本に網羅されていることを主張してからというもの、政府や個人の慈善活動による再投資を支持するわたしの見解には多くの反論があったが、受け入れる価値のあるものはほんのわずかである。大半は、わたしの主張の相手にもならないようなものだ。すなわち、デジタル時代にはアナログ時代ほど図書館は必要ないという考えである。これまでに述べたすべての理由から、この主張は間違っているばかりか、民主主義においてリーダーが採用するには危険なものだとわたしは思う。たとえ多くの疑問に答えるためにグーグルやフェイスブックやツイッターに頼る世の中であっても、図書館には果たすべき役割がある。昔とはまったく違うかもしれないが、幅広いアクセスと一貫した保存を提供するという、何百年も前からの使命の核となる要素は、現在でも非常に重要なものである。

さらなる反論は、わたしの主張が充分ではないというものだ。フューチャリストの中には、デジタル時代はいまここにあるのであり、わたしが提示するようなアナログからデジタルへの慎重な方向転換には大胆さが足りないと言う者もいる。この反論は、人間の計り知れない革新につながるクラウドベースでオールデジタルの未来へ、もっと速く移行しようとするものだ。紙ベースの図書館を閉鎖するのは妥当だと言われている。予算に余裕がないからその分を消防署や警察署に使うべきだというのではなく、図書館だろうとなんだろうと、資金は情報技術のさらなる革新のために使うべきだというのだ。これとは別の反論で、市場が公共に代わってこの変化を引き受けるだろうというものもある。自由主義者の姿勢をとるこの批評家は、営利企業によって作られたデジタル・テクノロジーを却下するのが早すぎるとわたしを批判する。

この変化の速度についての反論には、まったく感心しない。いまの図書館には愛すべき点が数多くあり、革新の名のもとにすぐに取り壊さない正当な理由もある。司書にデジタル技術を教える訓練やインフラ整備には投資すべきだが、そのために静かな閲覧室や、移民や求職者へのサービスや、市や町の子どものための学習スペースを犠牲にすべきではない。われわれにはアナログからデジタルの世界へ移行する期間が必要であり、それは急激なものでなく、徐々にゆるやかに移行していくものである。多くの司書はこの移行にうまく対処している。彼らは年配の同僚にデジタル技術のすばらしさを納得させるための支援を受け、持続可能な方法で変化に対応する時間を与えられるべきだ。この変化の行き着く先には、地方図書館の分館も巨大な学術図書館も学校図書館も、物理的な空間でもあれば人々に莫大な利益を与えるサービスセンターでもある場所として、消えることなく存在していなくてはならない。デジタル革新は起きねばならないものであり、起きるだろう。だがあまりにも変化を急ぐと、価値ある図書館はすぐに機能停止してしまう。わたしはバーチャルとアナログを掛け合わせた折衷案を支持している。それは「壊れなければ修理するな」という消極的な取り組みと、「もっと急いで変化を進めよう」という反論の中間に位置するものだ。

さらに、司書がするべきことやするべきでないことを、司書でないわたしが言うなという反論もある。この批判にわたしはとくに敏感である。わたしは図書館学の学位を持たない図書館長なので、この職に任命されるべきではないと思っている司書たちからは、これまで多くの批判を受けてきた。こうした批判がメーリングリストや一般のブログに出てくると、いわゆる善意の人々が大勢、わたしに読むようにと転送してくれる。DPLAが創設時の事務局長として司書ではない有能な人を任命すると発表したときも、似たような批判が広まった。無資格の図書館員を警戒する司書もいる。ある分野が危機に瀕し、多くの人々が職を維持できるかどうか不安なとき、この懸念はよくわかる。

とりわけこの変化の時代に図書館業界は、似たような目標を持ち、図書館の重要な機能をサポートしてくれる分野の人々に門戸を開くべきだ。知的自由と公の意見交換と真実の追求を支持する図書館の精神は、保護主義を打ち負かさなくてはならない。図書館がネットワークとして機能していくには、別のものを提供してくれる別の分野の人々との連携が必要だ。わたしが本書で述べている主張は間違っているかもしれないし、疑いは晴れないかもしれない。だが、この主張はデジタル時代に図書館を活性化させたいという真の欲求に基づいたものであり、成功のためには司書とそれ以外の人との協力が必要なのだ。

以下は、いまもこの先も使える、図書館を気にかけるすべての人々のための、変革への一〇のステップだ。

1．デジタル・プラス時代に向けて図書館を再定義し、プラットフォームとして作り直す。〝デジタル・プラス〟とは、資料がデジタル形式で作られ、その後さまざまなフォーマットに直されることを意味する。あるものは印刷され（伝統的な本や、画像のハードコピーなど）、あるものはデジタルのままである（電子書籍、双方向型のゲーム、画像ファイル、デジタル形式の視聴覚作品など）。〝プラットフォーム〟とは、それぞれの図書館は個別の存在であり競争相手であるよりは、高度なネットワークで結ばれたデジタル社会で、ネットワークの接点として機能すべきだということを意味する。
2. 図書館は、意欲的なネットワーク機関としての役割を果たさなくてはならない。それには大規模で動き、利用者のためにその規模を有効に使えることが必要である。図書館は、アーカイブや歴史協会や博物館やその他の文化遺産組織などの提携機関と効果的にネットワークでつながらねばならない。
3. この再定義の基本は、需要主導型でなくてはならない。過去がどうだったかというノスタルジーに陥るのではなく、人々や地域社会が現在、そして未来の図書館に何を求めているかが基本である。地域社会のニーズと協調することで、問題解決の手助けがよりうまくできれば、図書館の資金問題も緩和されるだろう。ブライアン・バノンと彼の仲間たちは、シカゴのラーム・エマニュエル市長の熱い支持を受け、それを成功させた。
4. 図書館の再定義の段階で、フィジカルとアナログを排除してはならない。未来の図書館には、資料や空間のための場所と、利用者が経験するための場所がある。
5. 司書はただ公共の利益のために、必要なことだけをして、立地条件を生かすよう努めるべきである。
6. 図書館は著者やエージェントや編集者や出版社と連携すべきである。知識を生み出すエコシステムの一部として、図書館は存在する。こうした役割は変わるかもしれないが、その機能の価値は変わらない。

7. 図書館の空間は、むしろ研究所や〝共同制作機関〟に近い機能を果たすべきであり、人々はそこで情報に触れ、新しい知識を利用する。本が学術探究の素材として利用された一九世紀末には〝本の研究所〟として知られていたが、共同生産が基準であるデジタル・プラス時代には、図書館は真の研究所であるべきだ。

8. 司書たちは協力し合い、オープンに共有された大規模なデジタルインフラを作るために技術者と連携すべきである。このデジタルインフラを生み出すインターネットを作ったハッカー精神を参考にする。これにはいま以上の資金と時間の投資が必要である。

9. 知識の保管には、いま以上の連携が必要である。図書館は物理的スペースを維持すべきだが、それを資料の保存以外のさまざまな目的に使うべきである。根本的に、われわれは長期デジタル保存への投資が不足している。

10. 一九世紀末から二〇世紀はじめにかけて慈善家や地域や大学が力を入れたように、図書館が新たな時代へと移行するには投資が必要である。アクセスにも保存にも力を注ぐ、図書館の研究開発に取りかかったこれらの資本コストは、民主主義に大きな利益を生むだろう。

図書館を機関として、そして司書の役割を専門職として見直した結果、重要なのは伝統と革新のバランスになるだろう。先見の明のある司書は、長いあいだこのバランスをとろうとしてきた。司書の昔からの行動指針――情報への普遍的アクセス、個人のプライバシー、表現の自由、そして何より誠実であること――はいまも変わらず必要であり、それを持続させなくてはならない。同時に、図書館のリーダーとしては、より力強く新たな方向へ向かう必要がある。そうでなければ図書館はアメリカの一般大衆への影響力を失ってしまうだろう。このバランスが必要なのは図書館だけではない。たとえば学校や新聞は、同じように危機や改革の瞬間に直面しており、未来を描く中心的役割を果たしている。こうした機関はすべて、大衆に情報を与え、教育し、共通の利益に従事させる役割を持つ。われわれはこの三つすべてを正しく理解しなくてはならない。

図書館の世界がもっともうまく発展するのは、個々の図書館を独立した機関ではなくネットワークとして機能させる、革新的なシステムが成長するときである。このネットワークの構成分子は、すでに整っているか、長い時間をかけて発達しているかのどちらかだ。ネットワークの人的部分である司書自身は、効果的な方法で提携への道を探してきた。それに世界じゅうの図書館への高速ネットワークアクセスが加わり、すばらしい技術ネットワークが確立した。いま加わろうとしている次の構成分子は、こうしたネットワークを最大限に活用する方法を知っている有能な司書たちだ。彼らはソーシャルネットワークや、オープンソースのプラットフォームや、オープンアクセスの資料を、現在や未来の図書館利用者にとって重要なやり方で利用する方法を知っている。最終的には、利用者の要望により迅速に応えられ、図書館分野と社会の長期的なニーズに応じる大規模なコラボレーションに携わる、地方機関になるだろう。

さらなる公的支援がなければ、司書はこのスイッチをネットワーク化された協調モードに切り替える立場にはなれないだろう。とりわけこの変化の時代には、個人であれ組織のリーダーであれ、われわれすべてが、図書館の支援にもっと多くの資金と時間を捧げる必要がある。公的投資、私的投資の増加を主張するために、図書館はノスタルジー以上のものを利用できなくてはならない。これは価値ある取り引きであり、公共図書館のもともとの使命に忠実なものだ。

こうしたサービスは、なぜ民間企業でなく、公共機関が提供しなくてはならないのか？ 一九世紀なかばのボストンなどで起きた議論同様、真の〝公共の選択肢〟という概念こそ、わたしの議論の中核をなすものだ。民主主義システムが依存する知識や情報に関しては、地域社会のニーズに応じるのに市場だけに頼るべきではない。民間企業はデジタル革新で大成功をおさめており、たとえば企業の電子メールシステムの供給のように、民間企業がするのがふさわしい分野もある。けれども社会の文化的、歴史的、政治的、科学的記録に関しては、公共機関が主導的役割を果たす必要がある。その役割は、短期的に見れば、人々がよき市民となりますます情報化の進む経済社会で成功するために必要な、公平で普遍的な知識を利用できるようにすることである。そして長期的には、火災や技術の変化や政治上の悪意、そのほか重要資料の保存を脅かすものなど、歳月による避けられない損害から記録を守り、それを残すことである。

情報豊かで、開放的で、自由な共和国の運命は、図書館の未来で決まると言っても過言ではない。アメリカ図書館協会の当時の会長であり、わたしに希望を与える偉大な司書であるモーリーン・サリバンは、わたしにこう言った。「図書館の未来がとても重要だと思うのは、アメリカのすべての子どもたちが、投票できるようになる前に、必要な情報にアクセスできるようにしたいからだ」。輝かしく喜ばしいデジタル時代の未来に、われわれ公共機関が協力し合う理由は充分にある。図書館は民主主義にとって非常に重要なので、この任務に失敗するわけにはいかないのだ。

謝辞

ここ一〇年間における施設の動向とすばらしい仕事についてわたしに教えてくれた、多くの司書とアーキビストに感謝する。その解釈に間違いがあれば、わたしの落ち度である。

ハーバード大学図書館の同僚は、図書館やアーカイブについて、わたしが想像していた以上のことを教えてくれた。多すぎてすべての名前を挙げることはできないが、マイク・バーカー、キャシー・コロニー、キム・デュラン、パム・パイファー、スザンヌ・ウォネス（ＥＣ！）にはとくに感謝しており、参考文献についてもっとも協力してくれたジューン・ケーシー、シェリル・ラガーディアも同様である。

ロバート・ダントン、テリー・フィッシャー、アラン・ガーバー、ザーク・キオハーン、スチュアート・シーバー、ジョナサン・ジトレインなど、ハーバード図書館委員会のメンバーとの会話からも、図書館の情報を得ることができた。

ハーバード大学の、インターネットと社会のためのバークマン・センターと、アメリカ・デジタル公共図書館の同僚は、インスピレーションと支援を与えてくれた。ダナ・ウォルターズは多くの有意義なインタビューを行い、原稿に不可欠な貢献をしてくれた。モーラ・マークス

（DPLAの前社長であり、現在は政府の上級官僚）は、ダン・コーエン、サンドラ・コルテシ、ウルス・ガッサー、エミリー・ゴア、レベッカ・ヒーコック、ナサニエル・レビー、モミン・マリク、キャロライン・ノーラン、デヴィッド・オブライエン、エイミー・ルダスドーフ、ジェフリー・シュナップ、デヴィッド・ワインバーガー（原稿に役立つ解釈を提供してくれた）、ケニー・ホワイトブルーム同様、すばらしい。ドロン・ウェバーは特筆に値する。彼はDPLAの資金提供者、支援者のリーダーであり、思考における最上級のパートナーである。

フィリップ・アカデミー図書館の同僚、とりわけエリザベス・タリー（彼女の言葉で、初期の原稿をほぼ書き直した）、キャサリン・エイデロット、マイケル・ブレーク、ジェフリー・マーズラフトは、時間を惜しまず建設的な助言をしてくれた。セント・ポール・スクールのルーラ・サンボーンは原稿を読み、すばらしく的を射た助言と、参照文献を裏づける意見をくれた。多くの公共図書館、大学図書館のリーダーたちも、楽しくクリエイティブで有益な意見をくれた。アメリカ図書館協会の前会長であり、シモンズ大学の図書館学部長であるモーリーン・サリバンは、図書館やリーダーシップについての、いつも信頼できるガイドだった。ライブラリー・ジャーナル誌のマイケル・ケリーは、本書で示したアイディアを彼の出版物で試させてくれた。多くの図書館と慈善家のリーダーたちも、彼らが思っている以上に助けてくれた。ジュリアン・エーケン、ブライアン・バノン、マイケル・コルフォード、ジョシュ・グリーンバーグ、ルイス・エレラ、キャスリン・ジェイムズ、メアリー・リー・ケネディ、トニー・マークス、シャロン・オコナー、エイミー・ライアン、アンドレア・サエンス、キャンディ・シュウォーツは、わたしがこれらのテーマを理解するのに、並はずれた努力をしてくれた。

本書にアイディアをまとめる手助けをしてくれた、エージェントのミシェル・テスラーには恩義がある。ベーシック・ブックス出版社のララ・ヘイマートほど、原稿をうまく（そして徹底的に！）直せる人はおらず、どれだけ感謝しても足りないほどだ。ケイティ・オドネル、メリッサ・ベロネシ、シンシア・バックは、行編集および整理段階ですばらしい仕事をしてくれた。このプロジェクトで彼らと仕事ができたことをありがたく思う。

いつものように、家族には心から感謝している。キャサリン、ジャック、エメリンは、本を出版するにあたって穏やかな生活が乱れることに、無限の忍耐力を持ってくれている。

訳者あとがき

メソポタミア文明が栄えた古代から〝知の宝庫〟として存在してきた図書館が、情報通信技術の発達によって大きな転機を迎えている。グーグルをはじめとする検索エンジンを使えば、その場で欲しい情報が無料で手に入る時代、図書館はもはや必要ないのだろうか。日本よりも電子書籍が普及しているアメリカでは、公共図書館への税金の投入を疑問視する声もあがっている。そんな声に対して、図書館の必要性を明確に説き、そのあり方についていま一度考えさせてくれるのが本書である。

著者のジョン・ポールフリーはハーバード大学の図書館長で、アメリカ・デジタル公共図書館の設立委員長も務める教育者だ。現状を踏まえ、図書館を現代に即した形に再構築してきた経験から、デジタル時代の図書館像を提案し、進むべき道をわかりやすく示してくれる。アメリカと同じく数々の課題を抱える日本の図書館も、よそごとではすまされない。

図書館には、予算不足に加えて、スタッフのスキルアップや情報基礎整備の遅れなど、問題が山積している。その解決策としてポールフリーが強調するのが、業種の垣根を越えた連携とネットワーク化、そして〝図書館〟という枠組みそのものの見直しだ。

いまはアナログからデジタルへの過渡期で、紙の書籍を好む人も依然として多い。図書館は少なくとももしばらくのあいだは紙ベースの資料を提供しながら、時流に合わせてデジタル資料も充実させていかなければならない。けれども限られた予算内で、要求されるままに印刷物とデジタル資料の両方を単独でまかなえる図書館はもうない。そこで積極的な連携とネットワーク化が必須となってくる。

地元の図書館にない資料を近隣の他館から取り寄せる図書館相互貸借制度は、日本でも実施されているが、こうしたつながりを公共図書館や大学図書館同士だけでなく、公文書館や美術館などの類縁機関、専門機関へと広げるべきだとポールフリーは訴える。ネットワークが広がれば、提携機関にある資料を蔵書から省けるだけでなく、購入や保存にともなう作業負荷を分担でき、さらには他機関の経験から学ぶこともできる。結果として生まれたお金、時間、空間、知識をいかに有効に使うか、その具体例が本書の随所で紹介されている。中でも、いまや七五〇万点のデジタルコレクションを誇るアメリカ・デジタル公共図書館の開設までの軌跡や秘話は興味深く、志をひとつにして力を合せれば、図書館はここまで進化できるのだとうれしい驚きを与えてくれる。

わが国の図書館は概して資料の貸し出しに重心が置かれ、館内でのインターネット利用環境や電子書籍サービスの導入状況もアメリカとは大きく異なる。けれども図書館が集い、知識に親しみ、歴史的記録を残す場所であることに違いはない。本書で挙げられた改革案がそっくり日本にあてはまるとはもちろん言えないが、いま危機感を持って大胆に行動を起こさなければ、図書館はやがて時代に取り残されて、存在価値を失ってしまうだろう。そうならないためには、昔ながらの図書館のイメージに固執せず、利用者とコミュニティのニーズに合わせて構造から改革するしかない。現場で働くスタッフも、率先して新しい技術を身につけ、デジタル時代の専門家をめざさなければならない。人材育成に費やす時間と資金は、豊かな社会に欠かせない投資なのだ。

ほかにも、デジタル情報の保存の難しさや著作権の壁など、国家レベルで取り組むべき課題があり、図書館は今後も絶え間のない変化を強いられるだろう。しかしそれは、誰もが平等に必要な情報にアクセスできる権利を保障する機関であることを考えると、当然と言える。実際、あらゆる公共施設の中で、老若男女を問わず、図書館ほど好感度の高い施設はほかにない。普段は利用しない人ですら、一定の社会的信頼を寄せるほどだ。

グーグルに頼る時代でも、図書館には果たすべき責務がたしかにある。人と資料だけでなく、人と人とをつなぎ、コミュニティの中で重要な位置を占める図書館が、情報通信技術を活用した新しい読書環境にどのように向きあい、対応していくのか、いま社会全体が見つめている。図書館改革に直接かかわる人も利用者としても支える側も、この本を読めば未来の図書館に対するわくわくするようなインスピレーションがわいてくるに違いない。

二〇一五年十二月

雪野あき

注

イントロダクション

1. たとえば Hina Hirayama, "*With Eclat*" : *The Boston Athenaeum and the Origin of the Museum of Fine Arts, Boston* (University Press of New England, 2003), 11. を参照。
2. Abigail A. Van Slyck, *Free to All: Carnegie Libraries and American Culture, 1890-1920* (University of Chicago Press, 1995), 22.
3. Juan Gonzalez and Ginger Adams Otis, "Queens Library Director Thomas Galante Fired for His Wild Spending Habits," *New York Daily News*, December 18.2014, http://www.nydailynews.com/new-york/queens-library-fires-thomas-galante-wild-spending-article-1.2049422.

第一章：危機　最悪の事態

1. Richard A. Danner, "Supporting Scholarship: Thoughts on the Role of the Academic Law Librarian," *Journal of Law and Education* 39, no.3 (April 2010): 365-386, http://scholarship.law.duke.edu/cgi/viewcontent.cgi?article=2693&context=faculty_scholarship. を参照。
2. David Bawden and Lyn Robinson, *Introduction to Information Science* (Neal-Schuman, 2012), 23.
3. R. David Lankes, *The Atlas of New Librarianship* (MIT Press, 2011), 23. ならびにスティーヴン・グリーンブラット

『一四一七年、その一冊がすべてを変えた』（河野純治訳、柏書房、２０１２年）

4. Kendall F. Svengalis, *Legal Information Buyer's Guide and Reference Manual 2009* (Rhode Island LawPress), 3. を参照。出版された書籍総数についての統計を定期的に公表する民間企業、ボウカー社によって発表された研究も考慮すべし。たとえば、"Publishing Market Shows Steady Title Growth in 2011 Fueled Largely by Self-Publishing Sector," Bowker, June 5, 2012, http://www.bowker.com/en-US/aboutus/press_room/2012/pr_06052012.shtml さらに "Self-Publishing Sees Triple-Digit Growth in Just Five Years, Says Bowker," Bowker, October 24, 2012, http://www.bowker.com/en-US/aboutus/press_room/2012/pr_10242012.shtml ボウカー社の総合データによれば、毎年世界で一〇〇万冊以上の書籍が出版されている。さらに "Books Published per Country per Year," Wikipedia, http://en.wikipedia.org/wiki/Books_published_per_country_per_year を参照。また、Nick Morgan, "Thinking of Self-Publishing Your Book in 2013? Here's What You Need to Know," Forbes, January 8, 2013, http://www.forbes.com/sites/nickmorgan/2013/01/08/thinking-of-self-publishing-your-book-in-2013-heres-what-you-need-to-know/ も参照。

5. ２００７年７月15日に the Association of Legal Administrators Annual Conference で行われたパワーポイントによるプレゼンテーション、Kendall F. Svengalis, "Legal Information: Globalization, Conglomerates, and Competition: Monopoly of Free Market," www.nelawpress.com/AALL2007.ppt. を参照。

6. 厳密に言うと、組織内の保管場所に学問的な知識を置いておくという行為は、情報を"公表"することにはならない。しかしながら図書館の視点から見ると、公共のオンラインスペースであるそのような保管場所に論文を置くことには、少なくとも三つの重要な機能がある。すなわち、その論文へのアクセスを許可すること、その論文に関するメタデータを提供すること、そして少なくともある一定期間はその論文を保存することである。

7. ヴァンダービルト大学とハーバード大学で最近あるいは現在進行中の、法科プログラム一年目のカリキュラム改革に関しては、Jonathan D. Glater, "Training Law Students for Real-Life Careers," *New York Times*, October 31, 2007 を参照。アメリカのロースクールにおける一般的なカリキュラム改革に関しては、Toni M. Fine, "Reflections on US Law Curricular Reform," *German Law Journal* 10 (2009):717-750 を参照。

8. Carl A. Yirka, "The Yirka Question and Yirka's Answer: What Should Law Libraries Stop Doing in Order to Adress Higher Priority Initiatives?" *AALL (American Association of Law Libraries) Spectrum* (July 2008): 28-32.

9. Patrik Meyer, " Law Firm Legal Research Requirements for New Attorneys," *Law Library Journal* 101, no.3 (2009): 297-339を参照。Meyerは「法律事務所において、本は決して死んではない」(71) と断言する。John Seely Brown and Paul Duguid, *The Social Life of Information* (Harvard Business Review Press, 2000, 173-174) では、伝えられるところによれば、一部の学者たちがアーカイブ内の手紙から生姜のにおいを嗅ぎとり、コレラの大流行を突き止めた方法が描写されている。

10. ハーバード大学オフィス・インフォメーションシステムが実行した構想 WAX（ウェブ・アーカイブ所蔵サービス）を考察。"Overview: Web Archive Collection Service (WAX)," Harvard University Information Technology, Library Technology Services, http://hul.harvard.edu/ois/systems/wax/ を参照。

11. ほかにも多くの出典があるが、Basil Manns and Chadrui J. Shahani, *Longevity of CD Media: Research at the Library of Congress* (Library of Congress, 2003) および Fred R. Byers, *Care and Handling of CDs and DVDs: A Guide for Librarians and Archivists* (Council on Library and Information Resources, 2003) を参照。

12. ジャーナルの文脈とは違うが、いくつかの大きな研究図書館が、たとえデジタル化が終わっても、一部の印刷物コレクションを手元にとどめておくよう名言すべきだという議論については、Roger C. Schonfeld and Ross Housewright, "What to Withdraw: Print Collections Management in the Wake of Digitization," September 1, 2009, http://www.sr.ithaka.org/research-publications/what-withdraw-print-collections-management-wake-digitization. を参照。さらに、Robert Darnton, *The Case for Books: Past, Present, and Future* (PublicAffairs, 2009) も参照。

13. 大統領の電子メールに対処する上で、国立公文書記録管理局、特に合衆国アーキビストのデヴィッド・フェリエロによって突きつけられた課題を考察。たとえば、"Memorandum of Understanding on the Clinton-Gore E-mail Records," National Archives, Presidential Libraries and Museums, January 11, 2001, http://www.archives.gov/presidential-libraries/laws/access/email-records-memo.html. 図書館情報のための、地球にやさしいデジタル・エコシステム

を成功させるのに必要な、相互運用の種類に関する初期のディスカッションについては、Andreas Paepcke ほかの、"Interoperability for Digital Libraries Worldwide," *Communications of the ACM (Association for Computing Machinery)* (April 1998):33 を参照。

14. 特にロースクールがこの変化に遅れずついていっているかに関して、盛んな議論がなされている。たとえば、Paul Lippe から AmLaw Daily への投稿メッセージ、"Welcome to the Future: Time for Law School 4.0," June 22, 2009 (http://amlawdaily.typepad.com/amlawdaily/2009/06/school.html) や、それに誘発された多くのコメントを参照。また、American Association of Law Libraries, *Price Index for Legal Publications*, 6th ed. (2008) も参照。AALL の会員であれば http://www.aallnet.org/members/price_index-2008.asp. から入手可能。

15. Lisa L. Colangelo, "Budget Cuts Forces Queens Library to Shutter 14 Branches, Cut 300 Words and Reduce Hours," *New York Daily News*, May 18, 2010, http://www.nydailynews.com/new-york/queens/budget-cuts-forces-queens-library-shutter-14-branches-cut-300-workers-reduce-hours-article-1.446195.

16. American Library Association, "Public Library Funding Updates," http://www.ala.org/advocacy/libfunding/public.

17. Michael Kelley, "The New Normal: Annual Library Budgets Survey 2012," *Library Journal*, January 16,2012, http://lj.libraryjournal.com/2012/01/funding/the-new-normal-annual-library-budgets-survey-2012/.

18. 大学図書館における予算カットの例は、University Libraries, University of Washington, "University Libraries Reduces Journal Subscriptions and Book Orders; Budget Cuts Affect Online as Well as Print Materials," January 4, 2010, http://www.lib.washington.edu/about/news/announcements/journal_subscriptions. を参照。

第二章：顧客　図書館利用法

1. 電子書籍の販売と利用に関する、信頼のおける民間の情報源はないが、さまざまなデータを組み合わせることによって、だいたいの状況をつかむことができる。たとえば、Marcia Pledger, "Library Market Leader E-Book Distributor OverDrive Inc. Looks at Schools as the Next Growth Market," *Cleveland Plain Dealer*, July 5, 2013, http://www.cleveland.com/business/index.ssf/2013/07/library_market_leader_e-book_d.html. および Ava Seave, "Are Digital Libraries a 'Winner-Takes-All' Market? OverDrive Hopes So," *Forbes*, November 18, 2013, http://www.forbes.com/sites/avaseave/2013/11/18/are-digital-libraries-a-winner-takes-all-market-overdrive-hopes-so/ さらに、"$2 Billion for $1 Billion of Books: The Arithmetic of Library E-Book Lending," Library Renewal, March 5, 2012, http://libraryrenewal.org/2012/03/05/2-billion-for-1-billion-of-books-the-arithmetic-of-library-e-book-lending. を参照。

2. Wayne Friedman, "Video-on-Demand Viewing on the Rise," *MediaPost*, April 8, 2014, http://www.mediapost.com/publications/article/223237/video-on-demand-viewing-on-the-rise.html.

3. もちろん、図書館は電子書籍のようなデジタル資料の一部を貸し出している。Kathryn Zickuhr ほか、"Libraries, Patrons, and E-Books," Pew Internet and American Life Project, June 22, 2012, http://libraries.pewinternet.org/2012/06/22/libraries-patrons-and-e-books/ を参照。しかしながら、図書館が分散する電子書籍やオンデマンド映画の主要モードになるためには、契約法や著作権を含む大きな障害が存在する。この考えは文書の中のさまざまな場所で調査されている。

4. Alison Flood, "Zadie Smith Defends Local Libraries," *The Guardian*, August 31, 2012, http://www.theguardian.com/books/2012/aug/31/zadie-smith-defends-local-libraries.

5. たとえば、Kathryn Zickuhr, Lee Rainie, and Kristen Purcel, "Library Services in the Digital Age," Pew Internet and American Life Project, January 22, 2013, http://libraries.pewinternet.org/2013/01/22/library-services/ を参照。

6. 同じ箇所を参照。また、David. L. Ulin, "Not Dead Yet: Libraries Still Vital, Pew Report Finds," *Los Angeles Times*, January 22, 2013, http://www.latimes.com/features/books/jacketcopy/la-et-jc-pews-report-on-libraries-is-upbeat-20130119,0,1014616.story. を参照。

7. Kathryn Zickuhr ほか、"Younger Americans' Reading and Library Habits," Pew Internet and American Life Project,

October 23, 2012, http://libraries.pewinternet.org/2012/10/23/younger-americans-reading-and-library-habits/ および Melissa Gross and Don Latham, "Experiences with and Perceptions of Information: A Phenomenographic Study of First-Year College Students," *Library Quarterly* 81, no.2 (April 2011): 161-186 や、Flor Henderson, Nelson Nunez-Rodriguez, and William Casari, "Enhancing Research Skills and Information Literacy in Community College Science Students," *The American Biology Teacher* 73, no.5 (May 2011): 270-275 を参照。

8. Alison J. Head and Michael B. Eisenberg, "Balancing Act: How College Students Manage Technology While in the Library During Crunch Time," Project Information Literacy Research Report, October 12, 2011, http://projectinfolit.org/images/pdfs/pil_fall2011_techstudy_fullreport1.2.pdf. および Alison J. Head and Michael B. Eisenberg, "Truth Be Told: How College Students Evaluate and Use Information in the Digital Age," Project Information Literacy Progress Report, November 1, 2010, http://projectinfolit.org/images/pdfs/pil_fall2010/survey_fullreport1.pdf ならびに Alison J. Head and Michael B. Eisenberg, "Lessons Learned: How College Students Seek Information in the Digital Age," Project Information Literacy Progress Report, December 1, 2009, http:// projectinfolit.org/images/pdfs/pil_fall2011_techstudy_fullreport1.2.pdf

また、Henderson ほか、"Enhancing Research Skills and Information Literacy in Community College Science Students."

9. Head and Eisenberg, "Truth Be Told" および Head and Eisenberg, "Lessons Learned."

10. Glenn Bull ほか、"Connecting Informal and Formal Learning: Experiences in the Age of Participatory Media," *Contemporary Issues in Technology and Teacher Education* 8, no.2 (2008):100-107.

11. Mary Madden ほか、"Teens and Technology 2013," Pew Internet and American Life Project, March 13, 2013, http://pewinternet.org/Reports/2013/Teens-and-Tech.aspx および、Sara Corbett, "Learning by Playing: Video Games in the Classroom," *New York Times Magazine*, September 15, 2010, http://www.nytimes.com/2010/09/19/magazine/19video-t.html?pagewanted=all.

12. Kathryn Zickuhr and Aaron Smith, " Home Broadband 2013," Pew Research Internet Project, August 26, 2013, http://www.pewinternet.org/2013/08/26/home-broadband-2013 および US Department of Commerce, National Communications and

Information Administration, "Exploring the Digital Nation: Computer and Internet Use at Home," November 2011, http://www.ntia.doc.gov/report/2011/exploring-digital-nation-computer-and-internet-use-home.　および Ali Modarres, "Beyond the Digital Divide," *National Civic Review* 100 no.3 (Autumn 2011): 4-7.

13. Susan Crawford, *Captive Audience: The Telecom Industry and Monopoly Power in the New Gilded Age* (Yale University Press, 2012) および US Department of Commerce, "Exploring the Digital Nation."

14. Partnership for 21st Century Skills, "Overview of State Leadership Initiative," http://www.p21.org/members-states/partnerstates.

15. Sara Nephew Hassani, "Locating Digital Divides at Home, Work, and Everywhere Else," *Poetics* 34 (2006): 250-272.

16. American Library Association, "ALA Library Fact Sheet 6: Public Library Use," February 2013, http://ala.org/tools/libfactsheets/alalibraryfactsheet06　および American Library Association, "ALA Library Fact Sheet 1: Number of Libraries in the United States," February 2013, http://www.ala.org/tools/libfactsheets/alalibraryfactsheet01.　および Anton Troianovski, "The Web-Deprived Study at McDonald's," *Wall Street Journal*, January 28, 2013, http://online.wsj.com/article/SB10001424127887324731304578189794161056954.html.　これを書いている時点で、ビル＆メリンダ・ゲイツ財団のグローバル図書館計画が、二〇年近くにわたって高い成果をあげてきたのちに幕を閉じようとしている。 Bill and Melinda Gates Foundation, "What We Do: Global Libraries Strategy Overview," http://www.gatesfoundation.org/What-We-Do/Global-Development/Global-Libraries.　を参照。

17. Michael McGrath, "Zeroing the Divide: Promoting Broadband Use and Media Savvy in Underserved Communities," *National Civic Review* 100, no.3 (Autumn 2011): 24-28.

18. Troianovski, "The Web-Deprived Study at McDonald's," 八〇パーセントのアメリカ人が、スターバックスから二〇マイル以内に住んでいるという調査報告も参照。 James A. Davenport, "The United States of Starbucks," *If We Assume*, October 4, 2012, http://www.ifweassume.com/2012/10/the-united-states-of-starbucks.html.　および McDonald's "Free Wi-Fi @ McDonald's,"http://www.mcdonalds.com/us/en/services/free_wifi.html.　ならびに Starbucks Corporation,

"2012 Annual Report,"http://investor.starbucks.com/phoenix.zhtml?c=99518&p=irol-reportsannual. を参照。

19. Fels Research & Consulting, "The Economic Value of the Free Library in Philadelphia," University of Pennsylvania, Fels Institute of Government, October 21, 2010. http://www.freelibrary.org/about/Fels_Report.pdf.

20. Eszter Hargittai, "Digital Na(t)ives? Variation in Internet Skills and Uses Among Members of the 'Net Generation,'" *Sociological Inquiry* 80, no.1 (February 2010): 92-113 および Eszter Hargittai, "Second-Level Digital Divide: Differences in People's Online Skills," *First Monday* 7, no.4 (April 2002), http://firstmonday.org/article/view/942/864.　さらに Jochen Peter and Patti M. Valkenburg, "Adolescents' Internet Use: Testing the 'Disappearing Digital Divide' Versus the 'Emerging Digital Differentiation' Approach," *Poetics* 34 (2006): 293-305.

21. Zickuhr ほか、"Library Services in the Digital Age."

22. Eszter Hargittai and Gina Walejko, "The Participation Divide: Content Creation and Sharing in the Digital Age," *Information, Communication, and Society* 11, no.2 (2008): 239-256.　世界的な到達度格差に照らした結果による、階級と人種とグループによる若者の成績の変化に関する研究からの引用。Tony Wagner, *The Global Achievement Gap: Why Even Our Best Schools Don't Teach the New Survival Skills Our Children Need—and What We Can Do About It* (Basic Books, 2010).

23. Andrew D. Madden, Nigel J. Ford, David Miller, and Philippa Levy, "Children's Use of the Internet for Information-Seeking: What Strategies Do They Use, and What Factors Affect Their Performance?" *Journal of Documentation* 62, no.6 (2006): 744-761 および Andrew D. Madden, Nigel J. Ford, David Miller, "Information Resources Used by Children at an English Secondary School: Perceived and Actual Levels of Usefulness," *Journal of Documentation* 63, no.3 (2007): 340-358.

24. Institute of Museum and Library Services, "Public Libraries in the United States Survey: Fiscal Year 2010," January 2013, http://www.imls.gov/assets/1/AssetManager/PLS2010.pdf および Zickuhr ほか、"Library Services in the Digital Age" および Kathryn Zickuhr, Lee Rainie, Kristen Purcell, and Maeve Duggan, "How Americans Value Public Libraries in Their

"Communities," Pew Internet and American Life Project, December 11, 2013, http://libraries.pewinternet.org/2013/12/11/libraries-in-communities/

25. たとえば、Center for an Urban Future, "Branches of Opportunity," January 2013. http://nycfuture.org/images_pdfs/pdfs/BranchesofOpportunity.pdf を参照。

26. Dennis Gaffney, "Why I Love Libraries," ilovelibraries.org, http://www.ilovelibraries.org/why-i-love-libraries.

第三章：空間　バーチャルとフィジカルの結合

1. ロースクールの判例集の余白にメモが書き込まれているのは、いまの世代の法学部生にとって目新しいことではない。むしろこの伝統は何百年も前にさかのぼる。特にハーバード・ロースクールの歴史&特別コレクションには、一九世紀の初期の判例集が豊富に集められ、そこには余白のコメントがたびたび登場する。

2. 法学のテキストのデジタル化は数年のうちに起こるだろう。司書はデジタル版においても主要な役割を担うべきだが、過去の出来事を序章と見るなら、そうはなりそうにない。非営利団体CALI（コンピュータ支援による法教育センター）のジョン・メイヤーとハーバード・ロースクールのジョナサン・ジットレインは、ロースクールの判例集を作り直すプロジェクトで先駆者的な働きをしてきた。また、いくつかの前向きな考え方をする出版社がデジタル版を実験的に作っているが、どちらも図書館司書ではない。２０１０年の夏、Amazon.com は Kindle 向け電子書籍の販売数が、ハードカバーの販売数を超えたと発表した。Claire Cain Miller, "E-Books Top Hardcovers at Amazon," *New York Times*, July 19, 2010. http://www.nytimes.com/2010/07/20/technology/20kindle.html.

3. Center for an Urban Future, "Branches of Opportunity," January 2013, http://nycfuture.org/research/publications/branches-of-opportunity.

4. セラピー犬サービスの詳細については、Julian Aiken, "Meet Monty," Yale Law School, Lillian Goldman Law Library, September 19,2012, http://library.law.yale.edu/news/meet-monty. を参照。また、Owen Fletcher, "Check These Out at the Library: Blacksmithing, Bowling, Butchering," *Wall Street Journal*, January 7, 2013, http://online.wsj.com/article/SB10001424127887324677204578187901423347828.html. も参照。

5. "YouMedia at the Harold Washington Library: Creating Pathways from Interests to Opportunities," Connected Learning, http://connectedlearning.tv/case-studies/youmedia-harold-washington-library-creating-pathways-interests-opportunities. ならびに Melissa Gross, Eliza T. Dresang, and Leslie E. Holt, "Children's In-Library Use of Computers in an Urban Public Library," *Library and Information Science Research* 26 (2004): 311-337, および、Andrew K. Shenton, "Use of School Resource Center-Based Computers in Leisure Time by Teenage Pupils," *Journal of Librarianship and Information Science* 42, no.2 (2008): 123-137. を参照。

6. YouMedia シカゴのウェブサイト、http://youmediachicago.org/ およびライブラリー・オブ・ゲームズのウェブサイト、http://libraryofgames.org/ また、Dover Town Library, "Gaming," http://www.dovertownlibrary.org/tech/gaming/ も参照。

7. Rikke Magnussen, "Game-Like Technology Innovation Education," *International Journal of Virtual and Personal Learning Environments* 2, no.2 (April-June 2011): 30-39 ならびに Gadi Alexander, Isabelle Eaton, and Kieran Egan, "Cracking the Code of Electronic Games: Some Lessons for Educators," *Teachers College Record* 112, no.7 (July 2010): 1830-1850.

8. MIT メディアラボの大成功をおさめた尊敬すべきプロジェクト、スクラッチはここ http://scratch.mit.edu/ から。また、伊藤瑞子ほか、"Connected Learning: An Agenda for Research and Design," Digital Media and Learning Research Hub, January 2013. http://dmlhub.net/sites/default/files/ConnectedLearning_report.pdf また、Carolyn Sun, "Kansas Boy Gets New Hand, Created at a Library Makerspace," The Digital Shift, February 11, 2014, http://www.thedigitalshift.com/2014/02/k-12/library-innovation-leads-new-hand-kansas-boy/

9. ウィスコンシンの改装の一例についての議論は、Mark Schaaf, "Sign Point to Old Library's Future," Greenfield Now,

December 7, 2009. http://www.greenfieldnow.com/news/78731337.html　を参照。また、関連する一連の例は、Larry T. Nix, "Spend the Night in a Converted Carnegie Library," ilovelibraries.org, http://www.ilovelibraries.org/articles/featuredstories/carnegiehotel.　を参照。

10. Sarah Williams Goldhagen, "The Revolution at Your Community Library: New Media, New Community Centers," *The New Republic*, March 9, 2013, http://www.newrepublic.com/article/112443/revolution-your-community-library#.

11. ジャロン・ラニアーは、より大きなこの点を彼の著書を通じて効果的に表している。*You Are Not a Gadget: A Manifesto* (Vintage, 2011).

12. Center for an Urban Future, "Branches of Opportunity," 3.

第四章：　プラットフォーム　図書館がクラウドを用いる意味とは

1. アメリカン・ガールのウェブサイトは http://www.americangirl.com/ を、インナースター・ユニバーシティーについては http://web.innerstaru.com/ を参照。

2. インナースター・ユーで子どもたちが何を経験できるか、アメリカン・ガールの企業から親に向けての説明と助言は http://web.innerstaru.com/parents.php. の "Just for Parents" を参照。

3. Esther Yi, "Inside the Quest to Put the World's Libraries Online," *The Atlantic,* July 26, 2012, http://www.theatlantic.com/entertainment/archive/2012/07/inside-the-quest-to-put-the-worlds-libraries-online/259967/.

4. ロバート・ダーントンは似たような指摘をしている。「出版の流れについていくには、図書館は収集の範囲を限定し、互いに協力しなければならない。というのも、二一世紀に単独で存続できる学術図書館はないからだ」"In Defense of the New York Public Library," *The New York Review of Books,* June 7, 2012, http://www.nybooks.com/articles/archives/2012/jun/07/defense-new-york-public-library/ を参照。

5. この議論を展開するのはわたしが初めてではない。たとえば作家のデヴィッド・ワインバーガーは、プラットフォームとしての図書館を支持して何年も議論を続けている。実際に〝プラットフォームとしての図書館〟と題した会議を二〇一四年にミシガン州のグランド・ラピッズで開いている。

6. Doron Weber, "A Proud Day for the DPLA," DPLA Blog, April 18, 2013, http://dp.la/info/2013/04/18/a-proud-day-for-the-dpla/.

7. アメリカ・デジタル公共図書館（DPLA）のサイトを参照。http://dp.la

8. ハブについての詳細は、DPLAのサイトの"Hubs"の欄を参照。http://dp.la/info/hubs/

9. The Minnesota Digital Library's Minnesota Reflections website http://reflections.mndigital.org/ の the toad at Western Soundscape Archive, "Wyoming Toad 3," http://content.lib.utah.edu/cdm/ref/collection/wss/id/909 を視聴。

10. 〝ウィネベーゴス〟と名付けたのは自分だと言いたいところだが、それはできない。これは電子図書館の先駆者でアメリカ・デジタル公共図書館の戦略担当ディレクターであるエミリー・ゴアがつけたものだ。

11. Jill Cousins, Harry Verwayen, and Mel Collie, "Outline Business Plan for Europeana as a Service of the EDL Foundation," Europeana Think Culture, November 2008, http://pro.europeana.eu/c/document_library/get_file?uuid=0c6c6078-8026-4297-9367-dd6d14b73c2e&groupId=10602.

12. Europeana Exhibitions, "Leaving Europe: A New Life in America," http://acceptance.exhibit.eanadev.org/exhibits/show/europe-america-en を参照。

第五章：　図書館のハッキング　未来をどう構築するか

1. 一般的にデジタル格差を生み出す多くの研究については、ベントン財団の共同作業に注目するとよい。財団のウェブサイト http://benton.org/initiatives の "Initiatives" の項目を参照のこと。ピュー研究所の研究チームは概して同様の結論に達しているが、報告書ではより具体的な主張を取りあげている。その例はピュー研究所のウェブサイト http://www.pewresearch.org/ を参照。

2. こうしたコンピュータのパイオニアについてはスティーブン・レビー『ハッカーズ』（古橋芳恵、松田信子訳、工学社、１９８７年）で語られている。

3. ハック・ライブラリー・スクールについては http://hacklibschool.wordpress.com/ を参照。

4. デジタル時代の図書館運営について考え直してみようという案は新しいものではない。近年、多くの賢者が似たような主張をしている。その一例として、ピーター・ブラントリーが２００９年12月29日に Shimenawa へ投稿したメッセージ "Reality Dreams (for Libraries)," http://peterbrantley.com/reality-dreams-for-libraries-213 について考えてみよう。

5. プラットフォームとしての図書館のもうひとつの例として、２０１２年9月4日の『ライブラリー・ジャーナル』誌に掲載されたデヴィッド・ワインバーガーの記事 "Library as Platform," http://lj.libraryjournal.com/2012/09/future-of-libraries/by-david-weinberger/ を参照。

6. Cambridge Digital Library, "Trinity College Notebook by Isaac Newton," http://cudl.lib.cam.ac.uk/view/MS-ADD-03996/3 を参照。

7. たくさんの地図泥棒に関する記事の一例として、２００５年10月17日の『ザ・ニューヨーカー』誌 4-78 ページに掲載されたウィリアム・フィネガンの "A Theft in the Library: The Case of the Missing Maps," を参照のこと。

8. 図書館のオブザーバーと先導者の多くが図書館における連携について書いている。その一例として、NELLCO のエグゼクティブ・ディレクターのトレーシー・トンプソン＝ピアジラカイが書いたブログ "コラボレーショニスタ" を参照のこと。http://www.collaborationista.org/

9. OCLC のウェブサイト http://www.oclc.org/about/default.htm を参照。

10. OCLC のウェブサイトの項目、"History of the OCLC Research Library Partnership," を参照。http://www.oclc.org/

research/partnership/history.html.

11．Steve Kolowich, “Libraries of the Future,” *Inside Higher Ed*, September 24, 2009, http://www.insidehighered.com/news/2009/09/24/libraries を参照。

12．Code4Lib, “About,” http://code4lib.org/about を参照。

13．NEXT Library のウェブサイト http://www.nextlibrary.net/ を参照。

14．Christopher Harris, “A Call for ‘Blended Funding’: Schools Must Pool Money to Support Common Core,” *Library Journal*, December 10, 2012, http://www.thedigitalshift.com/2012/12/opinion/the-next-big-thing/enter-blended-funding-schools-must-pool-money-to-support-common-core-next-big-thing/ を参照。

15．IBM の “IBM Big Data and Information Management,” http://www-01.ibm.com/software/data/bigdata/ を参照。

第六章：　ネットワーク　図書館員の人的ネットワーク

1．Marilyn Johnson, *This Book Is Overdue! How Librarians and Cybrarians Can Save Us All* (HarperCollins, 2010).

2．サラ・ホートンのブログ “Librarian in Black” は http://librarianinblack.net/librarianinblack/about を参照。

3．情報関連の学校の一覧は、ウェブサイト http://ischools.org/members/directory/ を参照。

第七章：保存　文化保全のため競争せず連携を

1．ツイッターのエンジニアブログの投稿、”New Tweets per Second Record, and How!” August 16, 2013, https://blog.twitter.com/2013/new-tweets-per-second-record-and-how を参照。

2. Brian Lavoie, Lynn Silipigni Connaway, and Lorcan Dempsey, "Anatomy of Aggregate Collections: The Example of Google Print for Libraries," *D-Lib Magazine* 11, no.9 (September 2005), http://www.dlib.org/dlib/september05/lavoie/09lavoie.html を参照。
3. HathiTrust Digital Library, "Welcome to the Shared Digital Future," http://www.hathitrust.org/about を参照。
4. Digital Preservation Network, "The DPN Vision," http://www.dpn.org/about を参照。
5. Nicholson Baker, *Double Fold: Libraries and the Assault on Paper* (Random House, 2001).
6. LLMC Digital　のウェブサイト、http://www.llmc.com/ を参照。
7. Nate Hill, Chattanooga Public Library,　DPLA コンテンツにメールし、March 18, 2013　のリストサーブを調べる。
8. Michael Kelley, "Major Maine Libraries, Public and Academic, Collaborate on Print Archiving Project," *Library Journal*, March 15, 2013, http://ij.libraryjournal.com/2013/03/managing-libraries/major-maine-libraries-public-and-academic-collaborate-on-print-archiving-project/ および、Center for Research Libraries, Global Resources Network, "Print Archiving Network,"http://www.crl.edu/archiving-preservation/print-archives/forum を参照。
9. いくつかの大きな学術図書館はデジタル化後でも印刷資料を維持すべきだという議論については、Roger C. Schonfeld and Ross Housewright, "What to Withdraw: Print Collections Management in the Wake of Digitization," September 1, 2009, http://www.ithaka.org/ithaka-s-r/research/what-to-withdraw を参照。

第八章：教育　図書館でつながる学習者たち

1. American Library Association, "Number of Libraries in the United States: ALA Library Fact Sheet 1,"http://www.ala.org/tools/libfactsheets/alalibraryfactsheet01（最終更新　April 2014）を参照。
2. American Library Association, "School Libraries: A Bad Year on the Budget Front, with No End in Sight," 2012, http://

www.ala.org/news/mediapresscenter/americaslibraries/soal2012/school-libraries を参照。

3．複数の調査が、職員の質がよく資金力がある図書館と生徒たちの成績との強い相関関係を示している。特に Keith Curry Lance 調査員は、過去一〇年間に、イリノイ州とインディアナ州を含むさまざまな州を調査してきた。そのうちのひとつ、Keith Curry Lance and Linda Hofschire, "Change in School Librarian Staffing Linked with Change in CSAP Reading Performance, 2005 to 2011," Colorado State Library, Library Research Service, January 2012, http://www.lrs.org/documents/closer_look/CO4_2012_Closer_Look_Report.pdf を参照。

4．Urs Gasser et al., "Youth and Digital Media: From Credibility to Information Quality," Berkman Center Research Publication 2012-1, February 16, 2012, http://papers.ssrn.com/sol3/papers.cfm?abstract_id=2005272

5．Mt.Diablo Unified School District, "Key Points in English Language Arts," http://www.mdusd.org/departments/saas/commoncore/key_points を参照。英語言語科目の共通学力基準の全詳細は、http://www.corestandards.org/ELA-Literacy/ を参照。

6．二〇一四年現在、四五の州と三の準州で、共通学力基準は一部あるいはすべてが、正式に採用されている。http://www.corestandards.org/in-the-states を参照。

7．一般的な情報として、Common Core State Standards Initiative, "Standards in Your State," http://www.corestandards.org/ を参照。

8．共通学力基準の実施について、Rebecca Hill, "All Aboard! Implementing Common Core Offers School Librarians an Opportunity to Take the Lead," *School Library Journal*, March 30, 2012, http://www.slj.com/2012/03/standards/common-core/all-aboard-implementing-common-core-offers-school-librarians-an-opportunity-to-take-the-lead/ と、Myra Zarnowski, Marc Aronson, and Mary Ann Cappiello, "On Common Core: Talking About Nonfiction," *School Library Journal*, February 4, 2013, http://www.slj.com/2013/02/curriculum-connections/on-common-core-talking-about-nonfiction/ を参照。

9．Common Core State Standards Initiative, "Grade 3 [Mathematics]: Introduction," http://www.corestandards.org/

Math/Content/3/introduction/ を参照。

10. Thomas Jefferson, letter to Isaac McPherson, August 13, 1813, http://press-pubs.uchicago.edu/founders/documents/al_8_8s12.html で見ることができる。

11. Advances in AP, "AP US History, 2014-2015," http://advancesinap.collegeboard.org/history/us-history を参照。「この新しいバランスは、一九世紀にかける時間を減らし、初期と最近のアメリカ史に注目する、新しいＡＰ米国史プログラムを重視する内容に反映される。」

12. 国内のコミュニティカレッジの大きさや規模の統計のために、American Association of Community Colleges, "Community College Trends and Statistics," http://www.aacc.nche.edu/AboutCC/Trends/Pages/default.aspx を参照。

13. Jennifer Arnold, "The Other Academic Library: Librarianship at the Community College," Career Strategies for Librarians, May 2005, http://www.liscareer.com/arnold_commcoll.html

14. たとえば、Organization for Economic Cooperation and Development(OECD) Program for International Student Assessment (PISA) study の年間成績を http://www.oecd.org/pisa/ で参照。

15. アンプリファイ・タブレットについて詳細は、http://www.amplify.com/tablet/ を参照。

16. Jenny Xie, "Technology in Schools Still Subject to Digital, Income Divides," PBS, March 1, 2013, http://www.pbs.org/mediashift/2013/03/technology-in-schools-still-subject-to-digital-income-divides060.html

17. 彼が兄弟と作った（そしてわたしが役員を務める）John S. and James L. Knight Foundation の引用。http://www.knightfoundation.org/about/informed-and-engaged-communities/

1. John MacArthur Maguire　によるこの引用は、ハーバード・ロースクール図書館に額に入れて掛けられている。Harvard Law School Library, "Ask a Librarian," http://asklib.law.harvard.edu/a.php?qid=37313 を参照。
2. 『ライブラリー・ジャーナル』誌の定期的な電子書籍調査がこれを強調する。"Ebook Usage in US Public Libraries," The Digital Shift, 2012, http://www.thedigitalshift.com/research/ebook-usage-reports/public/ を参照。
3. フェアユース・ドクトリンは、著作権保有者の権利への例外または制約として機能する。フェアユースは、著作権者以外の人が、著作権者の許可なく著作物をさまざまに使用できることである。典型的な例には、パロディ、演説や音楽を通した社会的な主張、教育への利用などがある。フェアユース・ドクトリンは、アメリカ著作権法の第一〇七項に、四因子バランステストの形式で見られる。信頼できる法律の出典や文脈を見るために、Cornell University Law School's excellent Legal Information Institute のウェブサイト、http://www.law.cornell.edu/uscode/text/17/107 を参照。また、ファーストセール・ドクトリンをテーマにしたＡＬＡ（アメリカ図書館協会）のウェブページ、http://www.ala.org/advocacy/copyright/firstsale を参照。
4. Cornell's Legal Information Institute のサイトにおける、著作権保護システムの脱法に関する、Section 1201 of the US Copyright Act, http://www.law.cornell.edu/uscode/text/17/1201 を参照。
5. アメリカ連邦地裁の命令については、http://digitalcommons.law.scu.edu/cgi/viewcontent.cgi?article=1334&content=historical を参照。背景を知るには、Venkat Balasubramani のブログと Eric Goldman のコメント、"First Sale Doctrine Doesn't Allow Resale of Digital Songs--Capitol Records v. ReDigi," Technology and Marketing Law Blog, April 5, 2013, http://blog.ericgoldman.org/archives/2013/04/first_sale_doct.htm を参照。重要な問題の現代のふたつの分析は、David Ben Salem, "Capitol Records LLC v. ReDigi Inc.: The Applicability of the First Sale Doctrine to Digital Music," Innovation Law Blog, October 24, 2012, http://innovationlawblog.org/2012/10/capitol-records-llc-v-redigi-inc-the-applicability-of-the-first-sale-doctorine-to-digital-music/ ならびに、Terry Hart, "Previewing

"Capitol Records v. ReDigi," Copyhype, September 24, 2012, http://www.copyhype.com/2012/09/previewing-capitol-records-v-redigi/ を参照。

6. David O'Brien, Urs Gasser, and John Palfrey, "E-Books in Libraries: A Briefing Document Developed in Preparation for a Workshop on E-Lending in Libraries," Berkman Center Research Publication 2012-15, July 1, 2012, http://ssrn.com/abstract=2111396 を参照。

7. William W. "Terry" Fisher は、デジタル時代の映画と音楽の代替補償システムの拡張モデルを開発した。彼の著書 *Promises to Keep: Technology, Law, and the Future of Entertainment* (Stanford University Press, 2004) の第六章を参照。Fisher のモデルは、理論を検証する方法として、本の文脈に適用されるだろう。

8. バークレーの Pam Samuelson とコロンビアの Jim Neal に導かれた DPLA 参加者は、DPLA の "Legal Issues" のワークストリームを通して、デジタル時代の図書館が直面する問題への、革新的な法的アプローチを探索している。http://dp.la/wiki/Legal_Issues を参照。The Berkeley Digital Library Copyright Project は、これらの問題の対策を探る先駆的な一連の公式報告書を作り、著作権局に提出した。David Hansen et al.,Berkeley Digital Library Copyright Project, memo to Karyn Temple Claggett, US Copyright Office, February 4, 2013, http://www.copyright.gov/orphan/comments/noi_10222012/Berkeley-Digital-Library-Copyright-Project.pdf を参照。また、Michael Kelley, "All 50 State Librarians Vote to Form Alliance with Internet Archive's Open Library," The Digital Shift, November 4, 2011, http://www.thedigitalshift.com/2011/11/ebooks/all-50-state-librarians-vote-to-form-alliance-with-internet-archives-open-library/ と Open Library のウェブサイト、http://www.openlibrary.org を参照。

9. Scott Sayare, "France to Digitize Its Own Literary Works," *New York Times*, December 14, 2009, http://www.nytimes.com/2009/12/15/world/europe/15france.html?_r=0

10. "Scandinavian Digital Libraries and Projects," WessWeb, http://wessweb.info/index.php/Scandinavian_Digital_Libraries_and_Projects を参照。

11. このトピックの必要な報告の大半はオランダ語である。たとえば、Robertine Romeny, "Wet staat uitlenen e-boeken

niet toe," Boek Blad, February 27, 2013, http://www.boekblad.nl/wet-staat-uitlenen-e-boeken-niet-toe.203303.lynkx を参照。英語で出版されたわずかな報告のひとつは、Gary Price, "Netherlands: Government Report Says Dutch Libraries Cannot Lend Ebooks," *Library Journal* InfoDocket, February 27, 2013, http://www.infodocket.com/2013/02/27/netherlands-government-report-says-dutch-libraries-cannot-lend-ebooks/

12. Aaron Tan, "NLB to Add 820,000 E-Books to Collection," AsiaOne Science & Tech, March 11, 2013, http://news.asiaone.com/News/Latest%2BNews/Science%2Band%2BTech/Story/A1Story20130310-407554.html

13. John P. Wilkin, "Bibliographic Indeterminacy and the Scale of Problems and Opportunities of 'Rights' in Digital Collection Building," Council on Library and Information Resources "Ruminations" series, February 2011, http://www.clir.org/pubs/ruminations/01wilkin/wilkin.html を参照。また、Naomi Korn and Emma Beer, "Briefing Paper on Managing Orphan Works," JISC (Joint Information Systems Committee),March 2011, http://www.jisc.ac.uk/media/documents/publications/programme/2011/scaorphanworksbp.pdf を参照。

14. Olmstead v.the United States(1928) でのルイス・ブランダイス判事の意見を参照。 http://caselaw.lp.findllaw.com/cgi-bin/getcase.pl?court=US&vol=277&invol=438

15. American Library Association, "Privacy and Confidentiality," http://www.ala.org/advocacy/privacyconfidentiality/privacy/privacyconfidentiality を参照。

第十章：結論　危機に瀕しているもの

1. Kathryn Zickuhr et al.,"How Americans Value Public Libraries in Their Communities," Pew Internet and American Life Project, December 11, 2013, http://libraries.pewinternet.org/2013/12/11/libraries-in-communities/

2. Marilyn Johnson, *This Book Is Overdue! How Librarians and Cybrarians can Save Us All* (HarperCollins, 2010),12

3. Jeanniey Mullen, "How Libraries Thrive as Technology Advances," Huffington Post, February 13, 2013, http://www.huffingtonpost.com/jeanniey-mullen/library-technology_b_2671383.html

4. 司書の会議でそのような提案をすればすぐに、カーネギーは物議をかもす人物だという主張を引き起こすだろう。特定の種類の図書館の新しいデザインを選ぶために特定の実業家が必要だと言いたいのではなく、一〇〇年前のアナログ時代にカーネギーがしたことは、デジタル時代に慈善家などがいくらでもできるということだ。その使命は拡大されていても（たとえば、ユーラシアでの高等教育の支援など）、カーネギー財団はいまも図書館の重要な支援者である。スローン財団、アルカディアファンド、メロン財団、ナイト財団（理事会はわたしが議長を務める）、レブソン財団、ゲイツ財団（図書館の財源を放棄するという最近の発表までは）などはすでに、無視することはできない図書館の未来に大きく貢献してきた。大規模な合同の投資は、図書館がデジタル時代に繁栄するために必要である。図書館がデジタル・プラス時代ですぐに成功するなら、カーネギーの贈り物と規模は同じでももっと高額の寄贈者が、図書館やアーカイブや歴史学会に全力で投資をすると考えると、楽しくなってくる。

5. スタック・ビューはさまざまな場所で設定されている。たとえば、Cornell University Library, "Virtual Shelf Browser Beta," http://stackview.library.cornell.edu/ を参照。

6. William Gibson, "The Science in Science Fiction (interview)," *Talk of the Nation*, National Public Radio, November 30, 1999, http://www.npr.org/templates/story/story.php?storyId=1067220

7. Abigail Van Slyck, *Free to All: Carnegie Libraries and American Culture, 1890-1920*(University of Chicago Press, 1995),26

8. American Library Association's 1995 "Libraries Change Lives" Campaign　に関連した出演者の意見より。

◆著者
ジョン・ポールフリー（John Palfrey）
1972年生まれ。アメリカ・デジタル公共図書館（DPLA）設立委員長、ハーバード大学バークマンセンター所長、ハーバード・ロースクール図書館長、フィリップス・アカデミー学長を歴任。法学者、教育者。デジタル技術やインターネットに関する法学研究書を多数執筆している。

◆訳者
雪野あき（ゆきの・あき）
筑波大学第一学群人文学類卒業。フィクション、ノンフィクションの翻訳、ならびに実務翻訳のコーディネートに携わる。訳書に『なんでもきいて！まるごとビジュアル大百科』（日東書院本社、共訳）がある。

帯イラストレーション　maksym yemelyanov

ネット時代《じだい》の図書館戦略《としょかんせんりゃく》

●

2016年1月29日　第1刷

著者……………ジョン・ポールフリー
訳者……………雪野《ゆきの》あき
装幀……………村松道代（TwoThree）
発行者……………成瀬雅人
発行所……………株式会社原書房
〒160-0022 東京都新宿区新宿 1-25-13
電話・代表　03(3354)0685
http://www.harashobo.co.jp/
振替・00150-6-151594
印刷……………新灯印刷株式会社
製本……………小高製本工業株式会社

ISBN 978-4-562-05284-4, printed in Japan